读客悬疑文库

认准读客读悬疑，本本都是大师级。

U0569528

字母表谜案

[日] 大山诚一郎 著　曹逸冰 译

河南文艺出版社
· 郑州 ·

アルファベット・パズラーズ

大山誠一郎

ALPHABET PUZZLERS

OYAMA SEIICHIRO

目 录
CONTENTS

Pの妄想

P的妄想

1

"你们有没有遇到过'坚信自己会被人毒死'的人啊？"

奈良井明世如此问道，环视在场的三位朋友。

"有啊。"

开口回答的是后藤慎司。

"不光是下毒，我还见过认定自己会被人勒死，或者被人一枪打死的类型呢。每个月都有好几个人跑来警视厅，宣称有人要害死他们。接待那种人的时候，警方会表现得既和善又有同情心，但态度一定是干脆的。要耐心听着，柔声安慰，然后请他们回家去。迄今为止，还没有出现过宣称自己有性命之忧的人实际遇害的情况。"

"我时常在诊疗室见到这种人。你说的是有被毒妄想症的患者吧？"

莞尔一笑，如此作答的则是竹野理绘。

"被毒妄想症？"

"那是一种认定自己的食物或饮品里有毒的妄想症状。时而伴有幻味与幻嗅——也就是说，东西明明是很正常的，他们却认定自己尝到了奇怪的味道，或者闻到了不对劲的气味。"

"是你的某位熟人觉得自己要被毒死了吗？"

问出这句话的是房主峰原卓。

"嗯，不瞒你们说，就是这么回事。我有一位同行的朋友，名叫西川珠美。她家境殷实，平时住在目白町的老宅里。最近她貌似被妄想症缠上了——而且她认定，要下毒害她的是自家的保姆。"

*

东京三鹰市的井之头公园附近，有一栋名为"AHM"的四层公寓楼。建筑外墙以褐色花砖装饰，典雅素净。公寓离JR三鹰站和商店街都很近，地段相当好。虽然"AHM"这个名字颇为特别，但只要看到楼门口的花岗石上刻着的"Apartment House of Minehara"（峰原公寓），来客心中的疑问便会冰消瓦解。

公寓建成已有十年，每层设有三户，都是两室一厅。整栋公寓共有十户。为什么公寓明明有四层，却总共只有十户呢？因为整个顶层都是房东的住处。

7月5日，星期五晚上。奈良井明世和她的三位朋友在顶层的其中一个房间聊得正欢。

"AHM"的每一层都有三套两室一厅，三合一而成的房东家自是相当宽敞。玄关、起居室、书房、厨房、卧室、客房……每一间都分配了足够的空间。

明世她们此刻正置身于房东家的书房。这个房间的面积大约有十二张榻榻米大。定制的橡木书架紧挨着北墙和西墙，上面摆满了法律、艺术、文学、历史等各个领域的书籍。通往起居室的门位于南墙，墙上挂着古董钟、律师执照和一位慈祥老太太的照片。据说那位老太太是房东的姑姑，留了一笔遗产给他，这栋公寓就是用遗产建起来的。东墙有一扇大凸窗，此刻已拉上了窗帘。若是白天，便能看到井之头公园的青草绿树，景致绝佳。

明世与朋友们坐在沙发上，围着一张玻璃桌。桌上摆着房东亲手冲泡的红茶，还有一盘曲奇。

明世是一位翻译家，住在公寓三层，而坐在她旁边，正以优雅的动作品味红茶的则是竹野理绘。她是一名精神科医生，在日本中央医科大学附属医院工作，家住公寓二层。那位大口啃着曲奇，和"优雅"二字毫不沾边的男士名叫后藤慎司。他是警视厅搜查一课的刑警，住在公寓的一层。三个人恰好都是三十岁。

至于在一旁带着恬静的微笑享受茶香的人，便是公寓的房东即这间屋子的主人，峰原卓。

峰原五十五六岁的模样，骨瘦如柴，身高将近一米八。五官轮廓分明，不似寻常的日本人。他的目光平和，但眼神中时不时透着冷冽的光芒。他的声音极具知性的魅力，低沉却铿锵有力，做话剧演员应该也能闯出一番天地。

据说他当过许多年的民事律师，得到姑姑的遗产后便辞职建了这栋公寓，当上了悠然自得的房东，并全身心投入自己的兴趣爱好——研究罪案。

明世专门翻译犯罪悬疑类作品，理绘是精神科医生，慎司则是刑警。因为工作的关系，三人都对"罪案"颇感兴趣，于是便与峰原越走越近，还时不时来房东家做客。

今天，他们也喝着峰原冲泡的红茶谈天说地。聊着聊着，明世忽然想起了自己的一个熟人，便将话题转到了她身上。

"那位叫西川珠美的女士怎么会认定有人要毒死自己呢？"理绘慢条斯理地问道。只要是从她嘴里说出来的话，什么样的话题都会失去原有的紧迫感。也许这正是她能在精神科有所建树的原因之一。

"这我就不清楚了，但我知道她在怀疑谁。她怀疑自家的住家保姆。是那个保姆告诉我的——她叫富樫加寿子。"

"能给我们详细讲讲吗？"

"我是一个多月前知道珠美姐姐有那种妄想的。那天我去她家借外文珍本看，她便用红茶招待我，可那红茶实在是奇怪得很。"

"怎么个奇怪法？"

"居然是罐装的红茶。"

慎司一脸莫名，问道："这有什么好奇怪的？"

"珠美姐姐可不是你这种饮食生活随便的人。她平时可讲究红茶了，家里有各种各样的茶叶，什么大吉岭啊，阿萨姆啊，乌瓦啊……都装在小玻璃瓶里，每天都用英式泡法冲泡。水温和时间都要精准控制，一点都不能错。泡茶时用的茶壶和茶杯也是有讲究的，用的都是皇家道尔顿的瓷器。这么讲究的人怎么会喝罐装红茶啊？这太诡异了吧。"

对红茶有着独到见解的峰原貌似也听出了兴趣。他把茶杯放在桌上，用平静的声音问道：

"那你有没有问过她为什么要喝罐装茶啊？"

"问了啊，结果她居然回答'方便省事的罐装茶也挺好喝的嘛'。说这句话的时候，她的表情很僵硬，声音不太自然，我总觉得她没说实话，但继续追问吧，好像又不太礼貌，所以我没刨根问底。谁知临走时，加寿子阿姨告诉我……"

"就是你刚才提到的那位保姆？"

"对，她都在珠美姐姐家做了将近二十年的住家保姆了。那天她一脸愁容，悄悄在我耳边说：'夫人怀疑我要下毒害她。'"

峰原点了点头，说道："原来是这样啊，难怪她要改喝罐装茶了。茶壶、茶杯和放茶叶的容器都可能被人下毒，但罐装茶就不存在这方面的隐患了。因为如果是罐装的话，就没法事先放入毒药了。而且罐头的口子很小，哪怕是开罐之后，要想投毒仍然很难。"

"加寿子阿姨向我透露珠美姐姐的妄想时，脸上的表情那叫一个伤心。这也难怪啊，我服侍你这么多年，你却怀疑我要下毒害你……"

"保姆有没有告诉你，珠美女士是从什么时候开始产生那种妄想的啊？"

"据说是从今年3月2日开始的。那天用早餐的时候，珠美姐姐说加寿子阿姨泡的茶有股怪味，死活不肯喝。从第二天起，她就开始买罐装茶喝了。

"加寿子阿姨实在受不了了，便问珠美姐姐为什么要这么做。结果珠美姐姐狠狠瞪着她说：'还不是因为你在茶里下了毒吗！'她没在开玩笑，是真的认定加寿子阿姨下了毒。阿姨都蒙了，忙说：'我怎么可能做那种事呢！'珠美姐姐却充耳不闻，一口咬定：'你肯定恨死我了，还想要我的遗产，所以想暗中下毒害死我！'

"她不仅不喝加寿子阿姨泡的茶，连人家做的饭菜也不肯吃了，每一顿都去外面吃。加寿子阿姨长吁短叹，说夫人总在外面吃，营养都不均衡了。反正只要是加寿子阿姨碰过的东西，她就一口都不肯吃。"

"直到3月1日，珠美女士都没有任何异样是吧？"

"是啊，就是从2日的早餐开始的，突然就不对劲了。加寿子阿姨一脸疲惫的样子，我看着都心疼。她在珠美姐姐家做了快二十年，女主人却偏偏怀疑她下毒……"

"这位珠美女士就没有想过要报警吗？"慎司问道。

"好像没有。她大概是觉得，警方不可能派人给她试毒的，报了警也没用，还不如想办法自保呢。"

"不来报警，我们反而难办啊。她要是找上门来，我们还能好好劝一劝，告诉她'有人要毒死自己'的妄想是多么荒唐。可警察总不能主动上门去教育人家吧。"

"对了，你刚才是不是提到了什么被毒妄想症啊？能跟我详细讲讲吗？"

明世对理绘问道。毕竟这是精神科医生的专业领域。

"被毒妄想症——英语里叫'delusion of poisoning'——是综合失调症的症状之一。"

"综合失调症？"

"就是以前被称为'精神分裂症'的疾病。最具特征的症状包括产生妄想、幻觉，语言、思维和行为不合逻辑，情感淡漠、意志减退、自闭倾向等等。"

"妄想……都有什么样的妄想啊？"

"比如被迫害妄想，就是认定有人在迫害你；还有嫉妒妄想，认定配偶、恋人对你不忠；觉得自己得了重病叫疑病妄想；认定自己犯了罪叫罪责妄想；坚信一些明显与你不相干的事物都与你有关，比如坚称'这本小说的主人公是以我为原型的'，就叫关系妄想；认定自己是神仙、伟人的后裔叫血统妄想。除了这些，还有许多根据妄想的内容命名的妄想症状。

"有被毒妄想症的患者会因为一些琐碎的小事立刻联想到食物和饮料里有毒。味道稍微有点不对劲，就觉得里头有毒药；摆盘的位置和平时稍有偏差，就觉得菜里下了毒——反正他们眼中看到的一切都能为食物里有毒提供佐证。无论在旁人眼里有多么荒唐，至少患者主观觉得那都是毋庸置疑的事实。而且部分患者还会出现幻味和幻嗅，就是感知到实际上并不存在的味道和气味。无论是患者还是他们的亲朋好友，这些症状对他们来说都是莫大的煎熬。"

理绘笑吟吟地说道。她的面容与这番话的内容极不相衬。

"你描述的症状和珠美姐姐的言行完全吻合哎……但她没有情感淡漠或语言、思维和行为不合逻辑之类的症状。她笑起来跟平时一样，也能跟我正常对话。"

"当然，患者不一定会表现出我刚才提到的所有症状。综合失调症有妄想型、青春型和紧张型等若干种类型，每种类型的主要症状都不一样。被毒妄想症的确是妄想型的一种症状，不过妄想型主要表现为妄想、幻觉等阳性症状，几乎不会出现情感淡漠或语言、思维和行为不合逻辑这样的阴性症状。其他类型的综合失调症一般在青春期和青年期发病，妄想型却往往在三十岁后发病，尤其是女性，发病年龄普遍晚于男性。"

"珠美姐姐今年五十五岁，这个年纪的人也有可能发病吗？"

"嗯，有可能的。"

"那综合失调症是什么原因导致的啊？"

"实话告诉你吧，病因到现在还不是很明确。但研究结果显示，患者大脑中的多巴胺水平过高。多巴胺是一种神经传导物质，负责将神经刺激从一个神经细胞传递到另一个神经细胞。有学者认为，是多巴胺过剩这一器质性原因与压力、性格偏差等因素相互作用导致了发病，但具体的发病机制还没搞清楚。也许患者本就有容易发病的因子，而压力激活了致病因子，致病因子又反过来催生出了压力，导致症状恶化……这可能就是综合失调症的发病过程。"

"能治好吗？"

"治疗得当的话是可以治愈的。综合失调症患者约占人口的1%，所以它并不是什么特殊的疾病。要知道这个比例跟发生于胃和十二指肠的消化性溃疡差不多，可见它一点也不稀奇。它既不是什么可怕的疾病，也不是不治之症。"

"请专科医生看一看，就能判断出她有没有得综合失调症了吧？"

"嗯，要不你找个时间带她来我们医院看看吧？"

"如果能带她去医院，我就不愁了。要是我建议她找个医生看看，她肯定会生气的。毕竟她在某些方面特别心高气傲……"

说到这里，明世忽然想到了一件事。

"对了！明天珠美姐姐要在家里办茶话会，我也被邀请了。理绘，如果你有空的话，能不能和我一起去，悄悄诊断一下珠美姐姐的症状呀？"

"倒是可以。茶话会是英式的吗？"

"嗯。珠美姐姐的爷爷年轻时在英国留过学，养成了喝下午茶的习惯，回国以后也没改。爷爷一直很疼爱珠美姐姐，所以她从小耳濡目染，至今仍保留着喝下午茶的习惯，有时候还会邀请朋友来家里办茶话会——峰原先生要不要一起来呀？"

明世邀请峰原同去。峰原身材高挑，风度翩翩，往桌边一坐肯定很养眼。真想瞧上一瞧啊——正是这份孩子气的心思驱使明世问出了那句话。

"我就不去啦。你一下子带太多人去，搞不好人家会起疑的。"峰原微笑着回答。

"我也可以去吗？"慎司问道。

"你可不能去。珠美姐姐是个特别讲究礼节的人，你这种粗汉子就别想了。"

"你说我粗野？你有什么资格嫌弃我啊！跟理绘大夫相比，你也文雅不到哪儿去好不好。"

"就你话多。再说了，你明天不是还要上班吗？一、边、凉、快、去！"

不料慎司最后还是去了西川珠美家。不过他登门时的身份并非"客人"，而是"刑警"。

2

第二天下午3点不到。明世与理绘在JR目白站下车，沿着目白大街向西走去。

天气晴好，万里无云。四周尽是夏日午后的灿烂阳光。明世全身被闷热的空气笼罩，没走几步便已大汗淋漓。她本想跟平时一样穿T恤衫和蓝色牛仔裤，只是考虑到要参加茶话会，这么穿实在不合适。今天的她打扮得很是规矩，穿了米色的直筒裤，搭配白色上衣。理绘则选了一条白色的长款连衣裙。明世热得气喘吁吁，理绘却是一副淡定的样子，面露温文尔雅的微笑，沐浴在阳光下的长发如瀑，光彩熠熠，连明世这个同性看着都觉得分外动人。

沿着目白大街走了几百米后，两人往右拐进一条小路。车站周边的喧嚣骤然远去，宁静的住宅区映入眼帘，直叫人怀疑这里还是不是市中心。四周还零星分布着几栋大概有数十年历史的洋房。

其中一栋洋房正是珠美的住所。房屋加院子的总占地面积恐怕有一千坪¹左右，周围砌着红褐色的砖墙。珠美是翻译家，但她不必为

1　坪是日本传统计量单位。1坪约等于3.3平方米。（本书如无特殊说明，均为译者注）

糊口而工作，基本上只把翻译当成一种爱好。

洋房对面的空地上立着黄黑相间的栅栏。挖掘机正在栅栏后方挖地。告示牌上写着，这里将建起一栋高层公寓。

两人推开以唐草纹装饰的大铁门，踏入院中。黄杨树丛间的小道铺着小石子，笔直向前延伸。小路尽头便是两层高的砖砌洋房，正对着来客。新艺术风格的华丽装饰随处可见。窗户是老式的上下推拉窗。从窗户的大小便可以看出洋房的天花板相当高。墙壁和周围的地面不见一根藤蔓、一棵杂草，足见院子有人精心打理。

黄杨树丛的两侧是宽广的庭院，栽有各种花草树木。洋房正面朝南，前方便是庭院，所以洋房的阴影不会落在院子里，全天阳光充足，草木长势自然好。不过等对面的高层公寓造起来了，它的影子肯定会影响到院子的。明世不禁有些担心。

时节正好，满园的红玫瑰、紫玫瑰与白玫瑰争奇斗艳。两人边走边欣赏眼前的美景。

"简直跟电影里的豪宅一样呀。"理绘迈着优雅的步子，边走边说。要是她打着阳伞到院子里走一走，那就更是人景合一、相映成趣了。毕竟她本人看起来与电影里的人物一般。

"是吧！你听说过'西川物产'吗？那是一家中等规模的贸易公司，昭和四十年（1965年）前后被大型贸易公司合并了，所以现在已经不存在了。珠美姐姐的爷爷是那家公司的老板，听说他大概在昭和十年（1935年）的时候建了这座宅子。珠美姐姐就是在这里出生长大的。宅子是她引以为傲的宝贝，稍微挑点毛病都会惹她不高兴的，说话时可要小心点哦。对了，我要怎么介绍你的职业啊？总不能实话实说吧？"

"要不说我是汽修工吧？"

"汽修工？"

理绘莞尔一笑，说："我从小就爱摆弄机器。"

"驳回。你看起来一点都不像汽修工好吧。"

"那就说我是画家吧。"

"你很会画画吗？"

"有一次我对着南瓜画素描，结果别人看了以为我画的是番茄。"

"别闹！就说你是幼儿园老师吧，看着还挺像那么回事的。"

两人沿着碎石小路走了二十多米，便来到了洋房的玄关。房门用厚重的橡木制成，装有青铜的狮子头敲门器。明世拿起把手敲了敲。

片刻后，保姆富樫加寿子开门迎客。她的年纪在四十五岁到五十岁之间，身材微胖，长了一张圆脸，神情略显憔悴，或许是女主人的怀疑令她备受煎熬。

"欢迎光临。"加寿子深深地鞠了一躬，随后说道："这边请。"说完便开始为两人带路。

走进玄关便是门厅，清凉的空气包裹全身。门厅深处有一座通往二楼的宽大楼梯。木制的楼梯散发着蜜色的光泽。不过安装在楼梯边的小型升降机却显得有些格格不入。珠美在十年前遭遇了一场车祸，下肢瘫痪，不得不坐轮椅，而升降机就是给珠美上下楼用的。她视这栋洋房如珠如宝，起初非常不愿意安装升降机，但是为了日常生活的便利，她终究还是妥协了。

加寿子打开门厅东侧的双扇门，请两人进去。门后便是餐厅，房间中央摆着一张圆形的木桌，四名男女围坐于桌旁。

"明世呀，可把你盼来了！"

四人之中的珠美发出高亢的喊声。她身材丰满，坐着轮椅，将在今年迎来五十五岁生日。

"这位是我的朋友，竹野理绘。我们住同一栋公寓。"

明世将理绘介绍给大家。珠美一看到理绘便夸张地欢呼起来。

"大美女啊！明世的朋友就是我的朋友，把这里当自己家吧！"

接着，她又用做作的手势指了指在场的另外三人。

"给竹野小姐介绍一下，这位是我的法律顾问，古泽清吾律师。"

古泽清吾年过六旬，西装笔挺，显得十分稳重。他打量了理绘一眼，然后只说了一句"你好"。

"这是我侄子，真一。他在综合医院当内科医生，也是我的主治医生。"

真一个子很高，四十岁上下。他长得颇为英俊，但一副骄傲自大的样子就摆在脸上。只见他将视线转向理绘说道："真没想到明世老师还有这么漂亮的朋友。你是演员吗？还是做模特的呀？"

理绘嫣然一笑。

"我在幼儿园当老师。"

"幼儿园老师？整天跟小朋友打交道肯定很辛苦吧？"

"不辛苦，可有趣啦。小朋友脑子里总有各种各样的妄想，没有一刻会觉得无聊。"

"妄想？"真一露出讶异的表情。明世连忙用手肘戳了戳理绘，让她少说两句。

"然后这一位是我的外甥女，福岛芳子。她开了一家家居用品店。"

福岛芳子身材微胖，三十五六岁的样子，穿着一条没什么品位的橙色连衣裙。

"你们有没有参观过这栋洋房的室内装潢呀？简直太美了。每次来做客，我都要任意地参观一番，能学到很多东西呢。"

说到这里，她转向了珠美。

"话说回来，我刚才去二楼的一间客房瞧了瞧，却发现地毯不见了，怎么回事啊？"

珠美看了加寿子一眼，用分外冷淡的声音问道："加寿子阿姨，怎么回事啊？"

"对不起，我在打扫卫生的时候弄脏了地毯……已经送去洗了。"

"小心点啊，你也不是头一年在我家干活了——你该去准备茶点了。"

"好的。"

加寿子走向餐厅隔壁的厨房，又推着小餐车走了回来。换作以前，放在餐车上的大概是皇家道尔顿的茶壶与茶杯，但今天出现在众人眼前的却是一个冰桶。加寿子把它放在桌上。

冰桶里铺着碎冰，冰块中插着罐装的原味茶、奶茶与柠檬茶，每种各有两三罐。接着，加寿子又将盛有麦芬的大盘子从餐车挪到桌子上。麦芬来自珠美很喜欢的一家面包房，就开在不远处。既然不是加寿子做的，珠美大概也就不怀疑它们有毒了。

"正好是夏天，来点冰茶刚刚好。偶尔喝喝罐装红茶也不错嘛。大家别客气，喜欢哪种随便拿。"

珠美环视众人说道。明世不禁在心里叹了口气。看来珠美的被毒妄想症并没有好转的迹象，但她又不能贸然插手。珠美满口牵强的借口，一心想掩饰对"加寿子可能下毒谋害自己"这件事的恐惧。如果明世逼得她不得不将这份恐惧示人，对她而言定是奇耻大辱。

"偶尔喝喝罐装茶也挺好的。"

明世诌笑几声，拿了一罐柠檬茶。理绘选了奶茶。茶罐冰镇得恰到好处，表面挂着水珠。

真一、古泽和芳子貌似都已经通过加寿子得知了珠美有被毒妄想症一事。他们若无其事地将手伸向冰桶，没有一个人开口询问珠美"为什么要喝罐装茶"。真一挑了柠檬茶，古泽选择了原味茶，芳子则拿了奶茶。最后，珠美拿起了原味茶。

"那就让我们享用红茶吧！"

在珠美的示意下，众人一齐拉起拉环。古泽愁眉苦脸，真一面带苦笑，芳子的表情一本正经，理绘面露温婉的微笑。

在场的所有人举起茶罐，将红茶灌进喉咙，然后又一齐把茶罐放在桌上。这景象着实荒唐，惹得明世险些笑场。她心想：用杯子喝茶，我还知道怎么喝看起来文雅，但这是罐装红茶啊，怎么喝才算斯文呢？真想引用《爱丽丝梦游仙境》中的一句台词——"这是我这辈子见过的最愚蠢的茶话会！"

这时，明世察觉到珠美正在偷偷环视众人。她正强颜欢笑着不动声色地观察着身边的来客。她在想什么呢？莫非她怀疑某位客人要下毒害死自己吗？照理说，珠美的被毒妄想症应该仅限于加寿子啊，难道怀疑对象扩大了吗？

3

茶话会开始后，一直是真一在调动气氛。他口才极好，分享了一件又一件工作中遇到的趣事。福岛芳子被他逗得高声大笑了好几回，就连一脸严肃的古泽清吾都时不时面露微笑。珠美却只是礼节性地挂着僵硬的笑容。

到了下午5点多，珠美说道：

"不好意思，我可以失陪一个小时左右吗？可能是因为上了年纪吧，最近动不动就觉得累……"

每天下午5点到6点休息一下，是珠美这几年养成的习惯。听到女主人发话，加寿子从厨房走来，打算帮珠美推轮椅。可她也许是太着急了，竟一不小心让轮椅狠狠撞到了餐厅的门上，险些把珠美甩下轮椅。

"你干什么啊！把门撞坏了怎么办！"

珠美一声厉喝，狠狠瞪着加寿子。"对不起！"保姆赶忙说道，伸手去扶女主人。

"笨手笨脚的！别碰我！"

珠美的怒骂使餐厅的温度降至冰点。再这么下去，说不定珠美会指着加寿子嚷嚷"你要下毒害我"什么的……明世连忙起身道：

"呃，我来帮你吧。"

"哎呀，明世啊，真不好意思呀！"珠美的声音与方才判若两人，"有你帮忙我就放心啦。跟你一比啊，我们家的加寿子阿姨可真是……"

眼看珠美又要冷嘲热讽，明世赶紧推着轮椅离开餐厅，帮着把轮椅放到装在楼梯旁的小型升降机上，将珠美送上二楼。

洋房的走廊为东西走向，南侧（即洋房正面）开了好几扇门。门后皆为客房。明世住过一次，知道客房面积大约八张榻榻米大，装饰得富丽堂皇，仿佛豪华酒店。沿着走廊一路向西，尽头处便是珠美居室的房门。

珠美的居室共有两个房间，分别是画室和卧室。画室位于走廊的尽头，再往里走才是卧室。因此要想进入卧室，就必须先通过画室。

明世开启房门，按下墙上的开关，打开室内的照明灯。

画室大约八张榻榻米大，白墙上挂着各种画作，都是莫奈、德加、雷诺阿等印象派画家的作品。想必它们本身也是一笔财富。珠美的祖父长年经商，据说这些画都是他在二战前收购来的。

进门左手边的整面南墙都镶嵌着玻璃，洋房的前院尽收眼底。在这个玫瑰盛开的季节，院中的景致一定很美。可惜此时此刻，玻璃墙已被深蓝色的天鹅绒窗帘完全挡住了。因为是画室，这个房间里没有摆放任何家具。

地上铺着纯白的短毛地毯。据说屋里原来铺着蓬松柔软的长毛地毯，然而珠美十年前遭遇事故，坐上了轮椅。轮椅在长毛地毯上不好走，所以洋房中的所有地毯都换成了短毛款。

明世打开第二扇门，推着轮椅走进深处的卧室。这间卧室的面积也是八张榻榻米大。屋里摆着床、沙发、衣柜、梳妆台和藤椅，地上铺着和画室一样的地毯。

"能扶我到沙发上吗？"

明世按珠美说的，扶着她从轮椅挪到沙发。珠美将身子深深埋在沙发中。

"多谢了。岁月不饶人啊，累死我了……可以麻烦你6点过来接我吗？加寿子阿姨笨手笨脚的，我可不想让她来。"

"好的。呃……"

"怎么啦？"

"你也不用那么凶加寿子阿姨嘛。毕竟她工作还是挺认真的，做事那么用心的保姆可不好找啊。"

明世认为，自己这番话算是在委婉地规劝珠美了，让她不要老是怀疑加寿子要下毒。

珠美喃喃自语道："也是……"然后闭上双眼。看来她无意再谈下去了。明世暗暗叹气，离开了珠美的居室。

回到餐厅时，古泽清吾和福岛芳子正在议论珠美的奇怪举动。

"来做客之前，我就听加寿子阿姨在电话里提过这件事，没想到她真会认定加寿子阿姨要下毒害她，只肯喝罐装茶。来之前我还不敢相信呢，只觉得再怎么样也不至于吧，不过看起来，她好像真的以为自己要被人毒死了。"

古泽清吾如此说道。福岛芳子使劲点头道：

"姨妈向来讲究红茶，现在竟然只敢喝罐装茶，真的太可怜了。"

她嘴上说珠美"可怜"，语气中却有一丝欢快。

"可能得请精神科医生看一看。"

"是啊，再这么下去就太委屈加寿子阿姨了。阿姨跟我长吁短叹，说只要是她碰过的东西，夫人就一口都不肯吃，每顿饭都是出去吃的。"

"其实我今天刚到的时候，珠美女士就悄悄对我说'待会儿有个法律问题要咨询你'。说不定，她是想把加寿子阿姨的名字从遗嘱里去掉。"

"哎哟，原来遗嘱里还有加寿子阿姨的名字啊？"

"是啊，虽然只有一百万日元，但明确写了是要赠予她的——哎呀，律师不该随便透露这种隐私信息的。"

古泽清吾许是察觉到了明世的视线，一脸尴尬地闭了嘴。

至于理绘，她被西川真一逮住了。面对医生的死缠烂打，她露出了困窘的微笑。

"我们要说几句闺密悄悄话。"

明世走向他们，用这句话帮理绘解围，然后拉着她走到餐厅角落，轻声问道：

"你觉得珠美姐姐的情况怎么样？是被毒妄想症吧？"

"嗯，喝罐装茶显然是被毒妄想症造成的。"

"要怎么治啊？"

"以药物治疗为主。对妄想、幻觉等阳性症状比较有效的是氯丙嗪、氟哌啶醇等抗精神病药物。最近还出现了几种副作用比较小，同时也能治疗阴性症状的非典型抗精神病药物，比如哌罗匹隆、喹硫平、奥氮平、利培酮等等。我昨天也说了，人脑中有一种叫多巴胺的神经传导物质，负责在神经细胞之间传递刺激。不知道为什么，综合失调症患者的多巴胺水平过高。我说的这些药物可以通过阻断中枢神经系统的多巴胺受体来抑制多巴胺的功能。不过，这类药物只能缓解症状。关键还是在于通过缓解症状让患者的身体和心灵得到喘息的空隙，进而恢复自愈力。"

"如果一直不接受治疗，放任病情发展，会有什么后果啊？"

"症状会越来越严重，使患者无法过上正常的社会生活，最终导致人格解体。"

理绘笑容可掬，说出口的却是如此骇人的话语。

"人格解体？好可怕啊……必须想办法让珠美姐姐接受治疗啊。怎么办才好呢……"

焦虑在明世心中不断膨胀，直至6点。

古泽清吾在5点10分左右离开了餐厅，表示要去一趟图书室。五分多钟后，福岛芳子也走了，说想参观一下洋房的房间布置。西川真一频频缠上理绘，但每次都会遭到明世的怒视。几轮下来，他貌似是放弃了，从餐厅消失了。他上哪儿去了？原来是去花园散步了。只见他不时把脸凑近玫瑰，品一品花香。明世不得不承认，他往那儿一站还挺养眼。加寿子收拾了桌上的冰桶，在餐厅和厨房打扫卫生，洗洗刷刷。明世和理绘则留在餐厅闲聊，时不时帮加寿子干点活。

6点一到，加寿子便走出了厨房。

"是要去接珠美姐姐吗？"

听到明世这么问，加寿子回答："是的。"

"要不我去吧，今天珠美姐姐好像心情不太好。"

加寿子落寞一笑。

"实在不好意思。那就麻烦您了。"

"我也去帮忙。"

理绘起身说道。两人走出餐厅，沿门厅的楼梯上到二楼走廊。

明世打开画室的门，迈步进屋。

就在这时，她注意到地毯上有个奇怪的东西，不禁和理绘对视一眼。

"……这是怎么搞的？"

门口右侧的墙边分明有一罐打翻的茶。从罐子开口处流出的红褐色液体在纯白的地毯上染出了神似罗夏墨迹测验[1]的污渍。茶罐应该不是刚打翻的，茶水已然渗入了地毯。

珠美将洋房视若珍宝，绝不会将茶罐扔在地上弄脏地毯。屋里肯定出事了。

明世和理绘绕过茶渍往里走。左手边便是那扇玻璃墙，但深蓝色的天鹅绒窗帘依然拉得严严实实。明世敲了敲卧室的门。

"珠美姐姐，我可以进来吗？"

屋里无人应答。明世又敲了敲，仍是鸦雀无声。两人面面相觑。

"是不是还睡着啊？进去看看吧……"

她打开房门，走进卧室。

映入眼帘的景象令她一下子僵住了。

珠美竟倒在沙发边，嘴边留有呕吐物的痕迹。

明世吓得两腿发软，无法动弹。理绘则迅速走到珠美身边，拿起她的右手探查脉搏。接着又把耳朵贴在她的左胸，最后翻开紧闭的眼皮，仔细观察她的瞳孔。理绘到底是医生，遇到突发情况时的反应非常迅速。

理绘回头望向明世，缓缓摇头。

"她已经去世了。"

"你确定？"

"嗯。她没有外伤，嘴边还有呕吐物，可能是中毒了。"

"中毒？可珠美姐姐不是有被毒妄想症吗？！有这种妄想症的人怎么会服毒呢……"

明世心中一凛。成天担心有人要下毒谋害自己的人是不可能主动

1　罗夏墨迹测验是著名的人格测验，通过向被试者呈现标准化的由墨渍偶然形成的模样刺激图版，让被试者自由地看并说出由此所联想到的东西，然后将这些反应用符号进行分类记录，加以分析，进而对被试者人格的各种特征进行诊断。

喝下毒药的。那就意味着——

"可能是有人给珠美女士下了毒。画室的地毯上不是有一罐开了口的红茶被打翻了吗？也许毒药就在那罐茶里。"理绘说道。

"……总之得先报警！"

明世掏出手机，拨通了110报警电话。

4

明世和理绘先将女主人的死讯通知了富樫加寿子，然后又通知了另外三位客人。

闻讯时，古泽清吾正坐在一楼西边的图书馆，浏览摊开放在桌上的大开本书籍。听说珠美遇害，他微微皱眉，啪嗒一声合上书本，跟明世一行人走了出去。

西川真一则坐在前院的长椅上抽着烟。听闻噩耗时，他的反应十分符合医生的身份。"她真的死了吗？我去确认一下。"说着，他便跑进洋房，冲向二楼。

大伙花了一番工夫才找到福岛芳子，因为没人知道她身在何处。最终，有人在二楼东边的一间客房里找到了她。只见她正凝视着室内的装潢摆设，一脸陶醉。听闻姨母遭遇不幸，她顿时发出一声夸张的惨叫。

众人待在餐厅等候警察的到来。真一下楼后，对在场的所有人摇了摇头。

"……没救了，她好像服了毒药，已经死了快三十分钟。"

报警十来分钟后，有人叩响了玄关的敲门器。富樫加寿子走向门口，又带着刑警们往回走。出警的刑警来自负责该片区的目白署，他们在加寿子的带领下前往二楼的案发现场。

又过了二十分钟，警视厅搜查一课的搜查组带着鉴证人员抵达洋房。搜查组的领导是位年近五十的男士。他身材瘦小，面相却十分刚毅。看见领导身后的慎司，明世大吃一惊。

万万没想到，这起案子竟然由慎司所在的第四强行犯搜查[1]九组负责。明世朝慎司轻轻挥手，他却装作没看见。岂有此理！明世在心中骂道，那家伙装什么样子呢！

警视厅的刑警们似乎和片区的同事们聊了几句。片刻后，年近五十的瘦小男子与慎司走进了餐厅。

瘦小男子自我介绍道，他是警视厅搜查一课的大槻警部。慎司站在他身边，举起笔记本。

"首先，可否请大家报一下姓名，然后讲一讲今天为何来访？"

警部用带着狠劲的低哑嗓音说道。小孩若是听到那般骇人的声音怕是会当场吓哭。明世等人挨个自我介绍，并表示自己是受珠美之邀来参加茶话会的。

"姑姑的死因是什么？"

西川真一问道。

"氰化钾中毒。打翻在地的罐装红茶里测出了氰化钾。死亡时间应该是5点半左右。发现遗体的是哪位？"

明世和理绘举起手，简单讲述了当时的情况。明世表示，自己5点送珠美上楼的时候，画室的地毯并没有任何异常。到了6点，她和理绘一起去接珠美，才发现一罐红茶打翻在画室右侧的墙边，还弄脏了地毯。走进卧室一看，珠美已经气绝身亡了……

1　在日本警视厅搜查一课中，负责杀人犯搜查的调查组。——编者注

大槻警部认真听着，不时附和两句。慎司则一脸凝重地做着笔记。

"珠美姐姐……是被人害死的吧？"

明世战战兢兢地问道。警部转头盯着她说道：

"没错。珠美女士死在卧室，掺了氰化钾的罐装红茶却打翻在画室。氰化钾是一种速效毒药。珠美女士不可能先在卧室里喝下掺有氰化钾的红茶，再去画室放下茶罐。换句话说，本案中必然存在一个将茶罐置于画室的人——也就是凶手。

"而且茶罐表面只有珠美的指纹，却找不到一枚属于其他人的指纹。在商品流通的过程中，茶罐表面本该留下许多人的指纹，可见它被人仔细擦拭过，抹去了原有的指纹。又有哪个打算自杀的人会做这种事呢？

"凶手在5点到6点之间来到珠美的居室，让她喝下了掺有氰化钾的罐装红茶。不是在她喝茶时趁机下毒，就是提前开罐投毒，再劝她喝下。确定她身亡后，凶手便离开了房间，但临走时粗心大意地把茶罐放在了画室，而不是尸体所在的卧室。"

"我之所以认为珠美姐姐死于他杀，是出于另一个理由。"

"哦？什么理由？"

明世对理绘说道："还是请你这位专家解释一下吧。"

"专家……？"西川真一皱起了眉，显得十分疑惑，"你不是幼儿园老师吗？"

理绘莞尔一笑。

"其实，我是个精神科医生。"

古泽和芳子将惊讶的视线投向理绘。真一则饶有兴趣地说道：

"哎呀呀……真没想到你这样的绝色佳人会是精神科医生。要是我们医院的精神科也有你这样的医生就好啦。不过你为什么要隐瞒自己的职业呢？"

"因为明世请我来诊断一下，看看珠美女士是否有被毒妄想症。"

俊朗的内科医生心领神会，点了点头。

"被毒妄想症——原来如此，是综合失调症的症状之一吧？的确是那样，没错。"

大槻警部清了清嗓子。

"好像扯远了啊。我问的是，促使您认为本案为他杀的另一个理由是什么？"

真一说道："警部先生，被毒妄想症就是她所说的另一个理由啊。"

"被毒妄想症？那是什么玩意儿？"

"原来您不知道啊？"真一言简意赅地为大槻警部讲解了被毒妄想症的大致表现，"姑姑就有这种妄想。平时开茶话会的时候，她都会按英国人的规矩来，用茶壶跟茶杯冲泡红茶。可今天用来招待我们的居然是罐装红茶。她肯定是觉得，喝罐装的就不用担心有人下毒了。"

"罐装红茶？真的吗？"

明世等人纷纷点头。见状，警部终于接受了"被毒妄想症"这种说法。

"怕中毒的人的确不可能主动服毒啊。这应该会成为指向谋杀的有力证据。话说回来——被害者觉得谁要下毒害她啊？"

尴尬的沉默笼罩餐厅。片刻后，加寿子下定决心，开口说道：

"……我。"

大槻警部凝视着保姆，眸色深沉。

"她怀疑的是您吗？"

"是的，从3月初开始的，那天用早餐的时候，夫人说我泡的茶味道不对劲。从第二天起，她就开始喝外面买来的罐装茶了。我问夫人为什么，她竟然说因为我在茶里下毒。无论我怎么否认，她都不肯相信……

"从那时起，只要是我泡的茶、我做的饭菜，她就一口都不碰。每顿都出去吃。我真是委屈死了……再这么下去，我都想辞职不干了。"

"恕我冒昧，请问您今天下午5点到6点之间都做了些什么？"

所有人的目光都集中在加寿子身上。明世瞄了警部一眼。警方总不能因为珠美有被毒妄想症，就认定下毒的真是加寿子吧？保姆脸色微微一紧，回答道：

"那段时间我正在餐厅和厨房干活。"

"有人能为您作证吗？"

加寿子正要回答——

"富樫阿姨不是凶手，"理绘用温婉的口吻插嘴道，"从下午5点到6点，她一步也没有离开过餐厅和厨房。我一直都能看到她。明世——奈良井小姐也可以证实我的证词。再说了，珠美女士之所以只喝罐装茶，正是因为她认定富樫阿姨要下毒害她。在富樫阿姨面前，她一定会时刻盯着自己的茶罐，阿姨递过来的茶她肯定是一口都不会喝的。富樫阿姨应该没有机会下毒。"

理绘看起来心不在焉，说出来的这番话却极有条理。加寿子露出落寞的微笑，对理绘说道："谢谢您。"

"有道理啊……"

大槻警部点了点头，凝目环顾在场的所有人。

"不好意思，能否请各位讲一讲，你们在下午5点到6点之间都做了些什么？"

古泽清吾脸色一沉。

"请先等一下，警部。莫非你认为凶手就在我们之中？"

警部回望律师。

"很遗憾，我确实这么想。毕竟外人溜进宅邸毒害珠美女士的可能性微乎其微。"

"可我们为什么非要杀害珠美女士不可呢？"

"你们是珠美的侄子、外甥女和法律顾问。换句话说，你们都是珠美的利益相关者。"

"天哪，你这人说话也太难听了！难道你怀疑我为了钱给珠美姨妈下毒吗？"

福岛芳子尖叫起来。

"正是为了排除嫌疑，我才需要知道各位在5点到6点之间的行为轨迹。"

古泽清吾一脸不悦地回答：

"我一直待在图书室。"

"图书室里还有其他人吗？"

"没有。很不凑巧，就我一个。所以没人能为我作证。"

西川真一面露浅笑道：

"当时我在花园里散步，看看玫瑰花。可惜院子里只有我一个人。"

福岛芳子不情愿地开了口：

"我逛了洋房各处的房间，参观室内装潢。这里的房间都布置得很漂亮。我怎么可能下毒害姨妈呢？古泽律师和真一先生也不会做那种事啊。真的不可能是姨妈自己服下了毒药吗？"

"绝对不可能。"

大槻警部如此说道，再次环视众人。

5

"——就是这样。"

次日上午10点多。明世把昨晚发生的一切讲给峰原听。理绘就坐在她旁边。

昨天晚上，警方的问话一直持续到9点多。明世和理绘疲惫不堪地回到了三鹰市的"AHM"。

明世本想立刻找峰原聊一聊这起案件，只是大晚上贸然上门未免太没礼貌。所以等到第二天早上，她便和理绘一起赶往顶楼的峰原家。她们还想叫上慎司，却发现他不在家。

峰原端出香气四溢的咖啡和曲奇招待她们。明世一边吃吃喝喝，一边讲述事情的经过。理绘则时不时用温文尔雅的口吻做些补充。

研究罪案正是峰原的爱好。他会对这起案子发表怎样的看法呢？明世十分好奇。

她刚说完，门铃就响了。峰原起身走去开门，随后便带着慎司回来了。

"你们俩果然在这儿啊，我就知道！"慎司打着哈欠，一屁股坐在沙发上，"不好意思，峰原先生，给我也来一杯咖啡行吗？困死我了……"

峰原用托盘端来咖啡。"啊，多谢！"慎司啜了一口感叹道，"您泡的红茶已经很好喝了，这咖啡也是一绝啊。"

对峰原泡的咖啡美味绝伦这一点，明世也有同感。只是一看到慎司那吊儿郎当的模样，她便忍不住要抬杠。

"我说你啊，这里又不是咖啡厅！还厚着脸皮讨咖啡喝呢，真没礼貌。"

"你烦不烦啊，你不也在喝吗？"

公寓房东微笑着插嘴道：

"我就喜欢冲个咖啡泡个茶什么的，别客气，想喝就尽管说吧。"

"听见没，峰原先生都发话了。"

"看来你的字典里好像没有'客气'这两个字啊。对了，昨天我在珠美姐姐家跟你挥手打招呼来着，你怎么一点反应也没有啊，什么态度嘛！"

"我当然不能有反应了！如果熟人跟案子有牵扯，刑警按规定可是要避嫌的啊。所以我不能让警部知道我认识你们。赶到案发现场一看，居然见到了你和理绘大夫，我都吓了一跳呢。"

"我们才吓了一跳好不好。看到你也在搜查组里，我只觉得眼前一黑，"说到这里，明世细细打量慎司的衣服，"哎哟，还是昨天那套嘛，而且还皱巴巴的。昨晚没回成家呀？"

慎司很是郁闷地点了点头。

"是啊。离开案发现场之后，我们又去片区的目白署开了搜查会议。开完会就在目白署的道场眯了一小会儿，刚刚才回来。本想拿点换洗的衣服，却又想在那之前先跟峰原先生聊一聊这起案子，所以就顺便过来了。"

"我和理绘已经跟峰原先生说了。警方有什么看法呀？快点说来听听！"

"喂喂喂，求人就该有求人的态度好吧！"

"你不是人民公仆吗？你的工资都是我们交的税啊！真要说起来，我们还算是你的雇主呢。雇主的话，你敢不听吗？"

"你能交多少税啊，口气倒不小……"慎司耸耸肩，"凶手在古泽清吾、西川真一、福岛芳子，以及……奈良井明世和竹野理绘这五人之中，这就是搜查本部的结论。"

"你说什么？怎么连我和理绘都成嫌疑人了啊！"

"案发时在那栋房子里，并且有可能行凶的人都是嫌疑人啊，公平得很。"

"喂，快想办法排除我和理绘的嫌疑啊！"

慎司嘴角一勾："开玩笑的啦。你们俩没有动机，所以搜查本部没把你们当嫌疑人。"

"这还用说吗！"

"凶手就在古泽清吾、西川真一和福岛芳子这三人之中。古泽这人看起来一本正经，却有不少负面传闻。据说他一直在偷偷挪用自己负责管理的客户资产。真一是个医生，收入挺高，但他有两位前妻，要支付两人份的赡养费，外加他喜欢开进口豪车，所以总是很缺钱。芳子经营的家居用品店生意不太好。如果古泽挪用了被害者的资产，那他就有充分的理由行凶。真一和芳子能得到一大笔遗产，这也是说得过去的动机。

"凶手知道被害者认定保姆企图下毒害死自己，因此只要下毒，就能将嫌疑转移到保姆身上，于是就实施了犯罪。

"被害者的确怕保姆下毒谋害自己，却从没怀疑过别人。如果是别人递过来的罐装茶，她一定会毫不犹豫地接下。

"古泽说他案发时在图书室，真一说他在花园，芳子说她在洋房各处参观，但由于三人都是单独行动的，所以没人能为他们作证。他们都完全有可能暗中溜进被害者的房间。"

"那罐掺了氰化钾的罐装茶是哪里来的？当时我没来得及细看，那罐茶和茶话会上端出来的茶一样吗？"

"不，不一样。是另一个牌子的高档罐装红茶，最近刚上市，号称是跟英国的知名红茶公司合作开发的呢。那是凶手偷偷带去的。

"在5点到6点之间，凶手带着那罐茶来到被害者的房间。他可以说'这是新出的高端产品，你要不要尝尝看'，然后拉起拉环，神不知鬼不觉地把氰化钾掺进去，递给被害者。或许被害者并不想喝，但她不是总说'方便省事的罐装茶也挺好喝的'嘛，于是就不得不喝了。"

"茶罐上只有珠美姐姐的指纹是吧？"

"嗯，凶手没有留指纹。要是在室内戴手套，旁人肯定会起疑的，估计凶手在指尖涂了些胶水。等胶水干了，就不会留下指纹了。"说到这里，慎司望向峰原，"峰原先生，听完案件的经过，您有什么想法吗？"

公寓房东微微一笑，用低沉而富有穿透力的声音说道：

"有一点着实叫人费解。凶手为什么要把掺有氰化钾的茶罐放在画室，而不是卧室呢？听说凶手是在珠美女士死在卧室之后才把茶罐拿去了隔壁房间，可他何必这么做呢？把茶罐放在珠美女士身边，看起来还更像自杀一点。但茶罐一旦被拿去隔壁房间，自杀的可能性就会被彻底排除。凶手为什么会做出如此莫名其妙的事情呢？"

"凶手大概是想尽快离开现场，没有闲心去注意细节了吧。所以他才会一不留神把本可以留在卧室的茶罐留在了画室。"慎司回答道。

"也许是这么回事，可这要是无心之失，那这个凶手未免太马虎了吧？我倒认为，凶手是故意把茶罐放在了画室，而不是卧室。"

"故意？您认为他有什么意图啊？"

"凶手可能是想用茶渍掩盖画室地毯上的某种痕迹。"理绘慢条斯理道。

"什么痕迹？"慎司探出身子。

"凶手的血呀。可能他在作案时因为紧张流了鼻血什么的，把地毯弄脏了。只要验一下血就能查到出血的是谁，到时候，警方就会发现他到过案发现场。于是他决定把茶打翻，掩盖血迹。据我猜测，只要仔细化验地毯上的茶渍，就一定会发现血液的成分。"

"这个思路太妙了！我这就请鉴证的同事们查一查。"

慎司一脸钦佩地点点头，站了起来，急忙要走。就在这时，峰原叫住了他："还有些事想请你顺便查一查。"

峰原用圆珠笔在手边的便签本上写了几行字，递给慎司。

"能不能请你核实一下我写的这两点？"

慎司看了看便签，面露疑惑："这是什么意思？这跟案子有什么关系啊？"

峰原却若无其事地回答："如果这两件事如我所料，案子就能圆满解决了。"

6

两小时后，慎司激动万分地打来电话，说峰原写在便签上的那两点完全没错。可惜茶渍中并没有发现血液的成分，所以理绘的推论被推翻了。

于是峰原便报出了凶手的名字。慎司一声大喊："我马上去申请逮捕令！"随即挂了电话。连身在电话旁的明世都听到了他的喊声。

此刻的明世无比茫然。她不知道峰原让慎司调查了哪两件事，也不明白为什么他报出的那个人就是凶手。理绘的表情则比平时更恍惚了几分。

峰原对她们微笑道：

"不好意思呀，一直卖关子到现在。其实刚听完你们对案子的描述，我脑海中就浮现出了一种推论。可要是在没有确凿证据的情况下随口乱讲，结果却猜错了，那就太尴尬了，所以我才请后藤警官调查了一下。反正现在都确认妥当了，我就讲给二位听听吧，请稍等。"

峰原起身前往厨房，片刻后端着摆有茶壶和杯子的托盘走了回来。

"既然要讨论一起涉及红茶的案子，那肯定是边品茶边聊更有雅趣。今天我用的是大吉岭。"

峰原将茶壶中的液体倒入杯中。橙色的茶汤晶莹剔透，馥郁的香气扑面而来。明世和理绘谢过他，品了一口。味道不涩不淡，极有层次，堪称绝妙。峰原貌似享受了一会儿美味的红茶，然后用平静的口吻徐徐道来。

"前天来我家的时候，明世老师不是跟我们提起过珠美女士怕被人毒死的事情吗？明明是红茶爱好者，却因为怕被保姆毒死改喝罐装茶了。听着听着，我便产生了一个疑问。因为对于一个有被毒妄想症的人来说，珠美女士的行为非常奇怪。"

"哪里奇怪了？她采取的行为不是非常符合被毒妄想症的特征吗？"

"我们也可以说，作为一个有被毒妄想症的人，她的行为既不合理，又不彻底。"

"既不合理，又不彻底？"

"你们仔细琢磨一下：如果她真的怕中毒，又何必认准罐装红茶呢？喝塑料瓶装的红茶不是也行吗？而且易拉罐一旦打开，罐口就是一直敞开着的，但塑料瓶是可以盖紧的。在'防止投毒'这方面，塑料瓶比易拉罐强多了。如果她真的怕中毒，为什么不喝瓶装茶呢？"

明世眼前一亮。还真是这么回事。

"所以我才说，作为一个有被毒妄想症的人，她的行为既不合理，又不彻底。珠美女士真的在担心自己被人毒死吗？我对这一点产生了怀疑。"

"您的意思是，她没有被毒妄想症？"给珠美做出诊断的理绘眨了眨眼，显得十分惊愕，"可她如果没有被毒妄想症，又怎么会一直喝罐装茶呢？"

"关键在于她为什么没有选择瓶装茶，而是只喝罐装茶。于是我便梳理了一下易拉罐有、塑料瓶却没有的特征。因为珠美女士一定是出于这项特征才选择了罐装茶。"

"易拉罐有，塑料瓶却没有的特征？"

明世和理绘面面相觑。

"是材质吗……？易拉罐要么是钢做的，要么是铝做的，反正都是金属的，但瓶子是塑料做的对吧。所以容器必须是金属的……"

那么，为什么茶的容器必须是金属的呢？珠美看重的是茶罐能不能被磁铁吸住吗？可磁铁只能吸住钢罐，却吸不住铝罐啊。

莫非是强度的问题？钢罐确实很结实，但铝罐显然不如塑料瓶牢固。

同样是金属，钢罐和铝罐也有很大的差别。易拉罐有、塑料瓶却没有的特征究竟是什么呢？

峰原微笑着打量明世和理绘那写满疑惑的两张脸，随后开口说道："我所关注的特征是不透明。塑料瓶是透明的，但钢罐和铝罐都不透明。也就是说，珠美女士之所以选罐装茶，而非瓶装茶，或许是因为她不想让别人看到容器里面的东西。"

"不想让别人看到容器里面的东西？为什么啊？难道是里面装着的液体不对劲吗？"

"不，毕竟是在售的商品，里面的液体肯定是没问题的。那就意味着唯一说得通的推论是，她之所以不想让人看到容器里面的东西，正是因为里面装着的是液体。"

"里面装着液体怎么了？怎么就不能让人看见了啊？"

峰原笑了笑，将手中的茶杯稍稍一歪。通透的橙色液体随之缓缓倾斜。

"因为液体能起到水平仪的作用啊。"

明世彻底惊呆了。

"水平仪？难道……"

"没错。珠美女士怕的不是中毒。她真正害怕的是……洋房发生了倾斜这件事被旁人知道。"

"洋房发生了倾斜？"

"是的，这就是我让慎司警官调查的第一件事。他刚刚在电话里说，洋房的确出现了倾斜。警方请专家检查了一下，发现洋房略往后倒了一些。据说是一种叫地面沉降的现象造成的——而且是局部发生的不均匀沉降。地下水横向逸出，地面根据流失地下水的体积相应沉降，于是建筑物就逐渐倾斜了。慎司警官说，自昭和十年前后建成以来，洋房并没有出现过任何问题，最近却突然发生了不均匀沉降，这恐怕是因为最近洋房周围的工地在大规模填地、挖地和抽取地下水。"

听到这里，明世不禁想起了抵达珠美家时看到的情景。

"话说回来，洋房对面确实在挖地，说是要建高层公寓。"

峰原点了点头："洋房的不均匀沉降应该就是公寓的建筑工程造成的。来客抵达时之所以察觉不到倾斜，是因为倾斜出现在垂直方向，而非水平方向。如果是向前倾或者向后倒，那么从正面望过去是不可能注意到的。

"了解到'洋房出现倾斜'这一前提，珠美女士的奇怪行为就能解释得通了。她不再用茶壶泡茶，因为一旦把茶汤倒入杯中，旁人就会看出洋房的倾斜。之所以选择罐装茶而非瓶装茶，也是因为她不想让别人看到容器里面的红茶。

"珠美打心底为自己出生长大的宅子骄傲。它必须是完美无缺的。谁知，它在今年由于不均匀沉降出现了倾斜，也难怪珠美女士要苦心隐瞒。

"要想瞒住这件事，请客人来家里开茶话会的风险就非常高了。因为杯中的茶汤可能会暴露洋房倾斜的秘密。可珠美女士完全没有考虑过'停办茶话会'这一选项。因为受非常疼爱自己的祖父的影响，她从小养成了办茶话会的习惯。

"她想隐瞒房屋倾斜的秘密，但茶话会不能不办——为了破解这个两难的困局，珠美女士想出了一个办法，那就是改喝罐装红茶，不让宾客发现洋房出现了倾斜。

"你们告诉我，珠美女士在茶话会上一直在悄悄观察众人喝罐装茶的模样。那是因为她怕有人会注意到洋房的倾斜。

"古泽清吾表示，珠美悄悄对他说'待会儿有个法律问题要咨询你'。古泽还以为，珠美女士是认定保姆要毒害自己，所以想从遗嘱中删除保姆的名字。但珠美女士并没有被毒妄想症，所以她没有这么做的动机。她肯定是认为洋房倾斜的原因在于对面的挖掘工程，于是想和古泽商量一下，控告建筑公司。

"既然珠美女士并不害怕有人下毒谋害自己，我们就会发现某个人在撒谎了。"

"……是加寿子阿姨吗？"

"对。她告诉你，珠美女士是怕她下毒才做出了那些奇怪的行为。但珠美女士的真正目的明明是隐瞒洋房倾斜的事实。

"我姑且考虑过珠美女士对加寿子谎报理由的可能性，不过就算如此，加寿子应该也能立刻识破。毕竟她每天都住在洋房里，不可能注意不到倾斜。做饭、洗衣、浴室、洗脸台……她有的是碰水的机会。所以她很快就能反应过来，珠美的奇怪举动是为了什么。

"加寿子宣称珠美女士指责她下毒谋害自己，但那不过是假惺惺的谎言。珠美女士拒绝加寿子准备的饭菜，顿顿出去吃也是子虚乌有。她不过是在有客人上门的时候改喝罐装茶罢了。

"你们仔细想想，如果珠美女士真的被'加寿子企图下毒'的妄想所迷惑，那她应该第一时间开除保姆不是吗？她何必留着一个企图毒害自己的保姆在家里呢？

"加寿子的谎言是不可能被揭穿的。哪怕有人看到珠美女士的行为，当面问她‘你为什么要喝罐装茶’，她也不愿道出实情，只会回答‘方便省事的罐装茶也挺好喝的嘛’。事后，加寿子再悄悄告诉人家‘夫人是怕被我毒死’，大多数人都会大吃一惊，闭口不提罐装茶。也绝不会有人找珠美女士求证——‘你是怕被加寿子阿姨毒死吗？’。”

没错。明世正是如此。

“加寿子为什么要撒这样的谎呢？我能想到的理由只有一个，那就是为了在珠美女士日后因为喝下罐装茶中毒身亡的时候，让警察产生这样的想法——既然被害者害怕被加寿子毒死，那被害者就不可能喝下加寿子递给她的罐装茶，因此加寿子不是凶手。加寿子企图将‘珠美女士对自己抱有被毒妄想症’用作某种心理层面的不在场证明。”

“您的意思是，加寿子阿姨就是真凶？”

“没错。”

“她不可能实施犯罪啊。凶手在下午5点到6点之间前往珠美姐姐的房间，让她喝下加了氰化钾的罐装茶，又把茶打翻在画室地上。可是在那段时间里，加寿子阿姨一直在餐厅和厨房忙活啊。我跟理绘都看得清清楚楚。”

“珠美女士的死未必是画室那罐茶里的氰化钾造成的。如果凶手让珠美女士服下的是装在胶囊里的氰化钾，服毒这一行为就完全有可能发生在死亡的几个小时之前。于是凶手就没有必要在5点到6点之间前往珠美女士的房间了。”

“话是没错……可地毯上的空罐和茶渍要怎么解释呢？那不正是凶手去过案发现场的铁证吗？”

“如果能用某种方法让茶罐和污渍在5点到6点之间出现在地毯上，凶手就不用去现场了呀。”

“让茶罐和污渍出现？怎么出现啊？难道凶手还有共犯帮忙？”

“不。如果凶手真有共犯帮忙，那制造不在场证明就没有意义了。其实凶手是弄了个小机关。"

"机关？我和理绘6点去珠美姐姐的房间时，并没有看到什么机关啊。"

"那是因为你们进屋的时候，机关已经消失了。那是个一启动就会消失的机关。"

明世一头雾水。

"加寿子的机关是这样的——首先，她趁珠美女士不在房里的时候，往画室的地毯上铺了另一张一模一样的地毯。那张地毯应该是从另一个房间拿来的。茶话会开始前，福岛芳子不是问起过'二楼客房怎么少了一块地毯'吗？加寿子回答说，她打扫卫生的时候弄脏了地毯，已经送去清洗了。其实那张消失的地毯就叠在画室的地毯上。洋房的地毯都是纯白色的短毛款，二楼的客房面积大约有八张榻榻米大，画室也是差不多的面积。换句话说，客房的地毯和画室的地毯应该是同款，大小也一样，所以两张叠放不会被人察觉。

"茶话会开始前，加寿子谎称加有氰化钾的胶囊是某种药，让珠美女士服下。珠美女士并没有被毒妄想症，所以她会毫不犹豫地服下加寿子给的胶囊。

"之后，加寿子前往画室，打开一罐红茶，加入氰化钾，把茶倒在房间右侧墙边的地毯上。当然，被弄脏的是上面那张地毯，下面的第二张地毯——也就是画室原配的地毯依然干净。

"接着，她把第一张地毯从右往左卷了起来。因为画室中没有放置任何家具，卷地毯全无阻碍。要是卷好后松手不管，地毯就会因为地面倾斜缓缓打开，恢复原状。所以她在地毯下面卡了些碎冰，用作固定器。听你们说，开茶话会时放罐装茶的冰桶铺了用冰锥凿碎的冰块，加寿子用的大概就是那些冰。不仅如此，她还把空罐塞进了地毯卷中心的空洞。

"地毯卷位于画室的左端。既然是短毛款，卷起来以后应该不会很占地方。而画室左手边是一整面玻璃墙，还拉着窗帘，想必卷起来的地毯就藏在窗帘后面，不仔细看是绝不会发现的。

　　"下午5点，明世老师送珠美女士回房。由于有窗帘遮挡，你们都没有注意到画室左端的地毯卷，只看到了画室原配的干净地毯。

　　"5点半左右，胶囊在珠美女士的胃里溶解。氰化钾起效，珠美女士因此死亡。

　　"与此同时，画室里用于固定的冰逐渐融化。由于地面的坡度，地毯卷缓缓打开，从房间左侧自动滚向右侧，恢复原状。于是右侧墙边的地毯上就出现了空茶罐和混有氰化钾的茶渍。"

　　一启动就会消失的机关——正如峰原方才所说。

　　"于是到了6点，当明世老师和理绘大夫前往珠美女士的居室时，案发现场便呈现出了'凶手来过'的景象。

　　"我让慎司警官调查的第二件事，就是看看画室是否铺了两层地毯。事实也正如我所料。

　　"用地毯和冰块这两件家常物品来制造不在场证明，这确实是保姆容易想出来的点子。她肯定反复试验过，搞清了用于固定地毯的冰块需要多长时间才会融化，卷起的地毯需要多久才会恢复原状。只要把握好这两个时间，并且知道装有氰化物的胶囊需要多长时间才会溶解，她就能轻易制造不在场证明了。

　　"加寿子不能亲自在5点送珠美女士回房休息，到了6点再去房间接人。因为她要请第三者代劳，让那个人见证画室的地毯在5点还是干干净净的，地上没有茶罐，到了6点却出现了空罐和污渍。所以5点送珠美女士回房的时候，她故意把轮椅撞在餐厅的门上。如此一来，脾气暴躁的珠美女士必定不愿意让加寿子送，而会让别人接手。也许加寿子算准了明世老师乐于助人，认定茶话会的宾客中至少会有一个人站出来代替她。”

明世的心情略有些复杂。她不知道自己应该高兴还是难过。

“可话说回来，加寿子阿姨为什么要杀珠美姐姐啊？”

“至于动机，其实加寿子亲口提过。她说，珠美女士指责她说：‘你肯定恨死我了，还想要我的遗产，所以想暗中下毒害死我！’当然，这句话是加寿子编造的谎言，并非事实。但它却是本案的真相。光听明世老师的描述，我就能想象出珠美女士对加寿子十分刻薄。想必在长年侍奉珠美女士的过程中，加寿子肯定是一天比一天憎恨女主人，一心盼着她死，好得到她的遗产。所以撒谎的时候，加寿子也无意中吐露了真情。”

“那天古泽清吾一不小心说漏了嘴，说加寿子能拿到的遗产是一百万。这的确不是一个小数目，可为了这点钱就……”

“谁说一百万不足以引人行凶，一个亿才足以使人举起屠刀呢？只要算准了人心，钱财再少也足以引发杀意。”

明世深感无奈，叹了口气。

三人都沉默了片刻。过了一会儿，理绘抖擞精神说道：

“如果这桩案子是一部推理小说，《P的妄想》大概是个很贴切的标题吧。”

“为什么啊？”

“我本以为珠美女士患有被毒妄想——delusion of poisoning，但我的诊断本身才是妄想。精神科医生的妄想——delusion of psychiatrist。而且字母‘P’还暗示了凶手制造不在场证明的手法。”

“暗示了凶手制造不在场证明的手法？”

“你想象一下地毯卷缓缓摊开的画面呀。从侧面看过去，不就是这样的吗？”

理绘嫣然一笑，用手指在桌上画了一个——横放的字母P。

Ｆの告発

F的告发

1

冰冷的夜色中，路边的水银灯发出清冷的亮光。周围的杂树林化作黑色的剪影，叶片在穿堂风的作用下相互摩擦，仿佛在窃窃私语一般。

后藤慎司走下出租车，浑身一哆嗦，忙拉紧大衣的下摆。即便如此，寒气仍然渗进了他的身体。这令他无比想念片刻前离开的温暖小家。手表的指针指向午夜0点23分。路上几乎没有车，行人更是不见踪影。

慎司望向距离人行道二十米左右的一栋建筑。那是一栋两层楼高的钢筋混凝土建筑，看似一连串拼接起来的白色长方体。那便是位于杉并区善福寺公园附近的"仲代雕塑美术馆"。

送慎司过来的出租车刚走，另一辆出租车便停在了路边。只见车门开启，走下一个年近五十的男人，他对慎司说道：

"哟，后藤，来得真快啊。"

"因为我住在三鹰市井之头公园附近，离这儿还不到三千米呢。"

来人正是慎司的上司大槻警部。他是警视厅搜查一课第四强行犯搜查九组的领导，身材瘦小，身高勉强达到警察的招收要求。不过他的面相十分刚毅，不服输的劲头更是比谁都强。一旦盯上调查对象，就绝不会罢手。下属们暗地里给他起了个外号，叫"斗鸡"。

"岁月不饶人啊，大半夜出现场可真是吃不消……"

又一个年近花甲的男人走下出租车嘟囔道。此人正是森川巡查部长。他身材高大，眼神犀利，怎么看怎么像刑警。所有人视他为大槻警部的左膀右臂，他自己也这么认为。

"二位是一起来的呀？"慎司问道。大槻警部点头道：

"我刚才还在高井户的老森家喝酒呢，净听他吹嘘他那宝贝大孙子了。我都快听烦了，正好接到案发的消息，这下就不用听他吹牛了，可算是松了一口气呢。"

森川巡查部长苦笑道：

"哎呀，我家孙子那叫一个可爱啊。前一阵子……"

"行了行了，等忙完了，你想吹多久我都奉陪，先查案子。"

三人从人行道拐进铺着草坪的园区，向美术馆走去。身着制服的巡警站在大门口，向他们抬手敬礼。大槻警部微微点头回应，问道："其他人呢？"巡警摇头道：

"除了我和一个同事，其他人都还没到。那位同事正守在案发现场门口。"

"噢，有劳了。"

事件起于1月27日星期一午夜0点整。当时，警视厅的通信指令中心接到了一通电话——

"一个名叫室崎纯平的研究员在仲代雕塑美术馆的特殊藏品室遇害了。"

电话那头的人刚说完这句话就收了线，负责接听电话的工作人员都来不及细问。那人的声音很闷，像是用手帕捂住了嘴，而且才说了一句话就挂了，以至于工作人员甚至无法判断对方是男是女。

莫非是有人恶作剧？但为防万一，通信指令中心还是联系了仲代雕塑美术馆附近的派出所，派巡警前去调查。

尽管已是深夜，但巡警来到美术馆时见到了馆长和两名职员。他们起初还半信半疑，然而等巡警催着馆长打开特殊藏品室一看，发现室崎纯平确实遇害了。

警视厅搜查一课第四强行犯搜查九组手上刚好没有案子，于是这起案件便由他们负责。本已下班回家的慎司和其他组员接到消息，打车赶往案发现场。此外，警视厅的鉴证人员和片区荻洼署刑事课强行犯搜查组的警官们应该也被叫来了。

三人从正门走进大堂，温暖的空气顿时裹住他们的身体。慎司舒了一口气。

大堂采用通顶设计，足有两层高。左手边是前台和纪念品小卖部，右手边则摆着几张供游客休息的沙发。只见三名职员坐在沙发上，神情焦虑。慎司一行人刚走过去，他们便猛地站起身来，仿佛触了电一般。一个是看起来有五十多岁的谢顶男人，另一个是四十岁上下的女人，还有一个三十五岁到四十岁的男人。

大槻警部亮出了警察手册，说道：

"我们是警视厅搜查一课的。"

奔四年纪的男子神经质地清了清嗓子，回答道：

"辛苦各位了。我是美术馆的研究员，名叫神谷信吾。"

他戴着眼镜，头发分成标准的三七开，身材瘦弱，穿着奶白色的毛衣和深棕色的裤子。只见他毕恭毕敬地指了指谢顶男人，介绍道：

"这位是我们馆长，仲代哲志。馆长在七年前做了喉癌手术，切除了声带，所以不能说话。不过他可以借助装有读屏软件的笔记本电脑与各位交流。"

馆长中等身材，腮帮鼓鼓。头顶秃得不剩一根头发，嘴边却留着胡子，显得十分滑稽。他的脖子上用皮绳挂着一块画板，就是画家在户外写生时用的那种，画板上摆着一部笔记本电脑。他穿着一身剪裁得体的深蓝色西装，明明深更半夜，却规规矩矩打了领带。

"请问您是？"

大槻警部向那位四十岁上下的女人发问。她回答道："我叫香川伸子，是馆长的秘书。"她的身材比寻常女人高大些，身高直逼一米七。不过她散发着内敛的气场，放在人群中也不惹眼。她几乎没有化妆，整张脸看着却很端庄整洁。上身穿着黑色高领毛衣，下身搭配灰色紧身裙。

"已经很晚了，为什么各位还不回家呢？"

馆长开始敲打笔记本电脑的键盘。他的打字速度非常快，大概是熟能生巧吧。打完字后，电脑便发出了程序合成的男声。

——明天，不对，已经是今天了。从27日开始，本馆将要举办题为"丝绸之路上的雕塑美术"的企划展。我们正在进行最后的布展工作。在这里等候各位的神谷、香川和已故的室崎都是这次展览的负责人，所以他们加班到很晚还没走。

"特殊藏品室在哪里？"

馆长抬起手，示意"这边请"，为众人带路。香川伸子留在原处，神谷信吾则像一条忠实的看门狗，紧跟在馆长身后。慎司等人也跟了过去。

大堂角落里有一扇标有"员工专用"的双扇门。拉开门便是一部宽三米、深三米的大型电梯，相当宽敞，应该是专为搬运美术品所设。

一行人走进电梯后，馆长让电梯往下走。开门出去一看，是一条十多米长的走廊。走廊两边有若干扇标有"藏品室"的双扇门，每扇门都有编号。而在走廊的尽头，有一扇标有"特殊藏品室"的房门。

身着制服的巡警正守在门口。看到慎司等人，他顿时松了口气，向他们敬礼。

慎司与同事们都戴上了手套。终于要进案发现场了，慎司甚至能感觉到自己心跳加快，不禁咽了一口唾沫。

大槻警部正要打开特殊藏品室的门，却歪着头露出疑惑的表情。因为这扇门和其他藏品室的门都不一样，其他房间的门是双扇的，有把手，这扇门却不见合页，也没有把手。这似乎是一扇推拉门。

"这扇门要怎么开啊？"

大槻警部问道。馆长再次敲击电脑键盘。

——这扇门安装了F系统。

"F系统？"

——这种系统可以存储人的指纹，只有登记过的指纹拥有者接触光学传感器的时候，门才会开启。说白了就是，这扇门装了用指纹当钥匙的锁。"F"是fingerprint（指纹）的首字母。

接着，馆长指了指安装在门边墙上的奇怪装置。

——这就是F系统的认证装置。

那是一个长约十厘米、宽约七厘米的扁平长方形盒子。上方配有液晶屏，下方则是一个椭圆形的浅浅凹槽，貌似用透明的玻璃或塑料制成。

警部面露愁容——因为他对高科技产品一窍不通。如今手机已成为刑警的必需品，警视厅给每位警官都配了，但他经常发牢骚说自己不会用。据说他连家里的录像机都不会设置，让上初中的女儿十分无奈。

"刚才我确认案发现场的时候，也是请馆长开的门。"

——门只会打开十秒钟，请各位小心。

馆长把食指按在认证装置下方的椭圆形凹槽上。那似乎就是他刚才提到的光学传感器。"哔！"——伴随着轻微的电子提示音，液晶屏上出现了"认证完成"这几个字，门随即滑动起来。慎司觉得自己仿佛在看科幻电影。

馆长走进房间。大槻警部、森川巡查部长、慎司和神谷信吾随后进屋。门在他们身后自动关闭。

那是一个大约二十张榻榻米大的房间。毕竟是地下室，四周当然没有一扇窗户，天花板上的日光灯将视线所及之处照得发白。室内摆着好几排钢架，都与房门平行，每个钢架的侧面都贴着牌子，分别写着"非洲""亚洲""北美""南美""欧洲"和"大洋洲"。看来藏品是按地区分门别类的。架子上摆着形形色色的藏品，包括非洲的木面具、中国的青铜动物塑像和纹饰繁复的铜镜、大概是出自美索不达米亚的浮雕、古希腊与古罗马风格的雕像以及欧洲的盔甲刀剑等等。

"这个房间叫'特殊藏品室'对吧。是专门用来存放珍贵藏品的房间吗？"

馆长点头回答警部的问题。

——对，所以这也是唯一配备了F系统的房间。

"遗体在哪里？"

——从门口往里数，第五排钢架后面。

慎司等人朝那个方向大跨步走去。

在标有"欧洲"字样的钢架后面，一个年近四十的矮个男子仰面倒地。他穿着棕色毛衣和米色长裤，左胸被染成了红黑色，四周已是一片血泊。钢架上也有几处飞溅的血迹。血已经干透了，看来命案发生在数小时前。

"他就是室崎纯平先生吗？"

大槻警部如此询问馆长和神谷信吾时，馆长神色阴沉，神谷信吾则脸色苍白地点了点头。

凶器掉落在遗体旁边。那是一把刀，刀柄上有复杂的装饰，镶嵌着几颗宝石。刀被血染成了红黑色，不过刀身曲线优美，堪称艺术品。

"难道……这把刀也是藏品？"

森川巡查部长问道。馆长点头作答。

——那是15世纪的土耳其文物。可能是当时的王公贵族用于防身的刀具，极其珍贵。在我们美术馆，这类文物也算雕塑美术品。

"看架子上的藏品，放置在这里的好像都是年代久远的文物。贵馆不收藏当代美术品吗？"

——对，我们只收藏19世纪之前的雕塑美术品。

"对了，可以让这扇门保持打开的状态吗？每次有探员来都要请您开门，未免有些麻烦。"

馆长点了点头，敲击电脑键盘。

——神谷，麻烦你跟香川说一声，把F系统切换到停用模式。

神谷信吾答了声"好的"，将手指放在门边的认证装置传感器上，打开门走出特殊藏品室。看来不光进门的时候要扫指纹，出门时也要扫。

"停用模式又是怎么回事？"

大槻警部问道。

——只有在F系统登记过指纹的人才可以出入这个房间，但那几个人要是有个万一，就没有其他人可以开门了，这会造成很大的麻烦。遇到这种情况时，可以将F系统切换成停用模式，如此一来，门就能保持开启状态。当然，只有密码管理员才能进行切换，而且停用的时间会在电脑里留下记录，所以不存在安保层面的问题。

这时，门旁的认证装置发出程序合成女声："切换至停用模式。"话音刚落，门便自动滑开了。与此同时，认证装置的液晶屏上显示"停用模式"这几个字。

"原来如此，这样就能让门一直开着了啊……"

大槻警部似乎被震撼到了。

片刻后，探员接连赶到。最先抵达的是警视厅的鉴证人员。负责案发现场勘察的小组共有五个，各组轮流值夜班，以便及时应对夜间发生的各种案件。鉴证人员取出设备，启动勘察工作。验尸官杉田也来到了现场。他五十五六岁的样子，总能精准推测出被害者的死亡时间。负责司法解剖的医学院法医系医师们也对他的这一手绝活赞不绝口。

由于现场勘察的优先级最高，慎司一行人便来到走廊等待他们完工。在此期间，第四强行犯搜查九组的同事们和片区获洼署刑事课强行犯搜查组的警官们等负责调查本案的人员陆续赶到。

透过敞开的房门，可以看见在特殊藏品室中忙碌的鉴证人员。有的在撒用于采集指纹的粉，有的在拍摄遗体及其周围的照片。房里不时传来沉吟声，原来是杉田一边检查尸体，一边哼哼唧唧，颇有几分格伦·古尔德[1]的风范。

过了一会儿，杉田走出特殊藏品室。大槻警部迫不及待地问：

"被害者是怎么死的？死亡时间大概是什么时候？"

"死因是失血过多。左胸被捅了三刀。死亡时间……嗯，大致是昨天，也就是26日晚上8点到9点之间。"

警部点点头，望向站在一旁的馆长。

"话说这个房间配备了F系统，那就意味着只有登记了指纹的人

1　格伦·古尔德是加拿大钢琴演奏家，有一些广为人知的古怪习惯，比如他总在演奏时喃喃哼吟。

才能进入这个房间，对吧？"

——是的。不光进门要扫指纹，出门也要扫，否则门是不会开的。

"都有哪些人登记了指纹？"

——除了我这个馆长和神谷信吾，还有松尾大辅，不过他不在这里。然后就是遇害的室崎纯平了。

"谁进出过房间都会留下记录吗？"

——当然，都记录在电脑里。

"能给我们看一下那些记录吗？"

馆长略显迟疑地点点头。看来他终于明白了大槻警部的意图。

慎司心想，这下肯定能破案了。能够进入案发现场的人非常有限，而且每次进出都有记录，一查就知道谁是凶手。多简单的案子啊。

谁知事与愿违……

2

大槻警部和慎司在馆长的带领下来到一楼。森川巡查部长留在现场，听取鉴证人员的汇报。

神谷信吾瘫坐在大堂的沙发上，面无血色。馆长拍了拍他的肩膀，像是在安慰他。神谷随即露出虚弱的笑容，点头致意。

大堂前台后有一扇标有"办公室"的房门。慎司等人随馆长走了进去，神谷信吾也跟来了。

办公室里摆着两张钢制办公桌，每张桌上都有一部台式电脑。用于存放文件的柜子摆了一整面墙。

香川伸子忧心忡忡地坐在椅子上。众人进屋时，她猛地抬起头。馆长给了她一个和煦的微笑，随后敲击电脑键盘。

——香川，麻烦你打开F系统的画面，调出指纹登记者列表，以及昨天进出特殊藏品室人员的记录。

香川伸子点了点头，转向电脑。大槻警部和慎司站在她身后盯着屏幕看。她滑动鼠标，双击图标，打开一个输入用户名和密码的窗口。只见她飞快地敲击键盘，将信息输入空栏，再点击登录，屏幕上便出现了"F系统"字样的画面。

画面中有若干个图标，每个图标右边都配有说明文字，比如"登记""登记者列表""出入记录""切换模式"等等。

香川点击了"登记者列表"的图标。画面刷新，显示出四个名字。

姓名	登记时间
仲代哲志	2000年2月19日
松尾大辅	2000年3月27日
神谷信吾	2000年4月11日
室崎纯平	2000年5月16日

"这张列表里的就是登记了指纹的人吗？"

大槻警部问道。

——对，只有表里列出的四个人。

除去被害者室崎纯平，其余的三人便是本案的嫌疑人。

"能再给我们看看昨天进出案发现场的记录吗？"

香川伸子移动光标，点击"出入记录"的图标。画面再次刷新，出现了输入日期的窗口。她输入了昨天的日期，即"2003年1月26日"。

屏幕上显示出了名为"1月26日出入记录"列表。

姓名	入室时间	离室时间
神谷信吾	20:07	20:23
仲代哲志	20:34	20:56
松尾大辅	21:11	21:18

这就是三名嫌疑人进出案发现场的记录。

"昨天你们三位都去过特殊藏品室啊。这些记录是可以删除的吗？"

——不可以。进出的记录一旦生成，就永远都无法删除。这些记录意味着只有这几个人在昨天进过特殊藏品室。

"如果把F系统切换到停用模式，门就能长时间保持开启状态了对吧？在这种状态下，谁都能进出特殊藏品室。您说的切换状态的时间也是有记录的，那能否再确认一下昨天有没有切换过呢？"

——没有这个必要。如果切换过，那么切换的时间就会出现在您看到的这份"出入记录"里，而且字体是标红的。然而正如您所见，列表中并没有这样的记录。这就意味着昨天F系统从未切换至停用模式。

大槻警部嘴角一勾，瘦小的身躯仿佛在一瞬间高大了起来。

"原来是这样啊。那么凶手肯定就在这三个人之中。他把被害者带进了特殊藏品室，并将其杀害。

"验尸官推测被害者的死亡时间是昨天晚上8点到9点之间。而在这三人之中，松尾大辅先生进屋的时间晚于被害者的死亡时间，因此可以排除他的嫌疑。于是就只剩下两名嫌疑人了。不是神谷信吾先生，就是您——仲代哲志先生。"

馆长露出平和的微笑。

——我不是凶手。我没有杀死室崎的动机。而且我的右肩扭伤了，根本挥不动刀，您找医生确认一下就知道我没有胡说。前天我在自家公寓的楼梯上一脚踩空，滚了下来，右肩就是那个时候撞伤的。另外我还要声明，我惯用右手，所以无法用左手挥刀行凶。

"右肩扭伤了？那我们稍后再去核实一下。"

神谷信吾早已面无血色。

"我确实在室崎遇害的时候去过特殊藏品室，但我不是凶手。我也没有理由杀他啊。再说了，我是有尖端恐惧症的，光是看到刀子我都受不了，握刀就更不可能了。"

"尖端恐惧症？"

大槻警部面露怀疑的神色。

"我说的都是真的！您问问其他人就知道了，他们肯定都亲眼看到过我在餐厅里被刀叉吓得脸色发青的样子。"

——神谷确实有尖端恐惧症。

馆长敲打键盘。

——这在我们美术馆是出了名的，每个员工都知道。据说是看不得任何尖锐的物体。

"这个我们稍后会核实的。仲代先生，能否请您讲一讲您昨天来美术馆上班之后都做了些什么？"

——我是晚上7点多来的，然后一直都在馆长室和香川一起工作。我本来想早点来帮忙筹备今天开始的企划展，但白天有事要办，所以来晚了。到了10点，我想泡壶茶休息一下，于是就去神谷的办公室叫他一起。室崎那边我也去了，但人不在，不过他好像没回家，所以我当时心想，他肯定在馆里的某个地方。在馆长室喝过茶以后，我继续和香川处理工作。我是做梦也没想到，室崎竟然遇害了……

"馆长室在哪里？"

——就在这间办公室隔壁。

"您在晚上8点34分进过特殊藏品室，56分出来的，对吧？"

——对，因为我要用那个房间的一件藏品。

"当时您没发现房间里有什么异常吗？如果神谷先生是凶手的话，您进去的时候，被害者应该已经在室内遇害了。"

"不是我干的！"

神谷信吾抗议道。

——我没有发现任何异常。当时我要找的东西在第三排钢架上，所以没有去室崎遇害的第五排附近。

"等到午夜0点过后，派出所的巡警找上门来，您才知道有人打电话报警了是吧？"

——是的，0点刚过，附近派出所的警官找过来说，警视厅接到报案，声称室崎死在了特殊藏品室。起初我还以为是有人搞恶作剧，但警官催得紧，为保险起见，我们就去特殊藏品室看了看，没想到室崎真的遇害了……

大槻警部又将视线转向神谷信吾。

"神谷先生，能请您讲一讲昨天来美术馆上班以后都做了些什么吗？"

神谷信吾虽是一副坐立不安的样子，但还是用极快的语速回答道：

"我昨天是上午9点来的，然后一直跟室崎、香川秘书和松尾忙布展的事情，一直忙到傍晚6点多。接着我们四个去附近的一家饭馆吃了商务套餐，吃完饭后我就一直窝在办公室里干活。每位研究员都有自己的办公室。到了10点，馆长来找我喝茶，我就去馆长的办公室休息了一会儿，之后就回自己的办公室继续工作了。当时我看了看表，发现已经过了午夜0点，于是就收拾了一下准备回家。谁知走到大堂的时候，正好碰到了上门报信的警官。"

"您的办公室在哪里？"

"在一层的后侧。"

"您也去过特殊藏品室，晚上8点07分进去，23分出来，没错吧？"

"呃、嗯……但我不是凶手啊！我真的有尖端恐惧症，你们一定要相信我啊！"

"可不是您干的，那就只可能是仲代先生了。"

"呃、这……"神谷的视线来回飘忽，"对了！肯定是松尾干的！因为他和室崎的关系特别糟糕。既然馆长跟我都不是凶手，那就只可能是他了！"

"但他有不在场证明啊。他进特殊藏品室的时间晚于验尸官推测的死亡时间。"

"那又怎么样？他就不能在特殊藏品室外面杀害室崎，然后再把尸体搬进去吗？"

神谷连珠炮似的说道。看来他是相当讨厌那个叫松尾大辅的人。

大槻警部摇了摇头，说道：

"这是不可能的。正如各位刚才所见，现场有大量的血迹，架子上也溅到了血。结合室内的情况，被害者毫无疑问是在那里遇害的。话说这位松尾先生好像不在馆里，大概是已经回家了吧。有哪位知道他昨晚做了什么吗？"

"我可不知道，"神谷没好气地说道，"他走得神不知鬼不觉的。为了即将开幕的企划展，连馆长都加班到深夜，他倒好，自说自话走了。"

香川伸子沉声插嘴道：

"松尾老师在昨晚9点40分左右来过馆长室，跟馆长和我打了个招呼才走的。"

"噢……能不能请松尾先生来一趟啊？毕竟他也是有能力出入案发现场的人之一。我本不想深夜打扰，只是有必要找他了解一下情况。"

馆长看了看香川伸子，敲打电脑键盘。

——麻烦你给松尾打个电话吧。告诉他情况特殊，只能麻烦他深夜跑一趟了。

伸子答应下来，掏出手机。

"喂，是松尾老师吗？我是香川……吵醒您了吗？实在不好意思。是这样的，馆里出大事了，室崎老师遇害了，我们刚发现了遗体……不，是真的，警方已经来馆里调查了。问题是室崎老师遇害的地方——他死在了特殊藏品室。没几个人进得了那个房间。除了室崎老师，就只有馆长、您和神谷老师了。所以警方想找您了解一下情况。馆长说，情况特殊，只能麻烦您跑一趟了。您不在家吗？在女朋友家？让我转告警官，明天早上再说？这不太合适吧……啊，他挂电话了。"

香川伸子叹了口气，朝馆长摇了摇头。馆长面露苦笑，转过身来对着警部。

——抱歉，松尾大概是过不来了。

凶暴的笑容浮现在警部脸上，小孩子见了怕是会被当场吓哭。

"这位仁兄还挺有个性的嘛。"

"松尾这人简直离谱！"神谷用无比愤懑的语气说道，"馆长，您为什么要由着他胡闹啊？不守规矩，自说自话，从来不把同事放在眼里，净挑馆长来的时候请假……这种人早就该开除了！"

馆长拍了拍神谷的肩膀，像是在安慰他。

——松尾的确有些特立独行，但他没有恶意。而且他在工作方面是非常出色的。

大槻警部环顾三人。

"对了，警方之所以知道有案件发生，是因为有人在午夜0点打电话报警，说'一个名叫室崎纯平的研究员在仲代雕塑美术馆的特殊藏品室遇害了'。打那通电话的人肯定是今晚身在美术馆的人——不是你们三位之一，就是松尾大辅先生。如果你们之中有人打了电话，请如实告诉我们。"

馆长、神谷信吾和香川伸子都沉默不语。

"打电话的人可能亲眼看到了凶手带着室崎先生进了特殊藏品室，也可能是自己进入特殊藏品室时发现了室崎先生的遗体，所以他才报了警。我理解大家不忍心指控同事犯罪的心情。但是查明真相终归是为了帮助犯人，所以还请大家如实相告。"

三人依然保持沉默。

"仲代先生，您在晚上8点34分到56分进入特殊藏品室的时候，是不是发现了室崎先生的尸体，于是报了警？"

馆长缓缓摇头。

"神谷先生，香川女士，二位是不是看到了凶手和室崎先生一起进入特殊藏品室的那一幕？"

"我没看到，"香川伸子回答道，"在8点到9点的这段时间里，我不是在馆长室，就是在办公室，压根没有靠近过特殊藏品室。"

"我也没看到凶手。电话肯定是松尾打的。"

神谷信吾说道。他似乎想把所有的问题都归咎于松尾。

大槻警部用凌厉的眼神扫视众人，然后换了一个问题。

"各位最后一次见到室崎先生大概是在什么时候？"

馆长敲击电脑键盘。

——晚上7点多，我刚到这儿就在大堂遇到了他。

"神谷先生，您呢？"

"7点半左右，是在卫生间碰巧遇见的。"

"当时他的情况如何？"

"挺正常的啊。我甚至觉得他有点兴高采烈的感觉。"

"兴高采烈？"

"嗯，就好像他正准备做一件很重要的事情……"

"很重要的事情？您有什么头绪吗？"

神谷摇头回答说没有。

"香川女士，您最后一次见到室崎先生是在什么时候？"

"下午6点多的时候，我和神谷老师、松尾老师、室崎老师一起吃了晚饭，那是我最后一次见到他。"

"能介绍一下室崎先生的背景吗？"

——他是2000年5月，也就是三年前来我们美术馆的。我二十多岁的时候去了美国，五年前回国后建了这座美术馆，然后招聘研究员。当时第一个来应聘的是松尾，第二个就是您面前的神谷，室崎是第三个。如今我们美术馆也算有点名气了，但那个时候根本没人知道。室崎能在美术馆成立之初前来应聘，我心里是非常感激的。

"那他之前是在哪里工作的呢？"

——千岁纪念美术馆。听说他跟那边的同事闹了点不愉快，所以辞职了。

"室崎先生为人怎么样？"

——他是个诚实礼貌、做事踏实的人，专攻中世纪到现代的欧洲雕塑。曾经代表我们美术馆和国外的著名美术馆谈合作，成功借到了那个时期的作品，签了租借合同。那次特展称得上盛况空前了。他还为美术方面的期刊撰写了不少研究论文。

神谷突然想起了什么，说道：

"话说回来……大概在一周前，室崎找我做了一件挺奇怪的事情。"

"什么奇怪的事情？"

"他把'沉睡的斯芬克斯'递给我，让我瞧瞧有没有什么不对劲的地方。"

"沉睡的斯芬克斯？"

"是安置在特殊藏品室的一尊青铜像。据说出自17世纪的意大利，作者不详。"

"请您看青铜像有什么好奇怪的？"

"室崎的专长就是中世纪到现代的欧洲雕塑，照理说，'沉睡的斯芬克斯'属于他的专业领域。我又不是那方面的专家，为什么要来问我呢？我的专长是东方雕塑啊。"

大槻警部望向馆长和香川伸子。

"他找过你们吗？"

"他也找我看过。"香川伸子怯生生地说道。

——他也来找过我。

馆长敲击键盘回答道。

——听神谷这么一说我才想起来。大概一个多星期前，我碰巧来了一趟，结果室崎君见了我，就把"沉睡的斯芬克斯"递了过来，让我看看有没有什么奇怪的地方。

"那你们有没有发现异常呢？"

馆长、神谷和伸子齐齐摇头。

"可以让我看看那尊'沉睡的斯芬克斯'吗？"

众人再次前往位于地下的特殊藏品室。F系统已切换至停用模式，所以房门保持着敞开的状态。现场勘查工作也结束了，室崎纯平的遗体已经被运走了。

"沉睡的斯芬克斯"放置在从外往里数的第五排钢架上。斯芬克斯是希腊神话中的女妖，这尊雕像刻画了它闭目蹲坐的模样。四肢弯折，翅膀折叠收起。长约三十厘米，高约二十厘米，宽约十厘米。表面光滑，带着朦胧的光泽。

神话故事中的斯芬克斯会出谜语考验路人，答不出来的人就会死在它手里。而这尊"沉睡的斯芬克斯"仿佛在向探员们发问——室崎纯平究竟在我身上发现了何种异样？

3

对馆长、神谷信吾和香川伸子的问话在不到凌晨3点的时候结束了，他们一脸疲惫地回了家。

探员们也决定先回片区的荻洼署开会，只留下数名警官把守案发现场。

"那通午夜0点整打来的电话，你是怎么看的？"

刚走出仲代雕塑美术馆的正门，大槻警部便向慎司发问。慎司忍着哈欠回答：

"午夜0点整打来的电话？"

"就是那通说'一个名叫室崎纯平的研究员在仲代雕塑美术馆的特殊藏品室遇害了'的电话啊，你有什么看法？"

"要么是某位工作人员撞见凶手与被害者一起进了特殊藏品室，要么就是那人自己进特殊藏品室的时候发现了被害者的遗体，所以就报警了吧。"

"不，我不这么想。"

"为什么啊？"

"刚才我当着他们三个人的面，暗示发现室崎丧命后报警的人可能是好心的第三者……但那是不可能的。报警的人一定是凶手。"

"凶手打电话报警？您凭什么这么说啊？"

"因为电话是在午夜0点整打来的啊。碰巧发现遗体的报警者怎么会在0点整打来呢，谁能掐那么准啊？那人却准点打电话报警，我总觉得这里头有某种计划的成分。打电话的肯定是凶手本人。"

慎司恍然大悟。大槻警部果然有两把刷子，难怪他能领导搜查一课的搜查组。

"但是啊，还有一个问题解释不通。"

"什么问题啊？"

"凶手打电话报警的目的到底是什么呢？"

"目的……大概是为了让遗体早点被人发现吧？"

"照理说是这样没错，可他如果真想让我们尽快发现被害者的遗体，就应该再早些报警啊。要知道，验尸官推测的死亡时间明明是晚上8点到9点之间。为什么他要在行凶后等上三四个小时再打电话呢？"

"那肯定是有某种原因逼得他不得不等吧。"

"某种原因？能有什么原因啊？"

"嗯……比如说，凶手在现场留下了某种痕迹，要等上三四个小时才会消失。"

"什么样的痕迹啊？"

"不好说……警部您觉得呢？"

"我不知道。我只是有种感觉，也许破案的关键线索就隐藏在'凶手推迟报警时间'这一点中……"

*

探员们在荻洼署的道场打了会儿瞌睡，然后在上午10点重返案发现场。

出了这种事，美术馆当然是没法开门的。时不时有游客看到大门口挂着的"闭馆"牌子，带着疑惑的神情打道回府。

大槻警部和森川巡查部长对把守现场的制服巡警说了声"辛苦了"，从正门走进大堂。慎司与其他下属紧随其后。

五六名美术馆职员聚在大堂交头接耳，每个人都掩饰不住心中的震惊。馆长、神谷信吾和香川伸子不见踪影，可能是打算休一天假。见探员们来了，众人便齐齐闭了嘴。

这时，人群中的一个男人大步走向慎司他们。

他四十岁上下，中等身材。穿了一套水洗牛仔衣裤，留着一头染成棕色的披肩长发，脖子上戴着一条金项链。相较于穿得一本正经的同事们，他这身打扮可谓"大放异彩"，嘴角还挂着一抹目中无人的微笑。只见他用夸张的动作打了个哈欠，以轻浮的口吻对大槻警部说道：

"听说你想见我来着？抱歉啊，久等了。"

"您是？"

"我就是松尾大辅啊。大半夜接到电话的时候，我正在女朋友家。都怪她缠着我不让我走呀，你们别往心里去。"

警部皱起眉头。他的脸上仿佛写了这么一行字——好一个讨人厌的家伙。

"对了，我能去一趟特殊藏品室吗？我需要那里面的一件藏品。"

"那您必须有警员陪同。"

于是森川巡查部长和慎司便陪同松尾前往特殊藏品室。因为大槻警部下了指示，F系统已经从停用模式切换回了正常模式，所以房门紧闭。松尾在感应器上扫描指纹，打开房门，然后三人一同走进屋里。

松尾来到标有"亚洲"字样的第二排钢架，用左手拿起一面青铜镜。那貌似就是他要找的东西。当他伸出左手时，袖口露出了一块劳力士手表。慎司心想，这人戴的表还挺上档次的嘛。

"室崎是在哪里遇害的啊？"

松尾问道。森川巡查部长迟疑片刻后回答：

"就在第五排钢架后面。"

松尾朝那边走去。大量的血迹清晰可见，地上还留有勾勒出遗体轮廓的白线。

"……噢，原来他死在这儿啊。"

松尾低头望去，沉声说道。素来为所欲为的他，貌似也生出了某种感慨。

"室崎先生的遇害时间是昨晚8点到9点之间。根据F系统的记录，您是9点11分进入这个房间的，这意味着当时他的尸体已经在这里了。您就没有注意到吗？"

面对巡查部长的质问，松尾耸了耸肩：

"很遗憾，我是真没注意到。屋里有那么多排钢架呢。而且我刚才看到了，尸体分明是在第五排架子的后面嘛。昨晚9点11分进来的时候，我找的是第二排架子上的藏品，根本没走到第五排，所以不可能发现尸体啊。再说了，我是有不在场证明的。我进来的时候，室崎已经遇害了，我怎么可能杀得了他呢？"

说到这儿，松尾又狠狠打了个哈欠。

"抱歉，昨晚女朋友缠得紧，都不让我睡觉呢。"

"这么恩爱啊……"巡查部长绷着脸说道，"话说回来，您觉得室崎先生这人怎么样？"

"他可不是什么好人。表面一本正经，背地里偷偷摸摸各种算计。"

"听说您和室崎先生的关系有点紧张？"

"是神谷那家伙告诉你们的吧？我和室崎的关系的确糟糕，但其实是他单方面看我不顺眼而已。我根本就没把他放在眼里，他怎么样我都无所谓的。"

"看来神谷先生和室崎先生都对您意见不小啊。"

"因为馆长喜欢我，他们眼红呗。"

"眼红？"

"对啊。馆长每个月只来两三次，运营工作都是交给我们这些职员做的，而且他格外信得过我。"

松尾厚颜无耻道。他似乎对此深信不疑。

"据说大约一周前，室崎先生把一尊叫'沉睡的斯芬克斯'的青铜像拿给几个同事看，让他们帮忙瞧一瞧有没有什么问题。他也找过您吗？"

"对，我当时也纳闷呢。因为他平时一句话都不想跟我多啰唆，从没有征求过我的意见。"

"那'沉睡的斯芬克斯'有什么不对劲的地方吗？"

"反正我是没瞧出来。我是研究中国古代雕塑的，拿一个17世纪的意大利雕塑过来，我也瞧不出什么名堂啊。当时我就是这么跟室崎说的，直接把东西塞回给了他。"

"您昨天来美术馆上班之后都做了些什么呢？"

"我是早上9点到的，然后就和神谷、室崎、香川秘书一起布置原计划在今天开幕的企划展。忙到傍晚6点多，总算是布置好了，于是我们四个就出去吃了晚饭。回来以后，我在自己的办公室工作了一段时间。后来为了找个东西来了一趟特殊藏品室，9点11分进，18分出。到了9点40分左右，我去了趟馆长室，和馆长、香川秘书打了声招呼，然后就直接去了女朋友家——要不先出去吧？"

松尾将手指放在F系统的传感器上，开启房门，左手拿着铜镜，快步走向走廊。要是不抓紧出去，就要被困在屋里了。森川巡查部长与慎司急忙跟了上去。

4

    屋里茶香缥缈，沁人心脾。窗外寒风凛冽，好在有厚重窗帘的遮挡，室内很是温暖。背后的沙发柔软舒适，恰到好处地带走了一整天的疲惫。

    峰原卓那将近一米八的消瘦身躯深埋在沙发里。只见他闭着眼睛听慎司讲述案情，五官深邃的面庞带着仿若沉思的神情。一旁的明世则不时打岔。由于一头极短的头发，再加上那一身牛仔衣裤，乍一看还以为她是个细嗓门的男孩子。秀发如瀑的理绘稍稍侧着头，面带温婉的微笑静静听着。

    "——就是这么回事，"慎司讲完了事情的来龙去脉，环顾在场的三位朋友，"根据F系统的记录，凶手显然在仲代哲志、神谷信吾和松尾大辅这三个人之中。可种种条件却使他们被排除在嫌疑人名单之外。

    "我们找医生核实过，发现仲代哲志是真的扭伤了右肩，绝对做不了挥刀这样的动作。而且仲代惯用右手，恐怕没法用左手挥刀行凶。

    "神谷信吾确实有尖端恐惧症。他的同事和学生时代的朋友都异口同声地告诉我们，神谷真的有尖端恐惧症。这样一个人实在不可能拿得了刀。

"松尾大辅是在验尸官推测的死亡时间之后进入现场的，因此他不可能行凶。另外，从现场的血迹来看，被害者确实是在那个房间遇害的，可以排除凶手在其他地方实施犯罪，事后再将遗体搬进那个房间的可能性。

"这意味着案发当天进出过现场的三个人都不可能是凶手。调查工作就这样陷入了僵局，大槻警部现在急得团团转。"

2月14日星期五，晚上8点多。地点依然是"AHM"顶层的峰原家书房。慎司、明世、理绘和峰原围坐在玻璃桌旁。桌上摆着峰原亲手为他们泡的红茶，一如往常。

慎司之所以将案情讲述给朋友们，是因为他想征求一下大家的意见——准确地说，是峰原卓的意见。去年7月西川珠美毒杀案发生后，峰原以精彩的推理揭露了案件的真相。慎司暗暗期盼他像上次那样，再次展现精妙绝伦的推理。

"仲代哲志生于1950年。大学辍学后，他移居美国，当过寿司店的服务员、农场的工人和干洗店的店员什么的，工作经历非常丰富。他在三十五岁的时候迎来了人生的转机，买彩票中了足足一千万美元的大奖。毕竟美国的彩票奖金特别高嘛，他靠这笔钱过上了悠然自得的生活，同时开始收藏他一直都很感兴趣的雕塑艺术品。五年前，他回到了阔别二十多年的祖国，用彩票的奖金创办了仲代雕塑美术馆。大部分展品是他原本就有的收藏。

"他这人脾气挺好，为人随和，但可能不太喜欢跟人打交道吧，明明是馆长，一个月却只来美术馆两三次。日常运营工作基本都交给了职员们。

"神谷信吾生于1965年，在大学的美学美术史系当过助教。2000年

4月入职仲代雕塑美术馆担任研究员。

"松尾大辅生于1963年，原本在神奈川县的一家美术馆工作。2000年3月入职仲代雕塑美术馆担任研究员。他跟仲代是老相识，仲代创办美术馆时好像找他参谋了不少事情。据说是松尾十年前去美国旅行的时候碰巧认识了仲代，两人一见如故。"

明世开口说道：

"我想先确认一下，F系统是有停用模式的，一旦切换到停用模式，门就会一直开着，任何人都可以进出，对吧？你刚才说切换模式需要密码，那这个密码是谁在管理呢？"

"馆长的秘书香川伸子。但她不可能先将F系统切换到停用模式，再偷偷进出特殊藏品室。一旦切换，进行切换的时间就会出现在'出入记录'中，而且是用红字标出的，但1月26日的记录中并没有标红的切换时间。据F系统供应商的负责人介绍，切换至停用模式的记录是绝对无法删除的。因此案发当天进过特殊藏品室的只有仲代哲志、神谷信吾和松尾大辅这三人，绝不会有错。"

"除了被害者室崎纯平，真的只有那三个人在F系统里登记过指纹吗？会不会有其他人登记过啊？"

"没有啊。我们请供应商的负责人查了一下，确实只登记了他们三个。而且也没有增加或删除过登记人员的记录。"

"那你有没有亲眼看到他们三个人扫描指纹开门啊？"

"我知道你想说什么。你怀疑实际登记的是别人的指纹，只是借用了他们的名字是吧？那是不可能的。他们三个扫描指纹以后，门的确开了，我们都看得清清楚楚。他们确实登记了指纹。"

"能不能把他们三个的指纹复印到别的东西上，再用那个东西触摸传感器开门啊？这样其他人不是也能开门了吗？我好像听说过有人把指纹复印到明胶、橡胶之类的东西上拿去按传感器，传感器就误认为是活人在按指纹了。"

"这招对F系统无效。据说当手指触碰F系统的传感器时，传感器不仅会扫描指纹，还会同时判断这根手指是不是长在活人身上。哪怕是登记在案的指纹，只要传感器做出'手指不属于活人'的判断，F系统也会判定为'指纹识别失败'，拒绝开门。"

"怎么判断手指是不是长在活人身上啊？"

"通过沿手指传导的脉搏波啊。当心脏跳动时，血压的变化会一路传导到末梢血管，这个过程中的波动就叫脉搏波。F系统的传感器是可以检测到脉搏波的。用明胶、橡胶做的假手指也好，从活人身上切下来的断指也罢，从中都无法检测到脉搏波，于是F系统就不会开门。"

"我就想问清楚这个。得先明确事实，保证推理的前提不出错嘛——我觉得凶手是神谷信吾。他说他有尖端恐惧症，可我信不过这种说法。理绘，真有那种病吗？"

理绘是在中央医科大学附属医院工作的精神科医生。她莞尔一笑，说道：

"有的。尖端恐惧症是一种神经症，病人一看到尖锐的物体就紧张惊慌，症状严重的人甚至会出现头痛、胃痛等肌体症状。"

"就算他真有尖端恐惧症，也不至于严重到拿不起刀吧？"

"病情的严重程度是因人而异的，但确实有人怕到连刀都不敢碰。后藤警官，神谷信吾的病情到底有多严重啊？"

"同事和老同学都说他病得不轻啊。据说去餐厅吃饭的时候，他光是看到装着刀叉的小篮子就脸色发青，去医院打个针也哭得跟小孩似的，怎么看都不像是在演戏。"

明世捧起胳膊。

"嗯……这么说起来，神谷信吾就不太可能是凶手了……那就再研究一下仲代哲志吧。你说你们找医生核实过他右肩的伤势，但那位医生是他的家庭医生吧？他会不会跟仲代串通做伪证啊？"

"别小看警察好不好？我们请警察医院的医生检查过了，发现仲代确实扭伤了右肩。右手的手指能动，所以在键盘上打打字还行，但右手臂是肯定举不起来的，更不可能拿着刀挥来挥去。而且他惯用右手，无法用左手行凶。"

"仲代真的惯用右手吗？说不定他其实是左撇子，只是平时假装惯用右手呢？"

"我们找美术馆的职员了解过了，他们都说仲代的确不是左撇子。每个人都作证说，第一次见到他的时候，他就是惯用右手的。他总不可能那么早就为了作案假装惯用右手吧。"

"那就只剩下松尾大辅了啊。要不是因为案发现场有大量的血迹，我肯定要考虑一下凶手在其他地方作案，事后把遗体搬进现场的可能性……案发现场的血真是从伤口流出来的吗？凶手会不会提前保存了一些被害者的血，把遗体搬进去以后再往那儿一泼啊？"

"不可能的，那些痕迹怎么看都是从伤口流出来的血造成的。"

明世双肩一沉，说道：

"那岂不是意味着能进入案发现场的三个人都不是凶手了啊……嗯……越想越不明白了。"

"哪能那么容易被你想明白啊。这可是困扰警方两个多星期的难案。"

"我说你啊，你怎么不先检讨检讨你们警方无能，反而跟我耀武扬威起来了！"

理绘用温文尔雅的语气说道：

"嗯……我倒是想到了另一种可能性。如果仲代哲志先生和松尾大辅先生的指纹是反着登记的呢？"

"反着登记指纹？"

明世面露疑惑。

"就是仲代先生用松尾先生的名字登记了指纹，而松尾先生用仲代先生的名字登记了指纹。如果是这样的话，那么'仲代先生在晚上8点34分到56分进入特殊藏品室'的记录就是松尾先生的行为所造成的。仲代先生扭伤了右肩，无法作案，但松尾先生有行凶的能力。我认为他们两位也许是同谋。不是说仲代先生和松尾先生是老朋友吗？"

"理绘就是厉害，妙啊！"明世欢呼道，"肯定是这样的，这下案子就能破啦。"

慎司苦笑道：

"其实搜查组也考虑过这种可能性。只不过我们的脑子不如理绘大夫灵光，花了三天才想到。大家本以为这下就能破案了，仔细一查才发现，这条路走不通。"

"啊？"

"我们让松尾大辅开门进了一趟特殊藏品室，然后请供应商负责人查了查F系统当天的进出记录。结果松尾大辅的记录的确是用他自己的名字记录在系统中的。没有任何迹象表明松尾和仲代对调过指纹和姓名。"

理绘呵呵一笑，说道："我又猜错啦。"

"不不不，能一下子想到这种可能性已经很了不起了，跟明世真是天差地别啊。"

"喂，你干吗拿我当参照物啊！"

明世一掌拍在玻璃桌上，盛有红茶的杯子顿时发出哗啦哗啦的声音。见状，明世连忙向峰原道歉："啊，对不起！"公寓房东微笑不语。

理绘问道："警方有没有查到被害者遇害的理由啊？"

"室崎貌似在那尊17世纪的意大利青铜像'沉睡的斯芬克斯'上发现了某种问题，还征求了同事们的意见。室崎之死很有可能与这件事有关，但我们完全查不出那尊青铜像到底有什么问题。"

"莫非那'沉睡的斯芬克斯'是赝品？也许是三名嫌疑人之一让美术馆出高价买回了这件赝品，中饱私囊。赝品可能是他伪造的，也可能是他在别处找到的。而室崎先生发现了这个秘密，于是就被杀人灭口了。对了，神谷先生不是说，案发当晚他最后一次见到室崎先生的时候，感觉对方看起来兴高采烈的，似乎正准备做什么很重要的事情对吧？说不定室崎先生大概是正准备以'沉睡的斯芬克斯'为把柄威逼勒索凶手。"

"那是不可能的。我们请其他美术馆的研究员检查过了，'沉睡的斯芬克斯'是真品，从头到尾都很正常，没有任何可以拿来当把柄的地方啊。"

说到这里，慎司将视线投向峰原。这位房东一直将身子埋在沙发里，默默听租客们各抒己见。

"峰原先生，您觉得呢？"

峰原直起身子，用低沉却铿锵的声音问道：

"你的上司对27日午夜0点整的那通报警电话抱有疑问是吧？照理说，凶手报警是为了让警方尽早发现被害者的遗体。问题是，他为什么要在距离案发已有足足三四个小时的午夜0点打电话呢？他是不是一直没想通这一点呀？"

"是啊。"

"那他后来想通了吗？"

"没有，毫无头绪。我猜想凶手可能在现场留下了某种痕迹，要等三四个小时才会消失，却死活想不出那会是什么痕迹，简直是束手无策啊。"

峰原点了点头，棱角分明的脸上浮现出微笑。

"我大概知道凶手为什么在案发三四个小时之后才打电话了。"

"为什么啊？"

"因为他要是不这么做，就会立刻暴露自己。"

慎司、明世和理绘面面相觑。

"您知道谁是凶手了吗？"

"嗯。所以我需要你做一件事——密切监视某个人的一举一动。"

"监视谁啊？"

峰原指定的那个人，正是三名嫌疑人之一。

5

一星期后。2月21日星期五，晚上8点多。四人再次相会于峰原家的书房。

杀害室崎纯平的凶手已经被逮捕归案，对犯罪事实供认不讳。今日的聚会就是为了听峰原详细讲述他是如何锁定凶手，了解案件真相的。慎司已经通过凶手的口供知道了大概过程，明世和理绘却连凶手是谁都还一无所知，早已好奇得百爪挠心。

"峰原先生，那天您让我密切监视松尾大辅的一举一动，可您是怎么怀疑到他身上的啊？"

面对慎司的疑问，峰原用平静的语气讲述道：

"我最先注意到的是，松尾大辅的行为举止着实有些出格。据说他不守规矩，自说自话，从来不把同事放在眼里，不听从仲代馆长的指示。不仅如此，他还净挑馆长来的时候请假。

"为什么他敢在美术馆为所欲为？要知道，他的工作单位是一家私立美术馆。私立不比公立，职员也不是公务员，并不是有身份有保障的铁饭碗。解雇一个员工再容易不过了，都是馆长说了算。难道松尾就一点都不担心馆长会开除他吗？"

"我明白了！"明世两眼放光，"松尾手里肯定有仲代的把柄。所以松尾再无法无天，仲代也不敢开除他。"

峰原微微一笑。

"噢……这也是一个思路。可松尾要是真有仲代的把柄，为什么专挑仲代来的时候请假呢？既然他可以毫无顾忌地为所欲为，当着馆长的面耍威风不是更痛快吗？无论自己如何蛮横霸道，仲代都只能默默受着，一声都不敢吭。这难道不比嘲讽几个同事更让人舒爽吗？"

"嗯……有道理。"

"想着想着，我的脑海中就浮现出了一个非常大胆的假设。"

"大胆的假设？"

"仲代哲志和松尾大辅其实是同一个人。"

"——同一个人？"

明世和理绘异口同声地惊呼。

"没错。松尾大辅之所以净挑仲代哲志来美术馆的时候请假，正是因为仲代和松尾是同一个人。当他以仲代的面目示人时，松尾当然不可能同时存在。松尾平日里无法无天，正是为了突出自己与仲代的不同。温文尔雅的仲代和目中无人的松尾——演出两种截然相反的人格，只为了强调两者不是同一个人。

"还有其他线索指向'仲代=松尾'这一猜测。案发第二天早上，松尾一见到探员们就走上前去，对大槻警部说'听说你想见我来着？抱歉啊，久等了'。但是细细一想，就会意识到事情有点不对劲了。"

"哪里不对劲了？"

明世一脸茫然。

"探员们都穿着便装，没有佩戴职级章。而且大槻警部年近五十，身材瘦小，他的下属森川巡查部长却是年近花甲，身材高大，眼神犀利，怎么看怎么像刑警。不了解情况的人应该会把森川巡查部长当成搜查组的领导。松尾明明与他们素未谋面，却从一开始就知道大槻警部才是领导。为什么呢？只可能是因为他已经以仲代哲志的身份见过警部了。"

"啊……"

"据说松尾案发第二天早上来到美术馆以后打了好几个哈欠。松尾给出的理由是'昨晚女朋友不让他睡'，其实不然。真正的理由是他以仲代的身份接受了警方的问询，熬到那天凌晨才走，所以才困倦不堪。

"松尾把劳力士手表戴在左手上，可见他惯用右手。然而在案发第二天早上，他在特殊藏品室用左手拿起了青铜镜。明明惯用右手，为什么要用左手拿东西呢？当然，惯用右手的人也会用左手拿东西，但那毕竟是放在特殊藏品室的贵重文物，照理说应该会下意识地用惯用的右手去拿，免得磕着碰着，可松尾却用左手拿了起来。这是因为松尾就是仲代，而仲代扭伤了右肩，所以他不敢用不方便的右手拿贵重物品。"

"可仲代和松尾不是长得完全不一样吗？仲代腮帮子鼓鼓的，头顶秃得不剩一根头发，还留着胡子。松尾却留着齐肩长发啊。"

"想让脸颊鼓起来，往嘴里塞些棉花就行了。松尾本身肯定是秃头。扮演馆长的时候把头露出来，作为松尾现身时再戴上假发。胡子是贴上去的假胡子。松尾四十岁上下，只要往脸上画些皱纹和色斑，就能让自己看起来像五十多岁的人。

"'仲代七年前因喉癌手术切除了声带无法说话'是彻头彻尾的谎言。外貌还可以通过乔装打扮在某种程度上改变，唯独声音是改不了的。普通人无法视情况改变自己的声线，除非是专业的配音演员。为了不让旁人察觉'仲代＝松尾'，才给仲代安排了无法说话的人设。

"仲代说被害者室崎纯平是个'诚实礼貌、做事踏实的人'，松尾却说'他可不是什么好人，表面一本正经，背地里偷偷摸摸各种算计'。故意给出截然相反的评价，也是为了让人觉得评价者个性迥异。

　　"仲代穿着剪裁得体的西装，明明深更半夜，却规规矩矩打了领带，可见着装风格非常稳重。松尾则穿了水洗牛仔衣裤，还戴着金项链，怎么看都不像个研究员。形成鲜明对比的着装，也是为了防止人们发现仲代和松尾是同一个人。"

　　明世和理绘仍一脸茫然。

　　"听起来是有些难以置信，但事实就是如此，"慎司插嘴道，"我们搜查组按峰原先生说的紧盯松尾大辅。盯到第四天的时候，我们看着松尾回到位于中野区的公寓，结果一个小时过后，仲代从楼里走了出来。我叫了他一声'松尾先生'，他起初还想否认，但很快就点了点头，大概是死心了。"

　　"如果仲代先生和松尾先生是同一个人……那哪一个才是真正的他呢？"

　　理绘眨巴着眼睛问道。

　　"据说仲代将美术馆的运营工作都交给了职员，每月只来两三次。这么看来，松尾大辅才是他的真面目。他一人分饰两角，塑造出了'仲代哲志'这个人物。松尾平时是以真面目前去美术馆上班，每个月乔装成仲代哲志两三次，以馆长的身份出现。馆长现身的时候，松尾自然是非缺勤不可了。"

　　"那仲代先生触摸F系统的传感器时……"

　　"F系统将他认作松尾，打开房门。"

　　"那就意味着……'仲代先生的指纹'其实是别人的吧？"

　　"没错。一旦搞清这一点，'三名嫌疑人都不可能作案'的谜团就很容易解开了。

"在松尾大辅、仲代哲志、神谷信吾这三名嫌疑人中，松尾不可能行凶，因为他在验尸官推测的死亡时间之后才进入案发现场。而神谷有尖端恐惧症，无法实施犯罪。剩下的仲代则是右肩扭伤，也没有作案能力。

"但我们现在知道了，仲代哲志就是松尾大辅。扭伤右肩的是松尾，而不是仲代哲志指纹的所有者。排除仲代哲志嫌疑时使用的前提条件，也就是'右肩扭伤'并不适用于仲代哲志指纹的所有者。换句话说，谁提供了仲代哲志的指纹，谁就是凶手。"

"那仲代先生的指纹到底是谁提供的呢？"

"琢磨这个问题的时候，我想起了一件事。有人宣称自己同时见到了松尾大辅和仲代哲志。"

"谁啊？"

"香川伸子。她是这么说的对吧——'松尾老师在昨晚9点40分左右来过馆长室，跟馆长和我打了个招呼才走的。'

"她显然在撒谎。简而言之，她是松尾的同谋，知道'仲代=松尾'这个秘密。既然如此，那她会不会就是仲代哲志指纹的提供者呢？而提供指纹的人——就是凶手。"

慎司再次为峰原的智慧由衷感叹。他竟能从搜查组都没注意到的细微字句出发，迅速揪出本案的真凶。

明世问道："室崎纯平把'沉睡的斯芬克斯'拿给同事们，让他们瞧瞧有没有问题，那又是为了什么呢？"

"他是想通过雕像采集指纹啊。"

"采集指纹？"

"大概是室崎因为某些蛛丝马迹起了疑心，怀疑仲代哲志和松尾大辅是同一个人。要想验证这种猜测，最简单的方法莫过于比对指纹。

　　"据说'沉睡的斯芬克斯'由青铜制成，表面光滑，所以是很容易留下指纹的。室崎把雕像交给同事，采集了他们的指纹。虽然他只需要采集仲代和松尾的指纹就可以达到目的，可要是只找他们两个人——其实是一个人啦——那就太可疑了，所以他才会让其他同事也看一看，加以掩饰。

　　"室崎靠这个办法确认了仲代就是松尾。这时，他产生了新的疑问——仲代的指纹是谁提供的呢？他立刻想到了香川伸子。

　　"想必香川伸子之前说过'松尾在自己和馆长一起工作的时候来过'之类的话。室崎想起了那些话，意识到伸子在撒谎，猜出她是松尾的同谋，仲代哲志的指纹十有八九是她提供的。站在伸子的角度看，她说那些话是为了强调仲代和松尾是两个人，结果却是自掘坟墓。

　　"1月26日晚上8点多，室崎把香川伸子叫到特殊藏品室门口，把她的手指强行按在F系统的传感器上，打开了房门。室崎就此确认仲代哲志的指纹的确出自伸子。为了不让旁人看见，他把伸子拽进房间，百般威胁。伸子一时冲动，用房中的一件藏品——15世纪的土耳其刀具捅死了室崎。事后回过神来便扔下刀，恍恍惚惚地离开了特殊藏品室。

　　"F系统的记录显示，仲代哲志在26日晚上8点34分进入特殊藏品室，56分离开，但那其实是香川伸子的出入记录。"

　　慎司补充道：

　　"根据香川伸子的供述，当晚室崎胁迫她跟自己交往。室崎肯定是算准了伸子会为了袒护松尾牺牲自己。要说松尾和伸子谁更容易屈服，那肯定是伸子啊。"

　　"原来是这样。伸子肯定在离开特殊藏品室以后向松尾大辅坦白了自己的罪行。而松尾决心要保护她。

"他决定先查看一下案发现场，便进了特殊藏品室。所以F系统中留下了'松尾在晚上9点11分进屋，18分离开'的记录。当时松尾肯定四处检查过，看看现场有没有留下能让人看出伸子是凶手的线索。也许刀上的指纹也是他擦掉的。

"伸子在晚上8点34分进入特殊藏品室，56分离开，而在F系统的记录中，这条记录属于仲代哲志。因此仲代哲志必须出现在美术馆。如果仲代明明不在美术馆，却在系统里留下了记录，那就非常可疑了。于是松尾进了馆长室，乔装成仲代哲志——听说警方在馆长室发现了乔装工具是吧？"

慎司点了点头，继续说道：

"我们找到了馆长的西装、衬衫和领带等衣物，还有塞进嘴里、好让腮帮子鼓起来的棉花，以及假胡子和化妆品。那些东西貌似是常备在馆长室的，以便松尾能在紧急情况下乔装成仲代哲志。"

"乔装成仲代哲志后，松尾在晚上10点出现在神谷信吾面前，假装请他喝茶，并告诉他自己是晚上7点多来的美术馆，一直跟香川在馆长室工作。如果他再提一嘴，说自己在8点34分到56分之间去过特殊藏品室，那就更完美了。神谷说他一直在自己的办公室工作，所以他不可能知道馆长是不是真的做过那些事，于是便轻易相信了馆长的说辞。

"与此同时，他还要营造出松尾回家了的假象。他决定告诉大家，松尾在9点40分左右来过馆长室，然后就走了。

"香川伸子当着警官们的面用手机给松尾大辅打了个电话，演了一出好戏。电话当然没有拨给任何人，都是她演出来的独角戏。警方想找松尾大辅问话，但松尾正扮演着仲代哲志，无法立刻现身。于是伸子决定装出打电话的样子，谎称松尾和一个压根就不存在的女朋友在一起，要等到早上才能来。到了那个时候，仲代哲志应该已经结束了问话，可以回家了，这样他就可以用松尾的身份再次登场了。

"松尾一定是料到警方会找他问话，所以提前嘱咐伸子用手机混淆视听。"

明世感慨万千地说：

"松尾是铁了心要袒护伸子啊，甚至甘愿冒着让自己成为谋杀案事后从犯的风险。既然他肯做到这个地步……莫非他们俩是恋人关系吗？"

"没错，"慎司回答道，"松尾和伸子上高中时谈过恋爱，后来因为一些小事分了手，上了不同的大学，各自结婚，就这样过了好多年。五年前，他们在许久未开的高中同学会上重逢了。当时松尾的妻子因意外去世了，伸子则因为丈夫出轨离婚了。于是两人重归于好，又成了一对恋人。他们大概是真的深爱着对方，直到现在还在互相维护，想包庇对方呢。"

"松尾大辅怎么会想到要一人分饰两角，扮演仲代哲志的呢？"

"松尾十年前去美国旅行的时候认识了真正的仲代，两人一见如故。聊着聊着，他们萌生出了靠仲代的资产在日本建一座美术馆的梦想。为了实现梦想，仲代在五年前回到了日本，谁知回国不久他就突然去世了。据说他的心脏原本就不太好，突发了心力衰竭。问题是，仲代没有留下遗嘱。如果不采取任何措施，仲代的资产就会被国家没收。于是松尾便决定一人分饰两角。这是一个非常大胆的计划，但愣是让他蒙混过去了，因为仲代在美国生活了二十多年，除了松尾之外，他和日本的所有亲友都断了联系。据说松尾半夜开车把仲代的遗体运到奥多摩的深山里埋了。松尾说他一直在心里向仲代道歉，他也不忍心把仲代埋在那种地方，但一切都是为了实现他们共同的梦想，只能暗暗恳求他原谅了。

"美术馆建成后，需要在F系统中登记仲代哲志的指纹，于是伸子就提供了自己的指纹。'仲代哲志'这个人是用松尾的身体和伸子的指纹撑起来的，是他们共同创造出来的。"

"那27日午夜0点整的那通报警电话又是谁打的呢？"

"是松尾。至于目的，是为了让警方尽可能推测出准确的死亡时间。发现遗体的时间越晚，验尸官推测的死亡时间就越不准确。要是死亡时间的范围扩大到了松尾进出案发现场的时间，松尾便会失去将自己排除出嫌疑人名单的条件。为了防止这种情况发生，他有必要让警方尽可能准确地推测出死亡时间。"

"可他为什么要等三四个小时，在午夜0点准时报警呢？再早点打不是更好吗？"

听到明世如此发问，理绘点了点头：

"就是啊。那天您说'他要是不这么做就会立刻暴露自己'，这又是怎么回事呢？"

品着茶香的公寓房东放下茶杯，微笑着回答：

"凶手明明需要尽快打电话，为什么非要等到案发后三四个小时才打呢？因为他希望警方在'27日'开始之后开展调查。"

"——希望警方在'27日'开始之后开展调查？"

"你想呀，仲代哲志一旦碰触F系统的传感器，就会留下松尾的出入记录。等警察来了，仲代哲志这个馆长肯定要带他们去案发现场，到时候他当然需要扫描指纹。如果这一幕发生在案发当天，也就是26日呢？

"警方必然会调查26日进出特殊藏品室的人员记录。然后他们就会发现，仲代哲志带警察来到现场，碰触传感器的那条记录被安在松尾名下。到时候，仲代等于松尾这件事就瞒不住了。

"为了避免这种情况的发生，他必须让'仲代哲志带领警察到现场并扫描指纹'这件事发生在27日。警方只关注26日的记录，如此一来便不会察觉到异样。所以凶手才要在行凶后等待三四个小时，直到午夜0点过了才打电话报警。"

Cの遺言

C的遗言

1

"拉维妮娅号"游轮驶出日出码头，从彩虹桥下穿过，沿着码头和台场之间的航道缓缓前行。

水面反射着阳光，波光粼粼。右舷方向的码头上有鳞次栉比的仓库，刷成红白两色的门式起重机傲然林立，好似体形巨大的长颈鹿。朝左舷方向的台场望去，近未来风格的酒店和电视台大楼映入眼帘。而在遥远的前方，羽田机场起降的飞机正在天际翱翔。那是一个无限宁静的秋日午后，世间万物沐浴着透亮的阳光。

成群结队的乘客来到露天甲板，眺望两侧的风光。奈良井明世与竹野理绘站在右舷，遥望品川码头和更远处徐徐靠近的大井码头。

理绘今天穿了一件白色的上衣，搭配黑色开衫，下身则是黄底黑花的荷叶裙。在阳光的映衬下，一头垂坠的直发与白皙透亮的肤色相得益彰，连明世这个同性都差点瞧出了神。至于明世，则是米色束腰长上衣配蓝色牛仔裤的打扮。

周围的乘客时不时将视线投向她们。甚至有人评头论足起来："那位长头发的小姐姐好漂亮呀，是不是模特啊？""留短发的那个呢？""大概是跟班吧。"喂，我只配当跟班吗？——明世一时胸闷，不过考虑到理绘的美貌，人家会这么想也是情有可原。此刻她正伫立在露天甲板上，微笑着凝望徐徐流转的码头风光。那景象简直跟电影画面一样美轮美奂。

"好想试着开一下那种起重机呀。"

理绘竟用温文尔雅的语气说出这么一句莫名其妙的话来。幻想中的电影画面应声崩塌，碎了一地。

"——你想开起重机吗？"

这位朋友就喜欢顶着一张温婉无比的面孔语出惊人。

"对呀，就好像在玩一台超大型的抓娃娃机不是吗？我觉得发明抓娃娃机的人肯定也很想亲自操控起重机的。"

"还真有可能。不过起重机不比抓娃娃机，万一把货砸了，造成的损失大概会把人当场吓得脸色煞白吧。"

9月27日星期六，下午3点35分。明世与理绘乘坐"拉维妮娅号"，参加"东京湾午后日落水上之旅"。游轮于下午3点30分从日出码头出发，朝东南方向直行，绕过海萤停车区后往北走，最后伴着右侧的东京迪士尼度假区向西返回日出码头，全程预计四小时。船上的所有餐厅从下午4点开始供应下午茶，6点开始供应晚餐。开餐前，乘客们可以在船上随意走动。

"拉维妮娅号"游轮的总吨位达一千九百三十二吨，全长六十七米，宽十三米。它有四层甲板，除了顶部的露天甲板，每层甲板都设有餐厅。明世和理绘经常出游寻访当地美食，但这次她们决定玩点新鲜的，享受一下船上的美味。

"对了理绘，你平时都用哪个牌子的化妆品啊？"

朋友美得太过耀眼，惹得明世不禁问道。

"我吗？我用'千岁美妆'。"

"啊？是吗？我也用那个牌子耶！"

明世心里直犯嘀咕，明明用的是一样的化妆品，怎么能差这么多啊。说到底还是底子不一样嘛。

"粉底、腮红、口红都是千岁美妆的，明世你也是吗？"

"嗯，在他们家所有的口红里，我最喜欢福赛特系列的焦糖奶茶色。"

"我喜欢福赛特的花漾柔粉色。"

就在这时……

"二位爱用我们家的产品呀？我真是太高兴了。"

稳重的女声突然从背后传来，吓得明世回头望去。

只见一位六十五六岁、面容端庄的女士站在不远处。她穿着一身素雅而高级的套装，背脊挺得笔直，花白的头发绾在脑后。

来人微笑道：

"不好意思，听二位聊起我们家的产品，我一时激动难耐……这是我的名片。"

见她从套装内袋掏出名片，明世接过来一瞧。

上面印着手写体的"Cosmetics Chitose"，两个大写的C要比其他小写字母大出许多。那正是明世见惯了的千岁美妆商标。名片上的文字更是引得她不禁惊呼："啊！"——上面分明写着，"千岁美妆董事长兼社长千岁百合子"。

"……原来您是千岁美妆的社长啊！"

千岁百合子堪称业界传奇。她从上门推销化妆品的销售员做起，创办了一家小型化妆品公司，并一手将它做成了行业巨头。话说回来，明世曾在杂志上看到过她的照片。

"我们公司正准备推出几款新品，是福赛特系列的新色号。如果二位有兴趣的话，要不要试试看呀？我的房间里就有试用品，随我去瞧瞧吧？"

"您订了包房呀？"

"嗯，订了皇家套房，公司的四位高管也在。"

"皇家套房"位于露天甲板后方的特等舱室。明世不过是在网上订票的时候瞥过几眼那套房的照片，只记得内部装潢豪华得吓人。不愧是化妆品巨头的大老板，那样的房间都订得起。

"可……您订包房肯定是为了谈工作，要是我们跟去了，会不会打扰大家啊？"

"不会的啦，我们正想征求一下年轻人的意见呢。"

"我们也不算年轻啦，都三十岁了……"

"瞧你说的，三十多岁的人在我眼里都是小姑娘，还年轻得很呢。别客气，尽管来吧。"

怎么办？——明世用眼神征求理绘的意见。理绘莞尔一笑，点了点头。

"那就恭敬不如从命了。"明世如此回答。

2

　　皇家套房虽然位于露天甲板后方，但无法直接从露天甲板前往。做了自我介绍之后，明世和理绘在千岁百合子的带领下走楼梯来到露天甲板下方的那一层。楼梯尽头便是大厅，前侧有一家名为"小步舞曲"的餐厅，后侧则是通往皇家套房的专用电梯。

　　电梯上升后，电梯门徐徐开启。映入眼帘的是一个采用间接照明的房间，灯光打得十分柔和。房间的面积足有一百平方米。两人跟在千岁百合子身后，战战兢兢地迈开步子。

　　地上铺着的深绿色地毯完全吸收了一行人的脚步声。散发着蜜色光泽的木墙上挂着几幅印象派的作品。房间中央有一座通往上层的旋梯。左侧墙边设有私家吧台，玻璃柜中摆着一排排看起来十分昂贵的酒瓶。右侧墙边则是衣柜，应该是用来安置外套和行李的。回头望去，电梯旁边还有洗手间，男女各一间。洗手间的房门设计得颇为时髦，乍一看怕是猜不出门后是洗手间。

　　"皇家套房由三个房间组成。这里是皇后厅，隔壁是帝王厅，走旋梯上去还有一间阳光厅。先介绍几位高管给你们认识吧。"

　　千岁百合子说道。电梯对面的墙上有一扇厚重的橡木门，门上贴着一块牌子，上面用金漆写着"帝王厅"。社长敲了敲门，随后推开门板。

帝王厅靠近船尾的一侧是半圆形的玻璃墙面，180度的船尾风光尽收眼底。视野中有拉维妮娅号在水面留下的白色航迹，还有天边逐渐远去的台场。

屋里有四名男女，正围坐在房间中央的桌旁交谈。见千岁百合子打开房门，众人齐刷刷地望过来，起身相迎。

"我带了两位客人来。这位是翻译家奈良井明世女士，那位是精神科医生竹野理绘女士。听说她们是千岁美妆的忠实用户，所以我想送福赛特系列的新色号给她们用用看，顺便了解一下她们对产品有什么意见。"

"很高兴见到各位。"明世和理绘鞠躬问候。

千岁百合子将视线投向在场的四名男女。

"这四位都是我们公司的高管。每年这个时候，我们都会包下这间皇家套房放松放松。"

千岁百合子将高管逐一介绍给两人。她先指着身穿深蓝色西装，年纪六十岁上下的男人说道：

"这位是专务董事奥村智头雄。三十八年前刚创业的时候，他就是我的左膀右臂啦。"

"感谢二位对本公司产品的喜爱。"

奥村智头雄规规矩矩地鞠躬致意。花白的头发梳成三七开，一副粗黑框眼镜，那张面孔看起来十分严谨踏实，倒不像是大型化妆品公司的专务董事。

接着，千岁百合子指着一位五十岁左右的女士说道：

"这位是专务董事茶山诗织。"

茶山诗织身材微胖，长得颇像爱搞恶作剧的妖精。她盯着明世与理绘细细打量了一番，说道：

"听说您二位一个是翻译家，另一个是精神科医生，不知有没有兴趣做我们家公关杂志的读者模特呀？"

明世吃了一惊，不禁与理绘面面相觑。茶山诗织对她笑了笑：

"我是诚心相邀，没跟您开玩笑啦。"

"找理绘也就罢了，可我……"

"您的朋友的确是一等一的美女，但你也不错呀，有点像欧洲老电影里的坏小子呢。"

这个比喻着实令人费解，但好歹是在夸自己吧。不过做模特就免了吧，万一影响了产品的销量，那可如何是好啊。

"您的提议让我受宠若惊，可我实在当不了模特呀。"

听明世这么说，理绘也用文雅的口气回答：

"要是被害妄想症的病人说'医生在公关杂志里监视我'，那可就麻烦啦。"

她用这个莫名其妙的理由婉拒了。

"这样啊，那太遗憾了。"

茶山诗织摇了摇头，仿佛是真的很失望。

下一位高管是位四十五六岁的女士，戴着眼镜，长相颇具知性美。眉眼比寻常日本人深邃得多，一看便知她是混血儿。

"这位是常务董事，千里·奎恩特。"

"翻译家奈良井明世女士？……我记得《席德与南希》系列就是您翻译的吧？"

千里·奎恩特用稳重的语气问道。

"咦，您知道那个系列吗？"

《席德与南希》系列是美国女作家创作的幽默悬疑小说。主人公南希是一位打扮入时的私家侦探，养了一只贪吃的小型腊肠犬，取名席德。在一次意外事故之后，侦探与小狗的意识开始频频互换。侦探起初非常绝望，但后来决定充分利用这一事态，趁着附身于自家小狗的时候开展一些常人无法完成的调查工作。作者以轻松诙谐的笔触描写了随之而来的种种闹剧。

"我非常喜欢那个系列，每本都看过呢！"

"真是太荣幸了，多谢您的支持。"

千岁百合子最后介绍的男高管年近四十，长了张娃娃脸。他眼尾下垂，面带和蔼可亲的微笑。

"这位是常务董事千曲悟郎。"

"奈良井女士用的是福赛特的焦糖奶茶色，竹野女士用的是花漾柔粉色吧。这两款产品特别适合二位呢。"

千曲悟郎一看到明世和理绘的脸便说出了这样一番话。到底是自家的产品，了解得清清楚楚。

"千曲，你应该带了福赛特的新色号吧？"

千岁百合子对娃娃脸董事说道。

"对，就在我包里。"

"挑两款最合适的颜色，送给二位试试看吧。"

千曲悟郎盯着明世和理绘看了片刻，若有所思地点了点头，然后走去了隔壁的皇后厅。他一定是把包放在了隔壁的衣柜里。

他刚出去，一位二十五六岁的女服务员便走了进来。

"打扰了，下午4点开始提供下午茶，请问各位想喝点什么？"

"有伯爵夫人吗？"千岁百合子问道。

"非常抱歉，我们只有大吉岭、阿萨姆、威尔士王子，以及苹果茶和伯爵茶这两种风味茶。"

"那我要阿萨姆。"

奥村智头雄表示："我也要阿萨姆。"

"我要苹果茶。"千里·奎恩特说道。

"那我要大吉岭吧。"茶山诗织说道。

千岁百合子诚邀明世和理绘："二位也一起吧？"但明世婉拒道："我们一会儿会去餐厅用茶的。"

就在这时，千曲悟郎回来了。

"这些都是福赛特的新色号。我选了几款比较适合二位的颜色。不介意的话就尽管用吧。"

说着，他将口红递给明世和理绘，一人两支。

"哇，太感谢了！"

两人连忙道谢，接了过来。

"千曲，你也点杯茶吧。"千岁百合子说道。

"啊，对哦。给我来杯锡兰。"

"非常抱歉，我们只有大吉岭、阿萨姆、威尔士王子，以及苹果茶和伯爵茶这两种风味茶。"

"那就阿萨姆吧。"

服务员回了一句"好的"，却不知为何微微蹙眉，走出了帝王厅。

"带你们去阳光厅看看吧，随我来。"

说着，千岁百合子便带着明世和理绘回到皇后厅。一行人在社长的带领下走上房间中央的旋梯。来到楼上的房间后，明世不禁倒吸了一口气。

房间呈圆柱形，直径约四米，360度都是固定的玻璃窗，可以全方位俯瞰周围的东京湾风光。

"这里就是阳光厅啦。"千岁百合子如此说道。整个房间都弥漫着秋日午后的暖阳，阳光厅可谓名副其实。

阳光厅位于皇后厅上方，因此可以俯瞰皇后厅前方的露天甲板。不过一旦离开窗边，就看不到下方的露天甲板了。所以露天甲板上的人也看不到阳光厅的内部，保证了一定的私密性。

阳光厅后方立着游轮的烟囱，不过那也是全船唯一高于阳光厅的结构体了。视野几乎不受任何遮挡，360度无死角。

明世的视线被东京湾的景色牢牢吸引，过了好一阵子才打量起房间的内部。地上铺着胭脂色的地毯。旋梯入口在房间偏后方的位置，周围设有铁栅栏，防止跌落。房间中央摆着直径约一米的圆桌，还有一套光亮的黑色真皮沙发。在社长的示意下，明世和理绘在沙发上入座。

桌上铺着白色桌布，上面放着青铜烟灰缸、透明的玻璃花瓶和一只普拉达手提包。烟灰缸里有两根薄荷烟的烟蒂。玻璃花瓶造型纤细，瓶身带有优美的弧度。虽然瓶中没有插一朵鲜花，但它本身就很美，几乎称得上是一件艺术品。

千岁百合子从手提包里拿出薄荷烟，正想取打火机点着。但她仿佛忽然意识到自己在做什么似的停了下来，问明世与理绘："你们抽烟吗？"两人回答不抽，她便收起了烟，显得有些失落。

明世忙道："您抽吧，不用顾忌我们的。"

"算了，我也不抽啦，"千岁百合子却回答，"抽烟是个坏习惯，我一直都想戒，可又觉得嘴里闲得慌。"

然后，她便问起了明世和理绘对千岁美妆的产品有什么看法，以及平时的化妆手法。两人作答后，她带着认真的表情点了点头。这份诚恳的态度令明世心生好感。

"对了，今年贵公司怎么没有推出'百合子甄选'呀？"

话题告一段落后，明世开口问道。每年11月，千岁美妆都会推出千岁百合子亲自挑选的香水，这个香水系列也因此被称为"百合子甄选"。可是眼看着就快到11月了，今年的新款却一点风声都没有，明世正纳闷呢。

"实不相瞒，我觉得自己是时候退居二线啦。过了今年我就六十六岁了，准备再过两三年就从社长的位置上退下来。等其中一位高管接任的时候，要是品牌还明显带着我的个人色彩，新社长的工作肯定会很难做的，所以我决定以后不再推出冠我自己名字的产品了。"

"但可可·香奈儿将自己最喜欢的香水命名为'香奈儿5号'，一直都没改过。她都去世这么久了，这款香水还在卖呢。"

千岁百合子微笑道：

"我哪能跟可可·香奈儿一样呀。我没有她那样的领袖魅力。创始人的执着，只会给接班人带去无尽的折磨啊。"

"社长——"就在这时，千里·奎恩特的声音从旋梯处传来。转头望去，只见女服务员从她身后探出头来。

"您的下午茶套餐备好了。"

"哎呀，都这么晚啦？"

明世看了看表，已是3点58分了。

"我们也该告辞了。多谢您赠送的口红！"

明世和理绘从沙发上站起身来。

"和你们这样的年轻人聊天可真开心呀。今后也请多多关照千岁美妆！"

两人向千岁百合子点头致意，走下旋梯。服务员和千里·奎恩特与她们擦肩而过。服务员手中还端着盛有下午茶套餐的托盘。

3

　　明世和理绘走出皇家套房专用电梯，回到从上往下数第二层甲板的大厅，走进对面的小步舞曲餐厅。只见形形色色的乘客坐在各自的座位上聊得正欢，有老夫妻、小情侣、带着孩子的爸爸妈妈……像明世和理绘这样与闺密结伴出游的也不少。两人在左舷窗边提前预订的位子坐定。窗外便是蔚蓝的汪洋大海。

　　"还拿了口口红，赚大便宜啦。"

　　"是呀。我准备一回家就试试，好期待哦。"

　　"不过话说回来，刚才那位社长真的好帅哦。正气凛然，又有威严，一看就知道她很能干。等我老了也要向她看齐。"

　　"你现在就很正气凛然呀。"

　　"哎呀，多谢啦！"

　　服务员来点单了，两人都要了大吉岭。不一会儿，茶壶、司康饼和水果蛋糕便上了桌。

　　明世将大吉岭倒进杯中，品了一口。

　　"好喝是好喝，但还是比不上峰原先生泡的红茶呀。"

　　她不由得想起了两人租住的公寓楼"AHM"的房东冲泡的美味

红茶。

"是啊。不过这款水果蛋糕非常好吃。"

说着，理绘将叉子送到嘴边，一脸的幸福。看着那张脸，连明世都生出了几分幸福的感觉。

两人一边品茶，一边眺望在窗外流淌而过的东京湾暮色。片刻后，前方的海面上缓缓现出一个巨大的长方形物体。那便是海萤停车区。

神奈川县川崎市和千叶县木更津市之间有一条横跨东京湾的高速公路——东京湾跨海公路。而在这条高速公路中间，有一座木更津人工岛——人称"海萤停车区"。若以海萤为起点，神奈川一侧是海底隧道，千叶县一侧则是桥梁形式的水上高架桥。

在海萤右手边的远处，有两座蓝白条纹的巨型三角形建筑屹立于海面，好似巨大的风帆。那是川崎人工岛——人称"风之塔"，是海底隧道的通风塔设施。

而在风之塔一侧的对面，一座跨海大桥从海萤的东端延伸而出。那便是通往对岸木更津市的水上高架桥。伸出海萤的大桥高高隆起，下方的空间可供两百吨级别船只通过。

"拉维妮娅号"穿过跨海大桥的隆起处，开始绕着海萤缓缓转向，按顺时针方向行驶。海萤长达六百五十米，宽达一百米，共有五层，配有停车场和餐厅等设施。那比游轮宏伟得多的姿容着实令人震撼。岸壁处摆有无数防波块，防止海浪侵蚀。明世瞥了眼手表——下午5点。游轮如期行驶到了既定地点，着实准时。

"拉维妮娅号"继续转向，待风之塔出现在左舷正对面时又改为直行。从这里望过去，风之塔反而像白色的三角形，看不出有蓝白条纹。

明世在脑海中画出一幅海图。原本向东南方向行驶的游轮绕着海萤顺时针转了约225度，掉头向北行驶。

"它看起来就跟豪华邮轮一样呢。"

明世看着逐渐远去的海萤说道。它显然是被人故意设计成了看起来像豪华邮轮的模样。

"是啊。如果它是一艘船，吃水就很深了，大概是即将沉没的豪华邮轮吧，就跟泰坦尼克号似的。"

理绘笑嘻嘻地说了一句并不吉利的话。

用过下午茶，两人离开小步舞曲餐厅，与其他乘客一起在露天甲板上散步，等候下午6点开始的晚餐。太阳即将沉入西边的地平线，海天一色，眼前一片鲜红。带着潮水气息的风扑面而来，甚至有几分凉意。

明世转过身，抬头看向坐落于露天甲板后方的皇家套房，以及那最高处的阳光厅。至于阳光厅那360度环绕的玻璃窗，位于西侧的都已被夕阳染得通红。露天甲板上的人只能看到其他玻璃窗的窗边，几乎看不到室内的任何东西。也不知道千岁百合子是不是还独自待在那里。

6点快到了。两人决定回餐厅去。

当她们下到第二层甲板的大厅时……皇家套房的专用电梯忽然开了，脸色大变的奥村智头雄冲了出来，嚷嚷着："快叫医生来！快叫医生来！"

他差点撞到正在茫然四顾的理绘，连忙站住。

"多谢您刚才送的口红。"理绘文雅地说道。

"您是医生对吧？"奥村智头雄一把抓住理绘的手臂，仿佛看到了救命稻草。

"对，我是个精神科医生。"

"什么科的医生都行，快跟我来！"

"出什么事了？"

明世插嘴道。

"社长不好了！赶紧先跟我来吧！"

他说完便猛拽理绘的胳膊。无奈之下，两人只好跟着奥村智头雄进了专用电梯。

电梯刚到皇后厅，奥村智头雄便快步冲上旋梯。明世与理绘随他来到阳光厅，却被眼前的景象惊呆了。

下午4点不到的时候见过的女服务员瘫坐在地，晚餐时要用的餐盘、杯子、刀叉、汤勺和托盘散落在她周围。茶山诗织、千里·奎恩特和千曲悟郎呆若木鸡地站在旋梯旁。在所有人视线的尽头，分明是趴在桌上的千岁百合子。

"……这到底是怎么了？"

千里·奎恩特回答了明世的问题。

"服务员推着餐车过来收下午茶的餐具，顺便布置晚餐的餐桌。她先来了我们待的帝王厅，然后去了社长待的阳光厅。谁知她刚进去，便发出一声惨叫。我们冲上来一看……"

理绘走上前，抓住千岁百合子的右手腕测脉搏，然后把耳朵贴在她的左胸，最后拨开紧闭的眼睑观察瞳孔。这是在确认死亡的三大迹象——呼吸停止、心脏停跳和瞳孔散大。理绘面露哀色，摇了摇头。

"您不是医生吗！快救救社长吧！"

奥村智头雄对理绘喊道。

"对不起，我无能为力。她已经去世了。"

"天哪……！为什么社长会……"

奥村智头雄耿直的面容扭曲了，泪水夺眶而出。

明世强压着心中的恐惧，望向千岁百合子的遗体。她的头部赤黑一片。桌上摆着下午茶套餐、青铜烟灰缸和手提包。茶杯中的红茶剩了一半多，司康饼、水果蛋糕之类的茶点也几乎原样不动。烟灰缸里有两根薄荷烟蒂。明世隐隐觉得有些不对劲，却想不明白到底是哪里出了问题。

十多片玻璃花瓶的碎片散落在桌上和桌边的地上。千岁百合子显然是被花瓶砸中了头。

"……社长好像留下了什么字迹……"

千里·奎恩特幽幽道。

千岁百合子右手伸在身前，手中握着打火机。而右手前方的桌布上，有一处黑色的焦痕。

看来千岁百合子被砸中后没有当场断气。这位女企业家肯定是在临死前用紧握在右手掌中的打火机灼烧桌布，试图传达某种信息。

她到底想说什么？莫非是凶手的名字？

明世凝望桌布上的黑色焦痕。

那条宽约五毫米、直径约二十厘米的曲线，好似英文字母"C"。

4

警视厅搜查一课第四强行犯搜查九组赶到日出码头时，已是晚上8点03分。

警车接连驶入新交通临海线"百合鸥号"高架轨道东侧的大型停车场。后藤慎司和森川巡查部长一同下了警车。其他警车上的九组同事们也陆续现身了。

调查组在组长大槻警部的带领下穿过候船楼，眼前便是码头与漆黑一片的大海。一艘白色的四层游轮停泊在岸边，无数舷窗在黑暗中闪耀。

在连接码头和游船的舷梯跟前站岗的制服警官举手敬礼。九组的刑警们草草点头回礼，便通过舷梯登上了船。游船的入口设在从下往上数第二层甲板上，一进去就是前台所在的大堂。该片区归东京水上署负责，几位署里派来的刑警正站在大堂等候。

"各位辛苦了！"开口打招呼的是东京水上署的柴田警部补，年纪在四十岁上下。

"听说被害者是位六十六岁的女士？"大槻警部问道。

"被害者叫千岁百合子。据说是一家叫'千岁美妆'的化妆品公司的社长。"

"千岁美妆？这不是那家经常打广告的公司嘛！案发现场是哪里？"

"是一间叫'阳光厅'的瞭望室。被害者和公司的四名高管包下了特等舱室'皇家套房'，而阳光厅就是皇家套房中的一间。"

"谁发现的？"

"服务员。我们让她和其他相关人员在一间空舱房里等着。"

"其他乘客呢？"

"皇家套房以外的乘客都在餐厅订了位子，所以就把他们先留在餐厅了。"

"先带我们去现场吧。"

大槻警部与下属们在柴田警部补的带领下沿着大堂的楼梯来到从下往上数第三层甲板。一出楼梯口便是大厅。大厅内摆放着好几张设计时髦的沙发，各处都点缀着观叶植物。船的前侧有一扇双扇门，似乎通向餐厅。门前有东京水上署的刑警把守，确保乘客不会擅自离开餐厅。船的后侧则是一扇电梯门，门前也站着一位刑警。

"这是通往案发现场的专用电梯。"

"特等舱室就是不一样，竟然还带专用电梯啊……"

大槻警部怀着感叹与震惊参半的心情环顾四周。忽然，他的视线落在了天花板上。

"咦，这不是有监控摄像头吗？也许拍到了凶手进出现场的画面，回头有必要查一查。"

由于电梯无法容纳所有九组成员，大槻警部、森川巡查部长、柴田警部补和慎司成了第一批上电梯的人。电梯徐徐上升，随即开启梯门。映入眼帘的是铺着深绿色地毯的宽敞房间。左手边是私家酒吧的设备，右手边是衣柜。房间中间则有一座旋梯。

"沿旋梯上楼，就是案发现场阳光厅了。"柴田警部补说道。当他带着慎司等人走上旋梯时，所有人都被眼前的景象震撼得倒吸一口气。

那是一间360度都装有固定玻璃窗的观景房，夜晚的海景与码头的风光一览无遗。熠熠生辉的彩虹桥现于东南角，桥上的车辆化作无数交错的光点。如果这里不是凶案现场，那光景可真是美不胜收。

六十五六岁、身着套装的女性死者趴在桌上。花白的头发绾在脑后。桌上和周围的地板上散落着疑似凶器的玻璃花瓶的碎片。桌上摆着茶壶、茶杯，以及盛有司康饼、水果蛋糕等茶点的盘子。看来被害者遇害前正在享受下午茶。茶杯中的红茶还剩了一半多，司康饼和水果蛋糕也几乎没有被碰过。桌上还放着手提包和青铜烟灰缸，烟灰缸里有两根烟蒂。

不过，现场还有比它们更引人注目的东西。

"这究竟是什么东西……"

大槻警部沉吟道。

被害者右臂前伸，手中握着打火机。而桌布上有一道焦痕，貌似是打火机造成的。那是一条宽约五毫米、直径约二十厘米的曲线。

"看起来像英文字母C哎……"

"是啊，被害者貌似是想传达某种信息。前提是，那真是被害者留下的痕迹……"

"假设那是被害者留下的，那她究竟想表达什么意思呢？"

"我首先想到的就是凶手的名字……有必要调查一下本案的相关人员中有没有名字以C开头的人，"说到这里，大槻警部环视整个房间，"这里360度都是玻璃窗，这意味着外面的人可以看到室内的情况。被害者和凶手发生争执的时候，说不定会有目击乘客。看来还有必要找乘客了解一下情况。"

就在这时，一群鉴证人员走旋梯上楼来了，杉田验尸官也在其中。寒暄过后，鉴证人员和杉田便忙碌了起来。杉田在检查遗体的时候沉吟不断，好似格伦·古尔德。

在案发现场，勘查取证工作的优先级最高。大槻警部和慎司决定利用这段时间去见见本案的相关人员。森川巡查部长与九组的其他成员，还有片区东京水上署的刑警们则前往餐厅，询问那些被留下的乘客是否目击了什么。

当大槻警部和慎司在柴田警部补的带领下走进相关人员等候的房间时，七名男女齐刷刷地望向他们。

慎司一看到其中的两个人便险些吓软了腿。一位是乍看好似青春少年的短发女士，另一位则是温婉端庄的长发女士。这两人分明是与他住在同一栋公寓楼的邻居——奈良井明世和竹野理绘。她们怎么会出现在这里啊？

两人也注意到了慎司，露出惊讶的表情。明世本想说点什么，但最后还是憋了回去。

无论如何都不能让大槻警部发现自己认识她们。因为一旦熟人是案件相关人员，刑警就会被调离搜查组避嫌。

大槻警部一看见她们便眯起了眼睛，仿佛正在记忆中翻箱倒柜。

"我记得，你们二位是去年7月目白那起案子的……"

听到警部这么说，明世僵着脸点头回答："是的……"理绘则莞尔笑道："好久不见了。"说完还优雅地低头致意，仿佛在跟许久未见的朋友打招呼。警部倒像是乱了阵脚，说了半句"确实是好久不见……"，随即清了清嗓子："真没想到会在这里见到二位啊。"

大槻警部转向其余的五名男女。其中四人的年龄分布在三十岁到七十岁之间，还有一位是二十五六岁的女服务员。

"各位就是和被害者一起上船的千岁美妆高管吗？"

大槻警部对那四名男女问道。

"是的。"五十岁左右的女士回答道。爱搞恶作剧的小姑娘年岁增长，却不改调皮本色，便是她的容貌给人留下的第一印象。

"可否请各位轮流做一下自我介绍？"

"那就从我开始吧。我叫茶山诗织。"

五十岁上下的女士说道。

"我是奥村智头雄。"

面相耿直、六十岁上下的男士说道。他戴着土气的黑框眼镜，花白的头发梳成三七开。

"我是千里·奎恩特。"

四十五六岁，戴着眼镜，长得颇具知性美的女士说道。结合"奎恩特"这个姓氏和那带有异域风情的长相，她十有八九是混血儿。

"我叫千曲悟郎。"

这是个年近四十的娃娃脸男人。

天哪！——慎司暗暗惊呼。与本案相关的四个人的姓名竟然都以C开头。茶山（Chayama）诗织与千曲（Chikuma）悟郎是姓氏，千里（Chisato）·奎恩特和奥村智头雄（Chizuo）则是名字。哪怕桌布上那形似C的焦痕真是被害者为了指认凶手留下的，这下也不知道她指的究竟是谁了。

接着，警部转向女服务员，问她叫什么名字。"我叫友永里美。"服务员回答道。

"遗体是您发现的吧？"

"是、是的。眼看着就快下午6点了，我就推着小餐车去了皇家套房，准备撤了下午茶，再布置一下晚餐的餐桌。把帝王厅收拾好以后，我就去找阳光厅的客人了，谁知……"

友永里美嘴唇发颤，就此沉默。

"后来我们听到了她的尖叫，就冲去了阳光厅。"

千里·奎恩特用平静的声音说道。她脸色苍白，但表情和声音都很镇定。

"各位今天上船是来谈公事的吗？"

"是的。社长每年都会请我们坐这艘游轮，放松放松。"

"各位能讲一讲今天上船之后都做了些什么吗？"

四位高管轮流发言——下午3点半不到，千岁百合子与四位高管在工作人员的带领下来到皇家套房。千岁百合子独自上楼去了阳光厅，但没过多久又下来了，说是要在船上走走。然后过了大约十分钟，她便带着奈良井明世和竹野理绘回来了。千岁百合子将两位客人介绍给四位高管，千曲悟郎向她们赠送了新款口红。之后，千岁百合子带着客人上楼去了阳光厅，四位高管则在皇家套房的里间——帝王厅聊天。4点不到，服务员友永里美推着餐车送来了下午茶套餐。将四位高管的餐食安排妥当后，友永里美在千里·奎恩特的带领下将千岁百合子的套餐送至阳光厅。奈良井明世和竹野理绘见机告辞。后来，千岁百合子独自留在阳光厅，四位高管则在帝王厅喝茶。在此期间，四人都曾离席前往皇后厅的洗手间，茶山诗织是4点10分左右，奥村智头雄是4点40分左右，千里·奎恩特是5点10分左右，千曲悟郎是5点30分左右，但没人记得他们分别离席了多久。6点不到，友永里美来到皇家套房回收下午茶套餐，并布置晚餐的餐桌，在进入阳光厅时发现了千岁百合子的遗体。听到她的尖叫，四人赶到阳光厅，接着奥村智头雄冲出皇家套房找医生，在大厅遇到了奈良井明世和竹野理绘，把她们带了回来……

如此看来，千岁百合子的死亡时间应该介于4点（最后一次以活着的状态被人看到）到6点（发现遗体）之间。

大槻警部转向明世与理绘。

"二位是怎么认识千岁百合子的？"

明世和理绘讲述了千岁百合子在露天甲板跟她们搭话，并邀请她们来皇家套房的经过。慎司心想，她俩长得都挺惹眼的，化妆品公司的社长会对她们产生兴趣倒也合情合理。

"二位是4点不到的时候告辞的，当时千岁百合子女士并没有什么异样吧？"

是的——两人点头回答。大槻警部望向服务员友永里美。

"接着您送了下午茶过去，然后便离开了。当时千岁百合子也没有不对劲的地方吧？"

对——友永里美点点头，随即怯生生地说道：

"警、警方不会是在怀疑我吧？布置好下午茶以后，我就跟这位千里·奎恩特女士一起下楼离开了阳光厅，不可能是我啊！"

"她说得没错。她是跟我一起下楼的，然后直接离开了套房，根本不可能行凶。当然，我下楼以后立刻去了帝王厅，所以也不可能行凶。"

"噢……话说千岁百合子女士用打火机在桌布上烧出了一道形似字母C的痕迹，各位知道那是什么意思吗？"

"她是想暗示凶手是姓或名以C开头的人吧？"茶山诗织说道。

千曲悟郎对此大吃一惊："姓或名以C开头的人……我们四个都是啊！"

"也许凶手就在我们之中。"

"别胡说八道，怎么会呢！"

"就是，我们都不可能加害社长的！"奥村智头雄瞪着茶山诗织说道。

"可事实摆在眼前，凶手在我们之中的可能性相当高啊。总不会是外人溜进皇家套房行凶吧？"

千里·奎恩特说道。

"怎么就不可能是外人溜进套房呢？"奥村智头雄反问道，"皇家套房的所有窗户都是固定死的，但是门并没有上锁，外人想进还是进得来的吧。肯定是有小偷悄悄溜进了皇家套房，还上了阳光厅，正准备找值钱的东西，却被社长发现了，于是他情急之下就砸死了社长。"

"对了，皇家套房专用电梯门口的大厅天花板上装了监控摄像头的！看一下监控，就知道有没有外人溜进套房了吧？"茶山诗织说道。

"多谢配合。我们稍后再找各位了解详细情况。"大槻警部说完，慎司等人便离开了房间。

警部叫来了拉维妮娅号的船长。船长是个五十多岁的男人，白色的制服帽与他十分相称，只是他的神情分外凝重。在船长的带领下，大槻警部、慎司与柴田警部补一同来到舰桥一角的警卫室。负责安保工作的副船长调出了摄像头的监控录像，供警方调查。

"乘客是什么时候开始登船的？"

"开船的二十分钟前——也就是3点10分。"

"那就请播放下午3点10分之后的录像吧。"

副船长点了点头，在触摸屏上点了几个按钮。液晶屏上出现了画面。

监控摄像头的视野捕捉到了皇家套房专用电梯的梯门及其周围三米左右的范围。画面右下角出现了"15:10:00"字样的时间戳，开始逐秒递增。

"可以麻烦您调成快进，只在有人进出专用电梯时调回正常播放速度吗？"

大槻警部如此要求。副船长点击触摸屏上的一个按钮，时间戳便以令人眼花的速度跳动起来。

3点25分，千岁百合子和四位高管在服务生的带领下走进皇家套房的专用电梯。片刻后，服务生独自走出电梯。

3点31分，千岁百合子只身走出电梯，随后在3点40分带着奈良井明世和竹野理绘回来。3点55分，女服务员推着餐车进入电梯，送来下午茶套餐。3点58分，奈良井明世和竹野理绘走出电梯。

在接下来的两小时中，专用电梯并没有人员出入。画面捕捉到了来往于大厅的乘客与船员，专用电梯的门却一次都没有开过。

直到5点57分，情况才出现了变化。推着餐车的服务员来到电梯口，上了专用电梯——她是来送晚餐的。然后到了6点03分，电梯门开启，奥村智头雄冲了出来，片刻后带着明世和理绘钻进电梯。

看到这里，大槻警部便喊停了。

"正如我所料啊……"警部说道。

"是啊……"慎司点头附和。

"被害者遇害的时间应该介于4点至6点之间。在此期间，专用电梯并没有人员出入。也就是说，只有身在皇家套房的四位高管有可能进入阳光厅。看来凶手就在他们之中啊。"

5

　　大槻警部、慎司和柴田警部补回到了皇家套房。沿旋梯上楼来到阳光厅时，杉田验尸官刚好完成了尸检。

　　"据你推测，死亡时间大概是什么时候？"

　　大槻警部迫不及待地问道。

　　"下午4点多到6点之间吧。"

　　遗憾的是，尸检结果未能进一步缩小已知的时间范围。

　　"被用作凶器的玻璃花瓶上有指纹吗？"

　　警部又向鉴证人员发问。

　　"我们检查了每一片碎玻璃，可惜上面都没有指纹。案发后，凶手肯定捡起那些碎片一一擦拭过了。碎片总共十三块，凶手有心要擦的话也不是什么难事。"

　　"花瓶是这个房间原本就有的摆设吗？"

　　听见警部这么问，柴田点头回答道：

　　"对。据船长说，今天是他们第一次把那个花瓶布置在这个房间。"

　　"头一天摆出来就被人当成凶器了啊……"警部继续询问鉴证人

员，"烟灰缸里的烟蒂的确是被害者留下的吧？"

"是的，上面还沾着被害者的口红呢。"

"话说桌布上的这道C形焦痕，你们觉得它真是被害者留下的，还是凶手伪造的痕迹？"

"光靠现场勘查，恐怕很难下定论啊。不过我注意到了一件事——C字顶端焦得比其他部分更严重，可见用打火机烧那个位置的时间比较长。"

"C字顶端？"

大槻警部凑近桌布看了看，点头说道："噢，还真是。"

这又是怎么回事？慎司心中纳闷，如果C字真是被害者留下的，那就意味着她先用打火机的火对着某个位置烤了一阵子，然后才开始写那个C字。为什么非要这么写不可呢？

"你觉得这个C字真是被害者留下的吗？"

大槻警部征求了柴田警部补的意见。

"我觉得不是。"

"为什么？"

"如果被害者想写下文字，又何必绕这么大的圈子用打火机烤桌布呢？用口红写不也行吗？女人总会在手提包里备一支口红的，而被害者的包就放在桌子上，她完全可以立刻拿出包里的口红啊。但她并没有那么做。这就意味着C字是凶手伪造的证据，不是为了嫁祸于人，就是为了混淆视线，妨碍警方调查。"

"可就算要伪造证据，凶手又何必大费周章用打火机烤桌布呢？凶手肯定是想尽快离开现场的，他完全可以选择更简单的手段啊，好比用你刚才提到的口红。但他并没有那么做。这岂不是很奇怪吗？"

"也许凶手是男的，情急之下没想到女人的手提包里有口红吧。所以才费尽心思用了打火机。"

"凶手就在四名高管之中，而他们都在化妆品公司工作。哪怕是男人，应该也会立刻想到女人的手提包里放着口红吧。"

柴田警部补抱起了胳膊。

"——也是哦。就算那是凶手伪造的证据，也无法解释'凶手又何必大费周章用打火机烤桌布'。不过话虽如此，但也不能说明这个字母是被害者留下的吧。就算是，被害者为什么要用这种费事的方法仍是未解之谜啊。"

正在收拾验尸器材的杉田说道："我这个验尸官本不该插嘴，不过我也认为那个字是凶手伪造的。"

"哦？为什么？"

"垂死的被害者最先想到的不会是告发凶手，而是挽救自己的性命。如果本案的被害者真有时间留言指认凶手，那肯定会先想办法呼救。从这个角度看，我实在不认为留言的是被害者。"

慎司心想，有道理，这番话说得十分精辟。

"想办法呼救？"

大槻警部喃喃自语。忽然，他的脸上浮现出兴奋的神情。

"原来是这样！我终于明白这道焦痕的含义了！杉田，多亏了你刚才那番话啊！"

"焦痕的含义？你的意思是，那是凶手伪造的？"

"不，不是凶手伪造的。这的确是被害者留下的痕迹。"

"哎哟，我还以为你赞成我的看法呢。"

"杉田啊，正如你刚才所说，垂死的被害者最先想到的不会是告发凶手，而是呼救。本案的被害者也不例外。她正是为了呼救才用打火机烧桌布，试图制造烟雾或小范围的火灾，以触发火灾报警器的啊。"

"说得跟真的似的，你有什么依据啊？"

"依据就是C字顶端焦得比其他部分更厉害啊。这是因为被害者想用打火机制造烟雾或火灾，于是对着那个位置烤了很久。

"可惜单单把桌布烤焦，并不足以触发火灾报警器，所以没有人来。直到那一刻，被害者才意识到自己怕是没救了。于是她放弃呼救，决定留下告发凶手的信息。问题是怎么留呢？当时她已经没有力气取出手提包里的口红了。唯一可行的办法就是用手中的打火机烧焦桌布，写下文字。如果事实真是如此，那么被害者为什么要大费周章地用打火机留下文字这件事就解释得通了。"

"还真是……"

慎司不由得感叹。不愧是在警视厅搜查一课管着一个组的领导，大槻警部确实有真本事啊。

"如果C字是被害者留下的，那她是在暗示凶手的名字吗？"

"照理说是的，可四名嫌疑人的姓氏或名字都是C打头的，单单留下一个C，天知道她指认的是哪一个。所以被害者当时肯定是打算继续写下去的。假设她想告发茶山（Chayama）诗织，那肯定还得接着写ha。可惜h还没来得及写，她就断了气。还有一种可能是，她本想把姓名都写上——写下凶手姓和名的首字母。假设要告发的是奥村智头雄（Chizuo Okumura），那就写CO，可O还没写，她就死了，所以桌上才只有一个C字。"

"不知道C后面是什么字，也就不清楚被害者到底想指认谁了……"

"很遗憾，但确实是这样。"

大槻警部、慎司和柴田警部补回到了相关人员所在的房间。

也许是因为四名高管意识到凶手就在身边的同事里，房间里的空气都是紧绷着的。明世用犀利的视线注视着他们，服务员友永里美则是左顾右盼，眼神游离。唯一表现如常的是理绘，一脸心不在焉的表情，若有所思。

"呃……我注意到了一个问题。"

理绘慢条斯理地对大槻警部说道。

"什么问题？"

"和烟灰缸中的烟蒂数量有关。"

"烟蒂的数量？"

"我们4点不到离开阳光厅的时候，烟灰缸里已经有两根烟蒂了。可是6点见到千岁女士遗体的时候，烟灰缸里还是只有两根烟蒂。千岁女士的烟瘾好像挺大的，不可能忍那么久不抽。这究竟是怎么回事呢？"

明世露出恍然大悟的表情。

"听你这么一说我就想起来了，见到遗体的时候，我一看到桌面就觉得哪里不对，原来是因为这个啊！我们离开阳光厅的时候，以及后来看到尸体的时候，烟灰缸里的确都只有两根烟蒂。"

这番话似乎引起了大槻警部的兴趣。

"千岁百合子女士的烟瘾很大是吧？"他向四位高管求证。

"没错，"茶山诗织点头回答，"每天要抽两包呢。因为我们几个都是不抽烟的，所以一直劝社长戒烟来着，社长却只是笑着说，'我也就这点坏习惯啦'，完全没有要戒的意思。"

"奈良井女士和竹野女士是在下午4点不到的时候离开了阳光厅，而遗体是6点不到的时候被发现的。一个烟瘾很大的人确实不可能整整两个小时不抽一支烟。这就意味着千岁百合子是在抽第三支烟之前遇害的——案件发生在两位女士4点不到离开阳光厅后不久。"

"案件发生在我们离开后不久……"

明世茫然地喃喃自语。

"你们几位可以走了。"

警部对明世、理绘和友永里美说道。临走时，明世给了慎司一个眼神，那表情仿佛在说"回头给我们透露点内幕消息啊"。理绘则面带微笑，对众人点头致意。服务员的脚步都显得战战兢兢。

三人一走，房间里的气氛就更紧张了。

"首先，我要明确告诉各位，据验尸官推测，千岁百合子女士的死亡时间是在下午4点多到6点之间。我们查看了大厅的监控录像，发现在这段时间里，没有外部人员进过皇家套房的专用电梯。而且套房的窗户都是固定死的，无法开启，因此外人无法溜进套房，只有在座的几位有可能行凶。"

"您是说，凶手就在我们之中？"

奥村智头雄喘息着问道。

"没错。在这种情况下行凶，嫌疑人必然就只有你们四位，因此凶手恐怕并无预谋。而且凶手没有携带凶器，而是使用了阳光厅中的玻璃花瓶，这一点也能从侧面证明本案没有计划性。当然，如果凶手事先知道玻璃花瓶在阳光厅里，就可以提前规划以玻璃花瓶行凶，所以不能完全排除预谋的可能性。不过，据说那个玻璃花瓶今天是第一次被布置在阳光厅中。换句话说，凶手事前不可能知道玻璃花瓶的存在，因此使用花瓶必然是带有冲动性质的行为。由此可见，本案并不是提前规划好的。恐怕凶手和千岁百合子女士之间突然爆发了某种矛盾，凶手在冲动之下，拿起手边的玻璃花瓶砸死了她。"

说到这里，大槻警部环视在场的四人。

"那么凶手到底是谁呢？奈良井明世女士和竹野理绘女士是下午4点不到的时候离开阳光厅的，当时烟灰缸里只有两根烟蒂。而6点不到发现尸体的时候，烟蒂还是只有两根。也就是说，千岁百合子女士在下午4点之后没有抽过一根烟。一个烟瘾很大的人不可能长时间不抽烟。这意味着千岁百合子女士遇害的时候，奈良井女士和竹野女士恐怕刚离开阳光厅不久。

"还有其他证据支持这一猜测。据我所知，奈良井女士和竹野女士是在服务员送来下午茶套餐的时候告辞的。而案发现场的茶杯中还剩了一大半红茶，司康饼和水果蛋糕等茶点几乎没有动过。可见下午茶送来之后，千岁百合子女士还没来得及享用多少就遇害了。"

"有道理……"千曲悟郎点头说道，"社长是在奈良井女士和竹野女士离开阳光厅后不久遇害的啊……那么对照警方推测的死亡时间，凶手应该是有可能在比较早的时间段行凶的人——也就是4点以后，我们之中第一个单独行动的人。我记得，那个人是……"

高管们的视线集中在一个人身上。那个人——茶山诗织耸了耸肩。

"你们怀疑我啊？我在4点10分左右去过洗手间，所以在那个时间范围里，我确实是最早有可能行凶的人，但害死社长的人并不是我哦。"

"我可没点名道姓说您就是凶手。"

"也许烟灰缸里原本有好几根烟蒂呢，是凶手为了误导警方特意拿走的，只留下了两根。这样不就能让大家认定社长的遇害时间比较早了嘛。如果真是这样的话，凶手应该在你们三个比我更晚离开帝王厅的人之中。"

"的确也不能排除这种可能性。"

大槻警部点了点头。他采用的战术是让嫌疑人针锋相对，以便暴露他们的真实想法。

"可如果真的如你所说，那岂不是意味着凶手知道奈良井女士和竹野女士离开阳光厅的时候烟灰缸里有两根烟蒂吗？因为凶手要是不知道她们离开时具体有几根烟蒂的话，就不知道该留下几根了啊。"

"这倒是……"

茶山诗织点了点头。

"奈良井女士和竹野女士离开的时候，有没有对你们提起过烟灰缸里有几根烟蒂？"

"没有。"

"那就意味着凶手之所以知道她们离开时烟灰缸里有几根烟蒂，靠的不是她们的描述，而是亲眼所见。换句话说，凶手在她们离开时或离开后不久去过阳光厅，看到了烟灰缸。谁符合这个条件呢？"

茶山诗织闭上眼睛，仿佛在自己的记忆中探寻。

"在两位女士离开时或离开后不久去过阳光厅的人，有上楼送茶点的服务员，还有给服务员带路的……"

高管们的视线汇于一人。

"还有我吧。"

千里·奎恩特面不改色道。

"对，还有你。当时你和服务员应该都看到了烟灰缸。而服务员无法在案发时间段进入现场，不可能是凶手，这就意味着凶手就是你。"

千里·奎恩特仿佛被这番话逗乐了。

"当时我确实看到了烟灰缸，也注意到了烟灰缸里有两根烟蒂。所以就算我在那之后杀害了社长，我也很清楚要拿走多少烟蒂才行。但我不是凶手。'凶手拿走了烟蒂'完完全全是个假设，并没有任何证据支持。因为一个毫无根据的假设指控我行凶杀人，那我可太冤枉了。而且社长的茶点几乎没有动过不是吗？假设我是凶手，而我离开帝王厅去洗手间的时间是5点10分左右，那么我肯定也是在那个时间行凶的，这就意味着从不到4点的时候茶点送来，到5点10分甚至更晚的那段时间里，社长几乎一口都没碰过那些茶点，这太诡异了吧？比起这种牵强的假设，'社长遇害的时间是茶点送来后没多久'这一推论反而还更自然一些。那么最可疑的人就是在4点10分后离开帝王

123

厅，并且单独行动了一段时间的茶山专务。"

在本案的四名嫌疑人中，至少那两位女士——茶山诗织和千里·奎恩特是相当精明。她们都以颇具说服力的推理指控对方是真凶。但两人并不歇斯底里，甚至都有种在享受"强词夺理"的感觉。至于两位男士，千曲悟郎忧心忡忡地看着她们唇枪舌剑，奥村智头雄则因为社长的离世大受打击，好像几乎没把注意力放在两人的对话上。

6

"就是这么回事。"

明世和慎司轮流讲完之后，不约而同地举起茶杯抿了一口。今天喝的是伯爵红茶。

10月1日星期三，晚上8点多，明世、理绘和慎司像往常一样，在"AHM"四楼的峰原卓家书房集合。

峰原会对这起游轮上的案件做出怎样的推理呢？明世好奇得不行，奈何她手中没有警方的调查情报。于是在案发第二天，她便发短信询问慎司。慎司表示，眼下他正忙于调查，抽不出时间，但10月1日可以一聚。日子一到，明世便约上理绘，跟慎司一起去峰原家。

听完明世等人的叙述，峰原用话剧演员般的铿锵声线说道：

"我早就通过报纸和电视新闻知道了这起东京湾游轮杀人案，却没想到你们也被牵扯进去了。这是明世老师和理绘大夫继去年夏天之后第二次被卷进谋杀案吧？是不是被吓坏了呀？"

明世点头回答：

"是啊，我是真的吃了一惊。几十分钟前还在跟我说话的人就这么被害死了，太令人震惊了。"

"我才震惊好不好！"慎司说道，"我就想不通了，你们俩怎么能接连不断地卷进我调查的案子啊？！"

"你当我愿意啊！而且哪里'接连不断'了啊，也就这两次好不好。我和理绘上一次碰上你，还是去年夏天西川珠美姐姐的案子呢。"

"我还得假装不认识你们，累死人了。"

"这句话我原封不动还给你！"

峰原苦笑道：

"哎呀，你们俩平安无事才是万幸啊。"

说着，他端起茶壶，将红茶注入已经空了一阵子的几个茶杯。明世等人道了"多谢"，将茶杯举到嘴边，品了品茶香再喝上两口。一整天的劳累仿佛都被那茶汤带走了，好不爽快。

明世环顾室内。北墙和西墙摆着橡木书架，法律、美术、文学、历史等各领域的书籍，塞得满满当当。南墙挂着古董钟、律师执照和一位慈祥老太太的照片，据说那位便是留遗产给峰原的姑姑。东墙有一扇大凸窗，米色的窗帘已经拉上。好一个让人舒心的房间。

不过此处最令人舒心的当属峰原这位房主兼公寓房东。身高将近一米八，骨瘦如柴。目光平和，五官轮廓分明，不似寻常的日本人。嗓音低沉却铿锵有力。只要他往那儿一坐，便让人心旷神怡。

"对了，警方调查得怎么样啦？"

明世向慎司问道。

"结合'烟灰缸里只有两根烟蒂'和'茶点几乎没有被动过'这两点，警方认为行凶时间是4点刚过的时候，因此将4点10分左右离席上洗手间的茶山诗织视作头号嫌疑人，反复审问，但她始终否认。烟蒂和茶点都只是间接证据，所以很难就此断定茶山诗织是凶手。"

"四位高管都有可能作案是吧？"

"嗯。当时他们四个都在帝王厅喝茶，但每个人都离席去过一次洗手间。茶山诗织是在4点10分左右，奥村智头雄是在4点40分左右，千里·奎恩特是在5点10分左右，千曲悟郎是在5点30分左右。而且四个人都记不清其他人到底离开了多久。所以他们都有可能趁着离席的时候偷偷上楼前往阳光厅行凶。"

"四位高管有杀害千岁百合子的动机吗？"

"有。通过后期的调查，我们只发现了一个动机。有迹象表明，千岁百合子发现四位高管之中有位吸食兴奋剂的瘾君子。"

"兴奋剂？"

"千岁百合子独自居住在高轮的公寓。在调查公寓的时候，我们发现了她的日记。今年7月8日的日记中提到，她与四位高管开完会后，竟在会议室的地上发现了一个纸包，上面沾有十分可疑的粉末。由于那纸包看上去和电视剧里的毒品包装一模一样，她虽然觉得自己十有八九是多心了，却还是请认识的药剂师分析了一下粉末的成分。一查才知道，纸包上的粉末竟然真的是兴奋剂。那四个人里恐怕藏了一个瘾君子，口袋里塞了纸包，却一不小心把它落在了会议室的地上。但千岁百合子在日记里说，她并不知道那人是谁。因为她没有熟悉指纹检测的专家朋友，无法检测纸包上的指纹。

"她很有可能在船上察觉到了谁才是那个瘾君子，当面质问对方，对方情急之下，就抢起手边的花瓶砸死了她。"

明世试着在脑海中勾勒出四位高管的模样。只是他们似乎都没有什么可疑的举动。

"理绘，那四个人里真有瘾君子吗？我是没注意到，你呢？"

精神科医生歪着脑袋回答：

"我也没有注意到。如果他们之中真有瘾君子，吸食时间大概也不会很长。"

明世又问慎司：

"我听说毒品会积蓄在人的头发里。你们偷偷弄点他们四个人的头发化验一下不就知道啦？"

刑警苦着脸摇头道：

"这个法子已经试过啦，可惜四个人的头发里都没有检验出毒品的成分。鉴证课的同事说，要是只吸食过几次的话，毒品的成分确实不会积蓄在头发里。也许凶手才吸过没几次。而且在行凶之后，他料到警方会盯上自己的头发，肯定会刻意忍着不吸的。"

"你刚才说，千岁百合子可能是在船上察觉到了瘾君子是四位高管中的一位，那警方认为她具体是如何发现的呢？还有，如果千岁百合子真的发现了那个瘾君子，还当面质问过，那她应该把那个人叫去了阳光厅吧？不是亲自去帝王厅喊人，就是打电话、发短信通知。这方面的调查有进展吗？"

"我们还不知道她锁定瘾君子的具体方法。而且四位高管都说，社长上楼进了阳光厅之后就再也没下楼进过帝王厅。我们检查了她的手机，发现她在下午3点半游船出港之后没有打过一个电话，也没有发过一条短信，所以我们无法通过这一点锁定凶手。"

"那其他乘客的目击证词呢？有没有人看见千岁百合子和某位高管发生了争执啊？"

"很遗憾，我们没搜集到这方面的证词。你们也去过阳光厅，应该知道它位于露天甲板后方的皇家套房上层，是船上除了烟囱之外的最高点。所以除非人就站在阳光厅的窗边，否则外面的人是看不到这里的。不过我们搜集到了几份证词，说是看到千岁百合子在船出港后独自一人在船上散步。当时她的举止有些奇怪，所以目击者还有印象。"

"举止奇怪？"

"目击者说她散步的时候四处张望，好像在找人似的。"

"她到底在找谁啊？"

"我们问过四位高管，可他们都说不知道。"

"那警察对写在桌布上的字母C又是怎么看的呢？之前有人猜测千岁百合子本想接着往下写的——不是辅音h和后面的元音，就是姓名的首字母，但没写完就断气了，那你们有没有查到C后面的字母是什么啊？"

"很遗憾，并没有。我们不知道被害者打算在C后面写什么。搞不清楚这一点，就不知道被害者指控的是四个嫌疑人之中的哪一个。"

"如果C后面的字母是辅音h，确实不好说她指控的是谁，但如果是姓名首字母的话，还是可以在某种程度上缩小范围的，不是吗？"

"哦？"

"因为姓名首字母是先写名字，后写姓氏，所以C应该是名字的第一个字母。那凶手就只可能是名字首字母为C的千里·奎恩特和奥村智头雄了呀。"

"写姓名首字母的时候名字在先，姓氏在后，是因为欧美人本就习惯先名后姓吧。被害者是日本人，说不定她原本打算按先姓后名的顺序写。如果真是这样，那她指的也有可能是姓氏首字母为C的茶山诗织或千曲悟郎。"

"因为她是日本人，所以写姓名首字母的时候先姓后名？你这么反驳我可不服气。"

"无论如何，被害者没来得及写C之后的字就气绝身亡了，所以她留下的信息不够完整啊。"

就在这时，理绘用慢条斯理的语气插嘴道：

"话说……千岁百合子真的打算继续往下写吗？也许C之后并没

有其他文字呢？"

"C之后并没有其他文字？你怎么会这么想呢？"

慎司问道。

"如果千岁百合子不仅要写下字母C，还要接着往下写其他字母，那就太花时间了，很有可能还没写完就支撑不住啊。她应该也很清楚这一点才对。所以，如果她真想写下凶手的名字，那就不会选择以C开头的姓氏或名字，因为那是四个人共通的，更明智的选择是不以C开头的姓氏或名字。这样一来，哪怕她只写了一个字母就断了气，也不至于搞不清楚她指控的是谁呀。"

"不以C开头的姓氏或名字？可她写的明明是C啊！"

"如果千岁百合子想写的不是C，而是其他字母——不以C开头的姓氏或名字的首字母，但还没写完就死了，以至于那个写到一半的字母看起来像C呢？"

"在写其他字母的途中死了？比如？"

"比如写到一半的G呀。要是她在写那一横之前断了气，看起来应该是很像C的。如果是G的话，凶手就是千曲悟郎（Goro）先生了。"

明世大感佩服。

"有道理啊！写G的确比写C有效，因为姓或名的首字母是G的人只有千曲悟郎一个，所以只写一个字母也足够指认凶手了。与其假设被害者写的是四个人都有的C，还不如假设她本来是想写G的，后者还更有说服力一点。"

不过说到这里，她又发现了反驳的切入点。

"可也不能就此断定那是个没写完的G吧，说不定是写到一半的O呢。"

"对，如果是O的话，凶手就是奥村（Okumura）智头雄先生了。毕竟姓或名的首字母是O的人只有他一个，所以只写一个O也能锁定凶手。还可能是没写完的Q，那凶手就是千里·奎恩特（Quant）女士了。另一种可能是，看着像C的字迹是只写了上半部分的S，那么凶手就是茶山诗织（Shiori）女士。因为Q和S是两位女士的名字所独有的，只需要一个字母就可以锁定凶手。"

明世顿感灰心丧气。

"到头来，就算假设那个看着像C的字迹是没写完的其他字母，也不知道它是哪个嫌疑人的首字母啊。"

"是呀。"

理绘笑嘻嘻地说道。

"不过我觉得这个着眼点不错。理绘说得有道理，千岁百合子肯定也知道，要把C后面的字母都写出来未免太费时间了。她想留下的不是C，而是另一个字母，而且光看那一个字母就知道谁是凶手，只是字母没写完，看起来像个C——这样假设大概是没问题的吧。"

慎司抱起胳膊：

"噢……这套推论相当有说服力啊。如果真是这样，那么问题就是'被害者原本想写的到底是什么'了。是G、O、Q还是S呢？"

"没错，问题就出在这。四个嫌疑人还是一个都排除不了呀。"

说到这里，明世望向一直默默听房客交流意见的公寓房东。

"峰原先生，您对被害者留下的C有什么看法呀？"

峰原微微一笑，用低沉而铿锵的声音回答道：

"我决定不考虑那个C了。"

这句出人意料的话惊呆了明世等人。

"啊？为什么啊？这明明是案子最关键的线索啊！"

"我们可以围绕'C的含义'做出无数种推论，从合情合理的到荒诞无稽的，什么样的都有。如果只考虑C意味着什么，恐怕会陷入由无数种解释交织而成的迷宫。因此，我决定不去刻意思考C是什么意思，而是试着从另一个切入点剖析这起案件。"

"另一个切入点？是什么啊？"

"被害者的烟呀。"

7

"被害者的烟？"

明世、理绘和慎司注视着峰原。之前的两起案件都是峰原一语道破了真相，所以他们对峰原的推理自是百分百信赖。

峰原继续用平静的声音说道：

"按你们刚才的描述，千岁百合子在和你们谈话的时候掏出了烟，正要点，却因为怕你们介意作罢了，对吧？"

"对。"

"听到这段描述的时候，我产生了一个念头——千岁百合子真的是怕你们介意才不点烟的吗？"

"为什么啊？"

"当时明世老师对她说，'您抽吧，不用顾忌我们的'。你们都明确表态了，千岁百合子大可不必客气，本该随意抽烟的，可她到头来还是没有抽。这是为什么呢？这一点引起了我的注意。"

"那她为什么不抽呢？"

"大概是因为她想抽却抽不了吧。"

"想抽却抽不了？"

"'想抽却抽不了'有两种情况，一种是没有烟，另一种则是没有点烟的工具。千岁百合子显然有烟，所以她是没火。也就是说，她的打火机没油了。她本想抽烟，却想起打火机没油了，所以才停下了吧。"

"打火机没油了……"

"千岁百合子之所以问'你们抽烟吗'，并不是在婉转地问'我能不能抽烟'。如果你们抽烟的话，她就会开口借打火机一用了。当你们回答'不抽'的时候，千岁百合子显得有些失落，那也并不是因为她无法在不抽烟的人面前抽烟，而是因为她意识到自己借不到打火机了。

"千岁百合子上船之后在阳光厅抽了两根烟，然后便发现打火机没油了。船上毕竟不是家里，所以她手头没有补充液。四位高管都不抽烟，自然不会带打火机，也没法问他们借。于是她就在船上逛了逛，看看能不能买到一次性打火机或者火柴什么的。根据目击者的证词，船刚离港，千岁百合子就出来四处闲逛了，而且边走边东张西望，好像在找人，我想她大概是在找卖打火机或火柴的地方吧。可惜她找了一圈都没找到，只得决定在航行期间忍着不抽。顺带一提，千岁百合子在露天甲板跟你们搭话的时候，应该正在船上四处寻找点烟工具。"

慎司恍然大悟：

"原来阳光厅的烟灰缸里之所以只有两根烟蒂，并不是因为被害者死得早，也不是因为凶手故意取走烟蒂混淆行凶时间，而是因为打火机没油了，所以她没法再抽更多的烟了啊！

"没错。千岁百合子用自己的打火机灼烤桌布，留下了形似C字母的死前留言。但打火机如果真的没油了，那肯定是打不着火的，所以照理说她无法留下那个C字母。

"而且帝王厅的四位高管都不抽烟，所以他们也没有打火机。

所以，千岁百合子不可能在遇害前不久借用打火机，用有油的打火机留言。

"既然如此，那就说明桌布上的C不是用打火机写的，而是用别的东西写的。可千岁百合子却紧握着打火机，就好像她是用那只打火机写了C字母似的。换句话说，那一幕是凶手伪造的。凶手想制造出'千岁百合子用打火机写下字母C'的假象。这意味着实际情况恰恰相反——C不是用打火机写的，也不是千岁百合子写的。"

明世等人听得一脸茫然。峰原的推理瞬间推翻了案件的前提。

"不是千岁百合子写的，难不成是凶手写的？可凶手为什么要这么做呢？唯一说得通的解释就是嫁祸，但正如我们之前讨论过的那样，C适用于所有嫌疑人，无法将黑锅扣在任何一个人头上啊。如果C真是凶手写的，那我就不明白他这样做有什么意义了。而且四个嫌疑人都不抽烟，所以也没带打火机。凶手又是怎么写下那个C的呢？"

峰原点了点头：

"正如你指出的那样，我刚才的推论会催生出两个谜团。不过当我意识到写下C的是打火机之外的某件物品时，那两个谜团便也迎刃而解了。"

明世歪着脑袋问道：

"写下C的是打火机之外的某件物品……除了打火机，还有其他东西能烧焦桌布吗？"

"有。答案就隐藏在'阳光厅'这个名字里——那就是从天而降的阳光。阳光经透镜聚焦，不是就能烤焦桌布了吗？"

"可阳光厅哪来的透镜啊？"

"不一定要正宗的透镜，只要是作用等同于透镜的东西就行。"

"作用等同于透镜的东西？阳光厅有那种东西吗？总不会是玻璃窗吧？玻璃窗又不能折射光线。"

"阳光厅里只有一件可以折射光线的东西，那就是被用作凶器的玻璃花瓶。玻璃花瓶的瓶身轮廓是有弧度的曲线，所以入射角度凑巧的话，它应该就能起到透镜的作用。"

"花瓶也许是能起到透镜的作用……那么是凶手把玻璃花瓶用作透镜，在桌布上写下了C吗？"

"不，我并不觉得凶手知道什么样的入射角度能让那玻璃花瓶起到透镜的作用。"

"啊？那……"

"我认为玻璃花瓶聚焦阳光烤焦桌布，并非凶手故意所为，而是纯粹的事故。当时花瓶还好好摆在桌上。到了傍晚时分，太阳西下，于是阳光照射到了放置花瓶的地方。"

"可焦痕看起来像个C啊！要形成那样的焦痕，总得有人拿着玻璃花瓶移动吧？如果这一切纯属意外，为什么焦痕会是C形的呢？"

"那是因为案发现场本身发生了转动，所以放置玻璃花瓶的桌子随之转动，而桌布上的焦点也以花瓶为中心逐渐移动，轨迹呈弧形。在这个过程中形成的焦痕，看起来不就像是字母C了吗？"

"案发现场本身发生了转动？为什么啊……啊，我明白了！"

峰原面露微笑。

"明白了吧？要知道案发现场并不在纹丝不动的地面，而是在一艘正在行驶的船上。如果当阳光聚焦于桌布时，拉维妮娅号来了个大转弯呢？而在拉维妮娅号的航线上，确实有一处需要大转弯的地方——行驶到海萤的时候，原本朝东南方向行驶的游轮顺时针转向，掉头向北。当时，拉维妮娅号绕海萤转了大约225度。这使得案发现场的桌子随之转动了225度，桌布上的焦点也绕着玻璃花瓶画出一道约225度的弧线，于是便有了那道C形的焦痕。"

"啊……"

明世想象着当时的情景，不禁感叹那场面是何等宏大。

"如果是小船的话，转弯花不了多少时间，桌布上的焦点会迅速移动，来不及把桌布烤焦。而拉维妮娅号是总吨位高达一千九百三十二吨的大船，掉头需要很长时间，再加上它本就是游轮，为了让乘客们近距离观赏海萤的景色，转向速度就更慢了。于是桌布上的焦点也移动得比较缓慢，形成了C形的焦痕。顺便一提，C的顶部之所以比其他部分焦得更厉害，是因为顶部是阳光最先通过玻璃花瓶聚焦的位置，过了一段时间之后，游船才开始转弯，所以这一部分的桌布被灼烤的时间比其他部分更久。

"一旦想通桌布上的C是这么来的，'凶手写C毫无意义'的问题就迎刃而解了。因为留下那个C的不是凶手，也不是千岁百合子，而是自然现象。"

"自然现象……原来C没有任何含义啊……"

这时，明世又注意到了一个可以反驳的地方。

"不对啊……桌布一旦被烤焦，千岁百合子应该会立刻闻到焦味，在形成C形焦痕之前拿开花瓶的吧？"

"因为她的鼻子出问题了，所以没注意到桌布被烤焦了啊。"

"鼻子出问题了？"

"你们之前说过，千岁美妆每年11月都会推出千岁百合子亲自挑选的香水，这个系列也被称为'百合子甄选'，今年却没有新品上市。她告诉你们，她准备以后少抛头露面，以便让接班人更好地开展工作，但我怀疑真正的原因是她的鼻子出了问题，无法再挑选香水了。这恐怕是发现四位高管中有瘾君子的压力所致。根据日记中的记载，千岁百合子是在7月8日发现兴奋剂的，考虑到香水的最终选定很有可能就安排在那段时间，时机也对得上。"

"啊，原来是这样……"

"游轮绕着海萤转弯时，千岁百合子大概一直盯着窗外，没往玻璃花瓶那边看。再加上嗅觉失灵，便没有立即注意到桌布被烤焦了。等到游船完成转向，收回视线，她才注意到这个情况，赶紧拿起花瓶，这才没有让桌布继续受阳光的灼烤。"

理绘插嘴道：

"C形焦痕有没有可能在海萤以外的地方形成呢？"

"不可能的，回忆一下拉维妮娅号的航线就知道了。从日出码头出发，向东南方向直走，绕过海萤，掉头向北，最后再往西，望着右侧的东京迪士尼度假区回到日出码头。除了海萤那一段，船的转弯幅度再大也不过90度而已，而90度的转向是不会在桌布上形成C形焦痕的，只有非常大幅度的转弯才行。而这样的转弯只出现在海萤处，当时游船绕海萤顺时针转向，从东南掉头往北去了。"

"啊……对哦……"

"然后'玻璃花瓶在桌布上弄出C形焦痕'这件事显然发生在凶案之前。因为在凶案发生后，玻璃花瓶碎了，能够聚焦阳光的透镜也就不复存在了。换句话说，凶案发生在玻璃花瓶弄出C形焦痕之后——也就是游船绕海萤掉头之后。那么游船是在什么时候掉头的呢？"

"是5点吧，"明世回答道，"就在我和理绘喝茶的时候。我还记得自己看了看表，暗暗感叹游轮如期行驶到了既定地点，特别准时。"

"如果游船是5点绕海萤掉头的，那就意味着凶案发生在5点到6点之间。也就是说，凶手是5点到6点没有不在场证明的人。谁符合这个条件呢？"

"千里·奎恩特和千曲悟郎，"慎司回答道，"两个人分别在5点10分左右和5点30分左右离席上洗手间。"

"对，所以凶手就是其中之一。那么究竟是谁呢？我们不妨再研究一下桌布上的焦痕。凶手制造了'被害者临死前用打火机留下C字母'的假象，以掩饰桌布上的焦痕。但仔细一想，我们就会意识到凶手本可以直接拿走桌布的。也就是说，凶手面前有两个选项，要么用打火机伪装，要么直接拿走桌布，而凶手选择了前者。

"由此可见，凶手并不知道打火机没油了。因为他要是知道，就不会做出那样的选择，而是会直接带走桌布。

"千里·奎恩特在3点58分带着服务员去过阳光厅。在警方问话的时候，她亲口表示自己当时注意到了烟灰缸里有两根烟蒂。如果她是凶手，再次进入阳光厅行凶时，应该也会注意到烟灰缸里还是只有两根烟蒂，并由此意识到千岁百合子在这段时间里一根烟都没抽——这是因为打火机没油了。

"我之前也说过，凶手是不知道打火机没油的人。因此千里·奎恩特不是凶手。既然不是她，那就只剩下一个人了——千曲悟郎才是本案的凶手。"

这是何等精彩的排除法。事到如今，明世不禁再一次为峰原的聪明才智惊叹。

"千曲悟郎在玻璃花瓶弄出C形焦痕后来到阳光厅，与千岁百合子发生了争执，抢起花瓶砸死了她。行凶后，他注意到了那道C形的焦痕。也有可能是在两人爆发争执之前，他就听千岁百合子提起了'玻璃花瓶烤焦了桌布'这件事。对千曲悟郎来说，这是一道致命的焦痕。因为焦痕显然形成于游船大转弯的时候，而在当天的航线中，游船只在海萤掉过头，这说明用玻璃花瓶砸死被害者这件事发生在游船绕海萤掉头之后，因此案发时间在下午5点以后。

"千曲悟郎应该已经注意到了大厅天花板上的监控摄像头。警方看过录像之后，就会意识到只有身在帝王厅的四位高管有可能行凶。要是再加上'案发时间在5点以后'这个条件，警方就会知道有机会行凶的只有千曲悟郎和千里·奎恩特。嫌疑人瞬间从四名减少到了两名。

"为了防止这种情况的发生，千曲悟郎决定把C形焦痕伪装成千岁百合子留下的死前留言。于是，他把尸体搬到可以写出C的位置，又把打火机塞进被害者的右手。他肯定是做梦都没有想到，那只打火机竟然没油了。站在千曲悟郎的角度看，他的运气着实不太好。

"说到运气不好，也许千曲悟郎的霉运就是从'在案发当天坐船'开始的。因为帮我们锁定他就是凶手的决定性证据是玻璃花瓶聚焦阳光形成的焦痕，而那个玻璃花瓶是案发当天刚摆进阳光厅的。如果他们早一天坐船，玻璃花瓶还没有被布置在阳光厅里，自然就不会形成焦痕，我们也就无法通过焦痕锁定凶手了。如果他们晚一天坐船，游船公司就会发现花瓶弄出了焦痕，肯定会把花瓶撤掉，到时候还是无法锁定凶手。换句话说，正因为他们是在案发当天坐的船，我们才得以确定千曲悟郎就是真凶。"

明世不由得叹了口气。

"说句听着有点老套的话，整件事还真有些命中注定的感觉呢——现在就只剩下作案动机之谜了。千曲悟郎之所以杀害千岁百合子，大概是因为他吸毒的事情在船上被社长发现了吧？"

"十有八九是这样的。"

"可千岁百合子是怎么发现的啊？她是在船上撞见千曲悟郎吸毒了吗？还是说她像当初发现四位高管中有瘾君子那样，捡到了千曲悟郎不小心掉出来的兴奋剂纸包？"

"我觉得你的这两种猜测都不对。哪怕千曲悟郎真要在船上吸毒，那也会选择卫生间这种隐蔽的地方，应该不至于被千岁百合子撞见。而且，千曲悟郎丢过一次纸包了，恐怕不会再犯同样的错误。"

"那千岁百合子是怎么发现的呢？"

"除了吸毒时被人撞见、不小心弄丢纸包，还有另一种会让瘾君子暴露身份的情况。那就是被人目击到毒品交易现场。"

"被人目击到毒品交易现场？您的意思是，千曲悟郎在船上买了毒品？"

"对。我认为有人在船上建立了一套毒品交易机制。"

慎司往前靠了靠。

"事关重大，我得赶紧联系厚劳省[1]的缉毒部门。毒贩子是谁啊？"

"那个女服务员啊。买家上拉维妮娅号，对前来点单的服务员报出暗号。然后服务员在送茶点和晚餐的时候偷偷交货——船上恐怕存在这样的毒品交易机制。在本案中，服务员在不到4点的时候来到皇家套房送茶点。当时，她把兴奋剂的纸包贴在托盘背面，想趁机交货。藏有兴奋剂纸包的下午茶套餐本该端到千曲悟郎面前，却阴差阳错到了千岁百合子手里。"

"阴差阳错？怎么会搞错呢？"

"因为千岁百合子碰巧报出了毒贩和买家之间的暗号。"

"暗号？"

"千岁百合子问服务员'有伯爵夫人吗？'，服务员回答'非常抱歉，我们只有大吉岭、阿萨姆、威尔士王子，以及苹果茶和伯爵茶这两种风味茶'，于是千岁百合子回答'那我要阿萨姆'，对吧？买家问起菜单上没有的红茶品种，毒贩服务员回答说没有，买家再点阿萨姆——这一定就是买家向毒贩表明身份的暗号。而千岁百合子碰巧报出了暗号，于是服务员便误以为她就是买家。

"在千岁百合子报出暗号的时候，千曲悟郎刚好离席去给明世老

1　全称为"厚生劳动省"，日本中央省厅之一，相当于福利部、卫生部、劳动部的综合体。——编者注

师和理绘大夫取口红了，对此毫不知情。回来以后，他也对服务员报了暗号。想必服务员也是一头雾水，毕竟有两个人报了暗号。"

明世忽然想起，千曲悟郎点完单后，服务员微微蹙眉，也不知是为什么。原来是因为她听到两个人报出暗号，不知如何是好啊。

"服务员大概犹豫过，不确定哪个才是买家，但她认定最先报出暗号的千岁百合子是买家，于是把纸包贴在给她的下午茶套餐上。千岁百合子在喝茶的时候发现了贴在托盘上的纸包。7月8日，她在公司会议室发现了兴奋剂的纸包，请认识的药剂师分析过粉末成分，所以她一看到贴在托盘上的纸包就反应过来了。但她没有通知船上的工作人员。她早就怀疑四位高管中有人吸毒，立刻意识到纸包本该被送到那个人手里的，只是中途出错到了自己这儿。要是通知了工作人员，'千岁美妆有高管吸毒'这件事就瞒不住了。这对她白手起家建立的千岁美妆是非常可怕的打击。她害怕事态失控，所以没有通知工作人员，而是苦苦思索吸毒的是哪个高管，今后又该如何应对。她的茶水、司康饼和水果蛋糕几乎没有动过，这是因为她在为高管涉毒发愁，哪里还有心情吃吃喝喝啊。

"而千曲悟郎发现纸包没有出现在自己的下午茶套餐中，意识到出了差错，货到了别人手里。但他没法立刻查出是谁拿到了货。因为千岁百合子碰巧报出暗号的时候，他并不在场。茶山诗织和千里·奎恩特分别点了大吉岭和苹果茶，肯定不会送到她们手里。但奥村智头雄要的是阿萨姆，所以服务员是有可能把货给他的。千曲悟郎拐弯抹角地打听出奥村智头雄起初并没有点菜单上没有的茶。直到5点多，他才意识到货没有被送到其他高管手里，而当时距离交货出错已经过去一个多小时了。不是高管，那就只可能是千岁百合子了。千曲悟郎假装去洗手间，前往阳光厅查看情况，而发现了兴奋剂的千岁百合子当面质问了他。千曲悟郎一时冲动，动手行凶，然后拿回了兴奋剂。"

Yの誘拐

Y 的绑架

第一部

成濑正雄手记
2004年3月写于病房

1

我的床头柜上摆着一个相框，相框中装着一张照片，照片拍摄于那起案件发生的短短一星期前。

春日午后，照片中的三人站在鸭川河畔。一对年纪尚轻的男女，外加一个小男孩。身后是绿意盎然的北山山脉、紅之森[1]、加茂大桥……还有河堤上的一排樱花树散发着朦胧的光亮。温暖的阳光遍洒大地，三人对着镜头展露笑颜。平凡的家庭，寻常的光景。那是十二年前的我、早纪子和悦夫。

如果当时有预言家告诉我，你将在不远的未来痛失挚爱，我肯定会一笑置之，因为我的身边还不见一丝不幸的阴霾。

这是何等无知，何等傲慢。当时的我还一无所知。一如天色忽暗的春日，命运也会在人生的道路上突然罩下黑影。

正在看这份手记的你，对十二年前发生的事情还有多少印象呢？

1992年。那年举办了巴塞罗那奥运会。日本健儿在柔道、游泳、马拉松等项目的抢眼表现令全国上下为之沸腾。

---

1 京都市中北部下鸭神社境内的森林。

那年4月，我们的儿子被绑架了。

4月18日，星期六。那是一个晴朗的日子。万里无云，视线所及之处充满了光亮。阳光和煦，清风徐徐，花园里的杜鹃轻轻摇曳。

悦夫刚升上小学二年级。由于我们把他送进了离家稍远的私立学校，而不是附近的公立学校，他每天都要独自坐公交车上学。我原本有些担心，不知道一个七岁的小男孩能不能独立上学，悦夫每天早上出门的时候倒是精神抖擞，仿佛是在享受冒险一般。

那天早上，悦夫像往常一样，在8点整离开了家。当时我正在客厅看报纸。他对我说了句"我走啦"，娇小的身上背着一个大得不成比例的书包。

"爸爸，你今天一定要教我骑自行车哦！"

悦夫在临走时说道。我答应过悦夫，等他那天放学回家，我就带他去鸭川河畔练车，争取告别辅助轮。

"嗯，一定教。"我如此回答。见朋友已经能脱离辅助轮了，悦夫非常羡慕，一心想尽快学会。

"绝对不许耍赖哦！"

"绝对不耍赖。"

"太棒啦！"

悦夫笑容满面，冲向修学院道的公交车站。直到现在，我还清楚地记得他背上的书包发出的轻响，咔嗒咔嗒……

那是我最后一次见到活着的儿子。

怎么就没有再多看悦夫几眼呢？从那天起，我后悔了成千上万次。早知那是最后一眼，我一定会把儿子的音容笑貌深深烙印在记忆中。不，早知如此，我绝不会让他踏出家门一步。奈何我被命运所蒙骗，就那样送走了悦夫。

然后——上午10点，噩梦拉开帷幕。

送走悦夫后，我窝在书房悠闲地翻书。

忽然，我听到客厅的电话响了。早纪子拿起听筒，没说几句便是一声惊呼。面无血色的妻子走进书房说道：

"老师说，悦夫还没有到学校！"

"什么？"

"他们班主任桧山老师打电话来了，说悦夫还没到学校！"

我撂下书本，跑去客厅接电话。

"您好，我是悦夫的父亲。到底是怎么回事啊？"

"看来悦夫同学不是因为突然生病才缺勤的啊。他今天早上是照常走的吧？"

话筒里传来四十多岁的女老师的声音。我与她在家长参观日见过一面。

"是的，照常走的。"

"班会已经结束了，第一堂课都开始了，悦夫同学还没有来，我还以为他是突然生病了，所以才打电话来了解情况……"

"搞不好是迷路了，"我强压着涌上心头的焦虑说道，"我开车沿着他上学的路找找看。"

"悦夫同学肯定不会出事的，只是在路上闲逛耽搁了时间吧，"桧山老师似乎在极力克制自己的担忧，"他要是来了，我再打电话通知二位。"

"要是我们找到了，也会立刻打电话通知您的。"

说完，我放下了电话。

"我开车去找找看。"我对身旁忧心忡忡的早纪子说道。

"我和你一起去！"

就在我拿起车钥匙，准备离开客厅的时候，电话铃又突然响起。我望向墙上的钟，恰是上午10点。会是班主任打来的吗？是悦夫终于到学校了，所以老师打电话来通知了吗？

但是没过多久，我的希望就破灭了。我拿起听筒，对方却一声不吭。

"这里是成濑家，请问您是哪位？"

对方沉默片刻。但我能透过听筒感觉到他的存在。于是我又问了一遍：

"这里是成濑家，请问您是哪位？"

"你是成濑正雄吧？'Media Now'的老板。"

总算听到声音了。是个陌生男人的声音。

"是的，您是？"

"我趁你儿子上学的时候绑架了他。要想让他平平安安回来，就得拿赎金来。"

"我不知道你是谁，但请你不要开这样的恶劣玩笑。"

那人笑了。

"我可没跟你开玩笑。你打开信箱看看吧。你儿子的名牌就在里头。"

"什么？！"

我扔下听筒冲出客厅，留下一脸茫然的早纪子站在原处，直冲院门口的信箱，用瑟瑟发抖的手打开信箱盖。

错不了。二年级三班成濑悦夫——那是早纪子的字，端端正正。那的确是悦夫的名牌。

我回到客厅，拿起听筒。

"怎么样？明白了吧？"

男人的声音在听筒中回响。恐惧与愤怒自心底而生。

"你没把我儿子怎么样吧？"

"只要你答应我的要求，我就不会动他一根指头。"

"让我听听悦夫的声音。"

"不行，"男人冷冷地说道，"那就谈谈赎金吧。明天下午4点前准备好一亿现金，要旧钞。"

"你要我在明天下午4点前拿出一个亿？这怎么可能啊！我要怎么——"

男人冷笑道：

"少啰唆。你好歹也是个老板，这点钱总能想办法凑出来的吧。"

"可——"

"孩子的命在我手上，你还想讨价还价不成？反正我就要这个数。"

"好吧，我想想办法。"

"把准备好的钱塞进旅行袋，应该需要两个。至于之后的安排，我明天再给你打电话。丑话说在前头，不许报警。"

"好……"

"如果你不交钱，或者偷偷报警，你的儿子会有什么下场呢？我把他关在了某个地方。那地方装了定时炸弹，会在明晚7点爆炸。只要你乖乖按我说的做，我就会拆除定时炸弹。但你要是敢食言——你应该很清楚会发生什么吧？到时候，你儿子可就粉身碎骨了哦。"

我紧紧握住电话听筒。我能清楚地感觉到，自己已是面色惨白。

"别妄想找到关你儿子的地方。你是不可能找到的。我再重复一遍，明天下午4点前，准备好一亿旧钞，塞进两个旅行袋等着。不许报警。听明白了吗？"

"知道了。"

"明天再说。"

对方挂断了。

我紧握听筒，茫然无措。我实在不敢相信，刚才那通电话竟然不是幻听。然而对方的声音还在耳边回响。这是千真万确的现实。

忽然，我回过神来，望向身边的早纪子。我已无须解释这通电话是怎么回事。她瞪大眼睛仰视着我，白皙的皮肤不见一丝血色。片刻前的通话内容，她听得一清二楚。

"悦夫是被绑架了吧？他被绑架了对不对？"

"对、对……"

我握住妻子的手，试图安抚她的情绪。不，我才是那个更需要冷静的人。

"别担心，只要照绑匪说的交钱，悦夫就会平安回来的。"

我详细复述了自己与绑匪的对话。

"明天下午4点前凑得出一个亿吗？"

"如果把我们这栋房子抵押出去，应该能勉强贷到一亿日元左右吧。"

我一点都不想考虑交出一亿赎金之后，家里的财务状况会变成什么样。只要能救回悦夫，哪怕赎金再翻一倍，我也心甘情愿。

那天是周六，与"Media Now"有合作关系的明央银行是不上班的。于是，我打了一通电话到京都分行行长家里。

行长一接电话，我便请他帮忙在明天下午4点前准备一亿现金，以我家的房产为抵押。事后我一定会把抵押所需的土地房屋产权证拿去，请银行先批给我一个亿的贷款。

事情来得太突然，行长也许是起了疑心，百般打听我要这么多钱干什么。无奈之下，我只能如实相告，说我儿子被绑架了。行长顿时惊呆，表示他一定会把钱准备妥当。

钱的问题姑且算是解决了，可是另一个问题摆在眼前——要不要报警呢？

如果严格服从绑匪的要求，那么报警就是万万不行的。可是让我单枪匹马和绑匪谈判，心里实在没底。万一自己犯了什么不可挽回的错误，没能救回悦夫怎么办？我害怕极了。

我扪心自问，怎么办？我到底该怎么做？

五年前，我与大学时代的好友柏木武史共同创立了"Media Now"。一路走来，我也曾多次遇到难以抉择的局面。一步走错，就是一败涂地。可如此艰难的选择却是我从未面对过的。因为我赌上的不是公司的命运，而是比那珍贵得多的——悦夫的生命。

天知道我纠结了多久。最终，我还是挤出了一句话：

"报警吧。"

早纪子惊讶地看着我说：

"可绑匪不是说，要是我们报警，他就会把悦夫……"

妻子显然没有过要报警的念头。我把先前考虑的种种讲给她听。

"况且警察应该不会露馅的，不至于让绑匪发现警方的介入。"

"万一警察搞砸了怎么办？"

决心几乎要动摇了。我回答她，同时也在说服自己：

"只能相信警方了。"

早纪子抬头看了我很久。那双美丽的眸子本该写着对我的信赖，此刻却满是焦虑之色。片刻后，她微微点头。

"也是，按你说的办吧。"

这么做真的明智吗？

仿佛有人在我心中发问。但我硬是按住那个声音，再次拿起听筒，拨打报警电话。接听电话的警官表示会立刻派刑警过来。

而不久后，这个决定将让我追悔莫及。

2

二十分钟后，四名刑警从后门走进屋。

带队的是位四十多岁的男警官。他出示了证件，说道：

"我姓岩崎，来自京都府警搜查一课。本案的被害者对策组由我负责。"

此人中等身材，相貌平平。如果他混入人群，大概不一会儿工夫就找不到了。他面无表情，唯独一双眼睛闪着犀利的光芒。出示证件后，他递过来一张名片，上面写着，他的职级是警部补。

"辛苦了。进屋的时候没被人看到吧？"

"您放心，我们提前确认过这一带没有可疑的车辆与人员。"

刑警们拿着脱下的鞋子往里走。我把他们带进客厅时，坐在桌前的早纪子猛一抬头。岩崎警部补柔声问道：

"您是孩子的母亲吗？"

"对。"

"别担心，我们一定会把孩子平安救出来的。府警已经成立了绑架勒索案搜查本部。此外，我们与记者俱乐部达成了报道协定，在孩子安全获救之前，媒体不会对本案进行任何的采访与报道。"

"那就拜托各位了。"

"能否请二位先把窗帘拉上？我想尽可能降低绑匪发现警方介入的风险。"

我与早纪子连忙拉好家里的所有窗帘。

岩崎又指着客厅里的电话问道：

"绑匪联系的是这部电话吗？"

"对。"

警部补转向娃娃脸的年轻刑警吩咐道：

"水岛，你布置一下。"

姓水岛的刑警从大号手提包里拿出几件设备，麻利地接上电话。接着，他又联系了NTT[1]，告知对方发生了绑架案，请求协助调查。

忙完这些工作后，岩崎将另外两名刑警介绍给我。三十多岁的大庭警官身材魁梧，一看就是柔道好手。五十多岁的会田巡查部长身材矮小，其貌不扬，却散发出沉稳老练的气场。

岩崎警部补举起笔记本，视线在我和早纪子身上停留了一样长的时间。

"那就请您详细讲讲事情的经过吧。"

我讲述了10点那通电话的内容。岩崎时不时做着笔记，随声附和。听说绑匪用了定时炸弹，刑警们顿时紧张起来。

"您打算支付那一个亿的赎金吗？"

"嗯，把房子抵押出去。我已经联系了银行，请他们明天下午4点前一定要把钱送来。"

"那旅行袋准备好了吗？"

"还没有，打算过会儿去买。"

---

1 NTT是日本电信电话公司，日本第一大电信运营商。

"绑匪有没有暗示他把孩子关在了哪里？"

"没有，完全没提。"

"您对绑匪的声音有印象吗？"

"听着很陌生。"

"有口音吗？"

"我只能听出对方有关西口音。我是关东人，所以分不太清楚。"

"电话的背景音里有没有别的声响？比如汽车行驶的声音、车站广播什么的。这些线索有助于帮助我们锁定绑匪打电话的地方。"

我苦苦思索，试图在脑海中回放几十分钟前的对话，却怎么都想不起来男人的声音之外还有什么声响。我咬着嘴唇，默默摇头。

"家里有悦夫的照片吗？"

早纪子拿出相册，取出几张递给岩崎。那是在梅小路蒸汽机车博物馆展出的列车前拍的照片，悦夫正提着他最喜欢的篮子。岩崎用传真机将照片传回搜查本部。

接着，他问了一些关于悦夫的问题。这些问题由早纪子代我回答——身高一米一。体重二十五公斤。今天穿了黄色Polo衫和蓝色牛仔中裤。在私立东邦小学念二年级。平时独自上下学。今天早上8点整出门，在修学院道的公交车站上车，到位于五条坂的小学大约需要三十分钟……

问完这些，岩崎掏出无线电对讲机，将悦夫的情况汇报给搜查本部。庞大的调查机构应该已经行动了起来，正在京都各地寻找悦夫。

"话说成濑先生是做什么工作的？"岩崎换了个话题。

"我经营着一家叫'Media Now'的公司。"

"是那家大名鼎鼎的'Media Now'吗？"

水岛警官一声惊呼，惹得其余三人投来疑惑的视线。年轻的水岛似乎对电脑有些了解，但其余三位则不然。在前辈们的注视下，水岛红着脸解释道：

"'Media Now'是电脑行业的知名soft house。"

"soft house？"大庭警官面露讶异，"是'软房子'的意思吗？那是什么？"

"soft嘛，就是电脑驱动软件的日语简称。制作软件的公司就叫soft house。"

"Media Now"是我和大学时代结识的至交好友柏木武史在五年前创办的公司。从大学的信息工程系毕业后，我们入职了总部设在大阪的上松电器，工作六年后辞职创业。随着个人电脑的普及，公司稳步发展，当时的年销售额达八亿，员工也有三十人了，被誉为创业公司的标杆，多次登上财经杂志。

"能见到'Media Now'的社长真是太荣幸了。我记得贵公司还推出过计算机通信软件吧？真厉害啊……"

"你是来查案子的，别昏头了！"

听到大庭的提醒，水岛挠了挠头。

"电脑啊……这方面我实在是不太了解……"岩崎苦笑道，"恕我冒昧，请问您有没有在工作方面得罪过什么人？绑匪使用了定时炸弹，这种手法让我感觉到本案可能带有报仇的性质……"

"我不记得自己得罪过任何人，完全不明白绑匪为什么会盯上我们家。"

"那因为惹了麻烦辞职走人的员工呢？"

我在记忆中搜索了一番，还是摇了摇头。

"您有没有收到过恐吓信或者恐吓电话？"

"有过几次，但只要是有点名气的公司，应该都免不了吧。而且我觉得这种人其实都很懦弱胆小，没有胆量付诸行动。"

"我们还是查一下吧，以防万一。那些信件和电话的内容都留档了吗？"

"都存放在公司的总务部。"

"稍后我们会过一遍的，"岩崎将视线转向早纪子，"夫人您呢？跟人结过仇吗？"

"不，没有。"

"恕我冒昧，您有没有遇到过邻里矛盾，或者和孩子的同学家长闹过不愉快？"

早纪子困惑地摇了摇头。

就在这时，客厅里的电话突然响起。一时间，我几乎无法呼吸。是绑匪打来的吗？

四名刑警迅速就位。岩崎警部补戴上了用于监听的接收器，低声说道：

"请您尽量多和绑匪说几句，因为追踪定位绑匪的电话需要一些时间。"

我点了点头，深吸一口气，拿起听筒。

"喂，这里是成濑家。"

"我是桧山。悦夫同学还没到学校，您那边找到了吗？"

我这才反应过来，想起自己完全忘了要把孩子被绑架的事情通知学校。我用手捂着听筒，低声对岩崎说道：

"是我儿子的班主任，我可以把绑架的事情告诉她吗？"

"可以，不过请老师先告诉班上的同学'悦夫感冒请假了'。另外再请老师通知校长，请他联系府警的搜查本部。搜查本部会指导校方妥善处理的。"

我把他说的转达给桧山老师。听说悦夫被绑架了，她倒吸一口冷气。

"好的，校方会严肃处理的，请您放心。悦夫同学一定能平安回来的。有什么需要请随时联系，我们都在背后支持二位。也请您把校方的这份心意转达给夫人。"

我道了谢，挂了电话。

之后，我去家附近的体育用品商店买了旅行袋。晴空湛蓝，街头巷尾沐浴着宁静的正午阳光。一切都是那样不真实。

在此期间，岩崎警部补通过对讲机与搜查本部取得联系。警方已经开始沿着悦夫的上学路线了解情况了。他在8点整离家冲向修学院道的公交车站，但公交车司机表示，悦夫并没有像平时那样乘坐8点07分的那趟车。

悦夫是在8点到8点07分之间被绑架的。然而在那七分钟时间里，没有人见过悦夫，也没有人目击到可疑人士。在那七分钟里，我家周围仿佛被异度空间吞噬了一般，全无行人往来。

"就没有办法查到绑匪把悦夫关在哪里吗？"

岩崎很是遗憾地摇了摇头。

"现阶段恐怕是不可能的。悦夫在8点到8点07分遭遇绑架。而绑匪的电话是10点打来的。也就是说，绑匪有整整两个小时的时间把悦夫转移到囚禁地点。他应该是开了车的。开车行驶两个小时，走个百来千米不成问题。目前的时间与人力都不足以让我们针对一片半径为一百千米的地区开展深入搜索。而且绑匪打来电话的时候，悦夫也许还没被囚禁起来，还被关在车里，然后才去了囚禁地点。如果真是那样，囚禁地点可能会更远。"

"既然绑匪装了定时炸弹，那我们是不是可以认为孩子被关在相对偏僻的地方？"

"对，但我们无法将范围缩小到某个区域，所以无从查起。而且绑匪可能根本没用定时炸弹。囚禁地点完全有可能是某栋公寓的某个房间。"

警方竟承认了自身能力的局限性，这令我备感沮丧。焦躁使我抬高嗓门说道：

　　"你说来说去都是这些消极的话，还有没有办法了！"

　　刑警与妻子的视线集中在我身上。岩崎目露一丝怜悯之色，劝说道：

　　"很抱歉，但我们现在只能等绑匪采取下一步行动。"

　　"可我儿子被绑架了啊，你让我就这么坐着，我……"

　　妻子轻轻碰了碰我的胳膊，一脸的担忧。我吐出一口气，对她微笑道："我没事。"

　　冷静啊！我在心中反复告诫自己。警方的观点完全正确。在现阶段找出绑匪囚禁悦夫的地点几乎是天方夜谭，我们只能静观其变。

　　警官们、我和妻子围坐在客厅的桌子旁，沉默不语。唯有岩崎偶尔用对讲机联系搜查本部的时候，沉默才会被打破。

　　眼看着透过窗帘缝隙照进屋里的缕缕阳光从正午的变成午后的，又化作黄昏的红光。片刻后，窗外便是一片漆黑。7点多的时候，早纪子进厨房做了六人份的晚餐。警官们道谢用餐，但我和早纪子都没什么胃口，只是草草吃了几口。

　　"也不知道悦夫睡了没有……"

　　到了10点，早纪子抬头看了看墙上的钟喃喃道。换作平时，这就是悦夫就寝的时间。我只想知道悦夫此刻身在何处，肚子饿不饿，能不能好好睡觉——

　　午夜0点不到，岩崎警部补建议我和早纪子睡一觉。

　　"明天还要交赎金呢。二位大概也睡不着，但最好还是休息一下吧，为明天做好准备。"

　　于是我和妻子去了二楼的卧室。卧室里有客厅电话的子机，就算绑匪深夜来电，我应该也能接到。

159

我躺在床上，却毫无睡意。身体明明疲惫不堪，意识却依然处于病态的亢奋之中。

旁边另一张床上的妻子呜咽起来。绷紧一整天的丝线终于还是断了。我伸出手，握住妻子的手。

"别担心，悦夫一定会平安回来的。"

我低声说道，仿佛在说给自己听。

3

一觉醒来，晨光已经透过窗帘的缝隙照进了卧室。

带悦夫出门散散步吧，反正天气很好。脑海中浮现出这个朦朦胧胧的念头。

就在这时，前一天的记忆瞬间复苏，只觉得自己突然坠入了万丈深渊。我没法带悦夫出门散步。因为他昨天被人绑架了。

望向另一张床，早纪子早已不在。下楼一看，四位警官都已端坐在客厅的电话前。早纪子正在厨房里做早餐。

她的脸色不太好，这让我有些担心。她的身体本就不算好。也许昨天还能靠意志力撑着，然而一夜过去，终究躲不过这突如其来的打击。

我问了一句"没事吧"，她虚弱地笑了笑，嗯了一声。但她显然是在强撑。

只能等待的时间是何等漫长。银行真会在下午4点前送来一亿现金吗？绑匪拿到钱以后真的会放过悦夫吗？焦虑的种子何其多，我却无能为力，只能默默等待。无穷大的焦躁快把我逼疯了。

上午10点多，门铃响了。

是银行送钱来了吗？我望向对讲机的摄像头画面。出现在镜头中的分明是柏木武史和香苗。他们怎么来了？我走去开门。

"姐夫，早上好呀。"香苗用快活的声音说道。

"噢，早上好。什么风把你们吹来啦？"

香苗睁大眼睛瞪着我说道：

"什么风把我们吹来了？我的天哪，简直岂有此理！不是你说好久没碰头了，让我们偶尔过来吃顿饭的嘛，你不记得了啊？"

听到这话，我才突然想起来。还真是忘得一干二净了。因为我们四个人已经很久没聚过了，所以我在两个星期前请他们来家里吃顿饭。

这时，香苗貌似也察觉到我的神色有些古怪。

"姐夫，出什么事了？你怎么脸色发青啊？"

"实话告诉你，悦夫昨天被人绑架了。"

"绑架？"

香苗和柏木倒吸一口冷气。柏木素来务实，忙问：

"报警了吗？"

"嗯，警察现在就在家里。"

"绑匪要了多少赎金？"

"一亿。"

"……一亿？你拿得出来吗？"

"没问题，把房子抵押给银行贷款就行了。银行的人今天会送钱过来的。总之你们先进来吧。"

我把他们带回客厅。早纪子猛地抬起头来，喃喃道："香苗……"香苗走到她身边，轻声说道：

"姐姐，别担心，悦夫一定会回来的！"

然后她搂着早纪子的肩膀，在她耳边柔声说着话，仿佛是在哄孩子。

162

"这两位是？"岩崎警部补用犀利的眼神问道。

"我爱人的妹妹香苗和她先生柏木武史，柏木是'Media Now'的副社长。您不介意他们留下吧？"

岩崎绷着脸点了点头。他大概是不希望闲杂人等出现在搜查现场吧。

"可以是可以，不过希望二位协助我们做好保密工作。"

柏木武史和香苗回答："好的。"我把绑匪在电话里说的内容详细讲给他们听。

"……定时炸弹？"

柏木不禁惊呼，随即用逼问的语气对岩崎警部补说道：

"警方查不到悦夫被关在哪里吗？就没人见到可疑的车辆吗？"

岩崎摇了摇头，神情凝重。

"我们也不知道人质被囚禁在哪里，怀疑范围太大了。也没有搜集到关于可疑车辆的目击信息。"

柏木瘫坐在椅子上，似乎在努力控制心中的烦躁。他很喜欢孩子，向来疼爱悦夫，一直为自己和妻子不能生育深感遗憾。

下午1点多钟，门铃又响了。

"我是明央银行的。"

"来了！"我冲去玄关开门。京都分行的行长站在门口，脚下放着银色的铝箱。行长随我来到客厅，见到围在桌旁的四位刑警时，他似乎吃了一惊。岩崎告诉他，绑架案尚未告破，请他务必保密。行长神色慌张，连连点头。我写下借据，盖好章，接过铝箱。

"实在抱歉，让您急忙准备这么多钱。我会尽快把用作抵押的房屋产权证送过去的。"

"希望孩子能平安回来。"

行长深鞠一躬后告辞。

赎金算是准备好了。下一步是把钱转移到旅行袋里。前一天买的两个旅行袋就放在桌下。我伸手去拿，岩崎却说："请等一下。我们需要记录纸币号码。"

"纸币号码？可绑匪说下午4点会再打电话过来的啊，哪有时间——"

"您放心。"

岩崎望向水岛。水岛点了点头，从包里拿出一台相机。他貌似是准备用相机一鼓作气把号码拍下来。

我打开铝箱，拿出一捆纸币，撕开绑带，一张一张摆在桌上。水岛拍完后，岩崎再把纸币装进旅行袋。这是一项艰巨的工作，我们一直忙到下午3点半才把所有纸币拍完，眼睛和双手倍感疲劳。岩崎通过对讲机告知搜查本部，赎金已经准备好了。

下午4点整，电话铃响起。四位刑警各就各位。我深吸一口气，拿起听筒。

"您好，这里是成濑家。"

"是我，"绑匪的声音传来，"一亿赎金准备好了吗？"

"准备好了。先让我听听儿子的声音吧，他没事吧？"

"我可没这闲工夫。给我听好了，东山三条南边有一家叫'La Farruca'[1]的咖啡厅。你必须在4点10分之前赶到。"

"你再说一遍，那家店叫什么——"

电话就这么断了。

"追踪到没有？"岩崎取下监听接收器，向水岛问道。水岛摇了摇头：

"不行啊，通话时间太短了。"

1　Farruca是弗拉门戈帕洛斯（曲式风格）的一种。

"得抓紧时间过去！"

我提着两个旅行袋站起身。出乎意料的分量害得我差点没站稳。心跳加快，轻微的恶心感涌了上来。

"等等！"岩崎掏出一个形似按钮的东西，"请您戴上这个。"

"那是？"

"一种微型无线麦克风，叫局部无线通信器。请把它放在胸前的口袋里。我们无法预测绑匪下一步会怎么做，但您要是直接见到了他，这个麦克风就会把绑匪的声音一并传回来。和绑匪通话时，请您把要点复述一遍，清楚了吗？"

我点点头，接过麦克风，塞进胸前的口袋。

"为了接收无线麦克风的信号，我会安排会田警官躲在车后座下方。他会通过数码对讲机把听到的情况汇报给府警的综合对策室。另外，我还想派便衣警车与您同去。"

"便衣警车吗？"我有些犹豫，"还是算了吧，太危险了。"

"我们会派好几辆车轮流跟的，不存在被绑匪发现的风险。请您配合一下。"

"好吧。但是请你们务必小心。"

我又望向早纪子。

"我一定会把悦夫救出来的。"

妻子仰视着我，仿佛我是她的救命稻草："小心点啊。"

香苗说："一定会顺利的啦！"柏木则半开玩笑道："悦夫一天不回来，我就一天不让你进家门！"他们的鼓励让我感动不已。

我一手一只旅行袋，带着会田警官走向车库。悦夫的小自行车忽然闯入视野。它放在车库的角落，孤零零的。莫名的忐忑蓦然袭来。没事的，我反复告诉自己，一定会顺利的。

我把包放在沃尔沃的副驾驶座上，会田警官则躺进了后座下方的狭小空间。仪表盘上的时钟显示现在是4点2分。我必须在八分钟内赶到绑匪指定的咖啡厅。点火，踩下油门，驶离修学院的家。

沿白川大街一路往下，向右拐进丸太町大街，在熊野神社的十字路口左转，进入东大寺大街。天空开始混入淡淡的靛青色。

绑匪指定的咖啡厅在距离东山三条路口二十多米远的位置。赶到时，正好是4点10分。刚把车停在店门口，我便下车冲上马路，惹得后车按了喇叭，但我早已顾不上这些了。

当我冲进餐厅时，只见女服务员正面带愁容，一桌一桌问过去："请问成濑正雄先生是哪一位？"

"是我！"

我举起一只手说道。服务员疑惑地看了我一眼，说"有您的电话"，然后把我带去了收银台。我拿起电话说道：

"我是成濑。"

"怎么拖这么久才接啊！"电话那头的声音听起来十分烦躁，"要是你再晚来五秒，我就要挂了。"

"找这家店的路上花了点时间。"

"你不会是出门前和警察开了个会，所以才来迟了吧？"

我紧紧握住听筒。

"不，我没有报警。"

"是吗？如果你报了警，那你儿子就死定了。"

要不干脆承认我们报了警，向绑匪求情吧？——这个念头闪过脑海。编一套像模像样的谎言骗过警方，和绑匪暗中交易。然而，这个想法未免太不现实了。一旦让警察介入，就没有回头路可走了。

"我真没报警。"

我担心极了，只怕那一丝丝的犹豫混入自己的声音。

"姑且相信你吧。听好下一个联络点。"

"下一个联络点？喂，你要让我跑多少——"

"北山的植物园门口有一家叫'Chez Muraki'[1]的餐厅。现在是4点12分。4点半前必须要到。"

电话断了。

我重重放下听筒，撇下呆若木鸡的服务员冲出店门，钻进车里，沿着东大路大街疾驰而去。

"绑匪说什么了？"

后座下方的会田警官问道。我这才意识到自己刚才过于激动，忘了用无线麦克风报信。

"他要我在4点半前赶到北山植物园门口的一家叫'Chez Muraki'的餐厅。"

会田立刻用对讲机联系同事。我向右拐进小巷，然后再次右转，来到三条大街。会田说了句"收到"，结束通话。

"我们会安排警员伪装成路人和顾客，守在'Chez Muraki'及其周边地区。即便要在那家餐厅进行交易，也能当场逮捕绑匪。"

"绑匪会不会偷听到警方在对讲机里的对话啊？"

"您放心，"会田向我保证，"我们用的是数码对讲机，窃听难度非常高。绑匪窃听的可能性几乎为零。"

---

1 Chez为法语，Muraki为日语罗马音，店名意为"村上家"。

4

出乎我意料的是，绑匪并没有在"Chez Muraki"进行交易。

下午4点半，我卡着点冲进"Chez Muraki"餐厅，收银台的电话随即响起。果然是绑匪打来的电话。他又命令我去JR二条站附近的一家咖啡厅。

我就这样被他逼着在京都市内跑来跑去。离开JR二条站附近的咖啡厅，下一站是近铁十条站隔壁的便利店，然后是西京极运动公园门口的餐厅……我必须在规定时间内到达绑匪指定的中转点接听电话。会田警官表示，这是绑匪的常用手段，目的是为了确认警方是否介入，甩掉盯梢的警察。

下午5点56分，我来到了JR山科站前的一家餐厅。

"看来警方并没有介入啊。"绑匪说道。

"我都说过很多遍了……"

"很好。接下来就去交付赎金的地方吧，给我听好了，千万别跑错了。"

这一刻终于来了。我全神贯注地竖起耳朵。

"你知道161号国道在哪儿吧？就是沿着琵琶湖西岸的那条路。"

"知道。"

"沿161号国道开到下坂本那边，开过太间町的公交车站后，你会立刻看到右边有一条路。拐进去，开三百米左右，就会看到一条叫大宫川的小河。开到小河跟前再右转。"

"在大宫川跟前右转是吧。"

"那边有去年刚破产的井田证券旗下的疗养所。园区角落里有一座面朝琵琶湖的船库。"

"船库？"

"对。卷帘门是关着的，但没有上锁。到时候你就拉起卷帘门走进去。里面放着一艘游艇。把装着赎金的旅行袋放在游艇旁边就行。离开前记得把卷帘门放下。听明白了吗？"

我说"知道了"，把对方的话重复一遍。我的声音应该会通过无线麦克风传给会田警官，而他会通过数码对讲机汇报给京都府警的综合对策室。

"定时炸弹会在晚上7点爆炸。别迟到哦，回见。"

对方挂了电话。

我跑回车上，开上1号国道，一路向东。

"警方接下来准备怎么办？"我向后座下方的会田警官问道。

"我们会派人去那座疗养所周边守着。到时候一定小心行事，不被绑匪发现。"

"行得通吗？"

"我们有许多次成功的经验。"警官用斩钉截铁的口气说道，像是为了让我打消顾虑。

"绑匪让我把赎金拿去船库，他是准备开船沿琵琶湖逃跑吗？"

"应该是的，不过您别担心。我们会联合滋贺县警方，在现场周围部署几艘警备艇。"

我沿1号国道驶入滋贺县，与京阪电铁京津线平行进入东山山脉。公路和铁轨两边出现了高耸的青山。稀稀拉拉的民宅依偎在山脚下。

我从名神高速公路下穿过，在逢坂的Y字路口左转，进入161号国道。群山朝左右两边退去，民宅也越来越多了。穿过京津线的道口，从上方越过JR东海道本线，驶下缓坡，穿过大津。在京阪滨大津站和琵琶湖游船码头出现在右手边时左转，开始沿琵琶湖西岸北上。

每每驶过右侧岸边没有建筑的地方，我都能看到湖面。湖边有许多停着游艇和小船的码头。再往远处看去，帆船竖起白色的风帆优雅航行，摩托艇掀起阵阵浪花。周末的黄昏时分，琵琶湖风光分外幽静。别人享受着的点滴幸福，对我来说却那样遥不可及。

"综合对策室呼叫现场！"6点12分，对讲机传出探员的声音，"请汇报交易现场的情况！"

"交易现场监控组收到，现已各就各位！"另一名探员的声音传来，"疗养所周围的树林中设有两处监控点，不间断监视船库。监控点距离船库大约一百米。目前园区内一切正常。"

"收到。贴身跟踪组请汇报。"

对讲机又传出另一位探员的声音。

"四号车正在跟踪运钞车，车距五十米左右。正经过陆上自卫队大津驻地。没有发现可疑车辆与摩托车。"

"收到。记得在即将到达交易现场时下线。"

我瞥向后视镜，看见了三辆车。一辆白色卡罗拉，一辆红色的马自达，还有一辆出租车。我询问了那几辆车的情况。

"那辆出租车是警方的，"会田回答，"的哥是探员假扮的。"

"我完全没有注意到。"

"因为我们派了好几辆车跟着。如果同一辆车跟太久，可能会被绑匪发现，所以我们会定期轮换。"

警方的部署似乎万无一失。如此一来，绑匪就不会意识到警方的介入。

左边东山山脉中出现了一座格外高耸的山峰。那正是比睿山。不久后，太间町的公交车站映入眼帘。我按绑匪的指示，在开过公交车站后右转，沿着两边有些零星房屋的直路行驶。大约三百米后，眼前出现了一条小河。那一定是绑匪提到过的大宫川。小河跟前有一条往右拐的路，再往前开一些就是形似疗养所的建筑所在的园区。铁门紧闭。我把车停在了门口。

混凝土门柱上镶有一块牌匾，上面刻着"井田证券琵琶湖庄"。下车后，我伸手推门。门没有锁，开启时嘎吱作响。我回到车上，把车开进园区，找到一座能容纳五六辆车的停车场，便把车停好，熄火。仪表盘上的时钟告诉我，现在是下午6点20分。

园区占地面积约六百坪，三面环绕松树林。园区右侧有一栋两层高的白墙小楼，设计得颇为雅致，窗户开得很大，还有阳台，却散发着破败的气息。地上也是杂草丛生。看来这里已经有半年多无人打理了。

唯一不与松林相接的那一侧朝着琵琶湖。被夕阳染成金黄色的湖面涟漪层层。放眼望去，湖对岸的草津和更远处的山峦隐约可见。

园区尽头的岸边有一栋两层高的拼接板房。那肯定是绑匪指定的船库。四周不见一个人影。

"请您务必小心！"

听到会田的低语，我默默点头。我打开驾驶席一侧的车门，走下车，绕过车头，再打开副驾驶席一侧的车门，拿起两个旅行袋。

我就这么提着旅行袋，走向了岸边的船库。

当我靠近湖面时，一阵风吹来。丛生的杂草随风摇摆。岸边浪花朵朵，沙沙作响。

　　船库前的岸边是一条混凝土浇筑而成的水路，方便船只出库。绑匪肯定是打算坐船库中的船逃走。恐怕此时此刻，他正躲在某处死死盯着我的一举一动。这个念头让我的动作变得僵硬起来。我强忍着想四处张望的冲动，向前走去。

　　我拉起船库的卷帘门。门口朝东，即使拉开了门，光线还是照不进去，所以船库中依然昏暗。墙上有电灯开关，我便伸手按下去，但船库可能没通电，天花板上的日光灯并没有亮。

　　一艘白色的游艇被安放在带轮子的底座上。墙边摆着好几个塑料桶，大概是用来装船只燃料的。我按照绑匪的指示，把两个旅行袋放在了游艇旁边。

　　船库角落里设有通往二楼的楼梯。上楼的念头闪过脑海，但我很快改了主意，心想还是别乱走为好。在救回悦夫之前，我必须服从绑匪的安排。

　　我走出船库，关好卷帘门，回到车上。钻进驾驶席后，后座下方的会田警官轻声问道：

　　"绑匪在吗？"

　　"船库里没人，只有一艘白色的大号游艇。也许他正在某个地方监视。"

　　"接下来的事就交给现场监控组吧。我相信他们会妥善处理的。"

　　我发动引擎，踩下油门，掉头穿过园区大门，开始原路返回。门镜中，暮光下的白色建筑逐渐缩小。

　　我心想，一切都结束了。我已经尽力了。

　　但我并没有解脱。各种各样的焦虑仍在脑海中盘旋。万一绑匪发现警察在监视他怎么办？也许我就不应该报警的。说不定会有不相关的第三者碰巧走进那间船库，被神经高度紧张的绑匪误以为是刑警，到时候可怎么办？要是绑匪在拿到赎金之前遭遇意外或突发疾病，动不了了，没有拆除定时炸弹，那我又该怎么办呢？

怀着万千忧虑，我驱车飞驰在夕阳的暮光中。

5

6点40分，我在京阪滨大津站前右转。50分的时候通过了追分的公交车站。然而，交易现场监控组那边迟迟没有传来绑匪现身的消息。

"怎么回事？"我问会田警官，"绑匪不会是发现警方的介入了吧……"

"不会的，照理说是不可能的……"会田如此回答，但他的声音却透着一丝苦涩。

心中的担忧逐渐变成了恐惧。我感觉到后背流下了冷汗，感觉到自己放在方向盘上的手渗出了汗水。53分、54分……时钟的指针离时限越来越近了，可绑匪现身的消息仍然没有传来。

我的注意力都放在了时钟上，再这么开下去怕是要出车祸。

"我还是休息一下吧。"

开过京瓷的办公楼后，我对会田警官说道，然后把车开上1号国道的路肩。我深吸一口气，试图让自己冷静下来，却徒劳无功。

"绑匪那边有什么动静没有？能不能帮我问一下搜查本部啊？"

我心急火燎地说道。会田用对讲机联系了综合对策室，却只得到了消极的回答。我能清楚地听出，综合对策室探员的嗓门都因焦急变尖了。

56分了。

我咬着嘴唇心想，也许报警是个彻头彻尾的错误。可事到如今，我已经无能为力了，不可能再让警方收手了。从前一天上午10点多决定报警的那一刻起，我就按下了一台精密仪器的开关。这台仪器一旦启动，就无法再停止了。

57分。

我的心跳从未如此激烈过，只觉得心脏快要跳出嗓子眼了。明明怕得要命，不敢看钟，却无论如何都无法将视线移开。

58分。

求你了，赶紧现身拿钱吧。我在心中对绑匪苦苦哀求。你想要多少钱我都可以给，只要你现身就行。

59分。

我一定会把悦夫救出来的。出门时对早纪子许下的承诺在脑海中回响。要是悦夫有个好歹，我该怎么跟妻子交代啊？

59分30秒。

我趴在方向盘上，喃喃自语。悦夫、悦夫……你一定要平安无事啊。

终于，7点到了。

几秒钟后，会田警官的对讲机传出喊声。

"现场监控组呼叫各单位！船库发生爆炸！请求消防车出动！"

爆炸？船库为什么会爆炸？

片刻后，我便理解了这意味着什么。我能感觉到自己的脸色在一瞬间变得惨白。

囚禁了悦夫，安装了定时炸弹的地方不是别处，正是那间船库。

绑匪肯定躲在远处盯着，本想在确认了船库足够安全后再进去拆除定时炸弹，将赎金装上船，沿琵琶湖逃走。但他发现警方出动了，所以没有拆除定时炸弹就逃跑了。

监控组的警官大概也想通了其中的关系，对讲机里传出另一句话："还需要救护车！"后座下的会田警官倒吸一口冷气。

"收到，立刻派消防车和救护车赶往现场！"狼狈的声音传出对讲机，貌似是综合对策室的探员在说话，"进不了船库吗？"

"我试过，可根本进不去。大火瞬间蔓延了整个船库！"

"可恶，必须想想办法啊！"

回过神来才发现，我已用力踩下油门，把方向盘往右打到底。轮胎一声惨叫，车在打滑的同时转向180度。在迎面而来的车辆的喇叭声中，我再一次猛踩油门，朝下阪本驶去。脑海中唯一的念头，就是祈祷悦夫平安活着。

绝望、恐惧和后悔在心中掀起惊涛骇浪。绑匪肯定是发现了警方的介入，所以没有拆除定时炸弹。他是在什么时候发现的？最后一次通话的时候，绑匪应该还没有发现。这意味着他显然是在现场监控组开始监视船库之后才发现了问题。绑匪看到了负责监视的刑警。警方犯下了无可挽回的错误。

可悦夫究竟被关在哪里呢？就在这时，我的脑海中浮现出船库角落里那座通往二楼的楼梯。我敢肯定，悦夫被关在二楼。如果我当时上楼看看……我怎会如此愚蠢！愤怒在心头无限膨胀，无从压制。

喇叭声与刹车声响彻四面八方，我却不管不顾，沿1号国道与161号国道一路飞驰。硬闯红灯，擦过行人，强行超车。会田警官从后座下方爬起来，不断和我说话，试图安抚我的情绪，然而在我听来，那些话却与杂音无异。

车离下阪本越来越近，只见黑暗的一角染上了红色，滚滚黑烟直冲天际。踩在油门上的脚、握着方向盘的手抖得一塌糊涂。刚穿过"井田证券琵琶湖庄"的大门，那番景象便闯入了我的视野。

船库在燃烧。火光冲天。两个男人茫然地望着船库，貌似是交易现场监控组的刑警。我一个急刹车，打开车门冲了出去。身后传来会田警官慌忙的劝阻声。

火焰吞噬了整个船库，隆隆作响。火星飞溅，建筑材料崩塌的响声接连不断。骇人的热气汹涌而来。

我打开喉咙，爆发出一声狂吼，不顾一切地朝火场奔去。有人揽住我的腰，使我跌倒在地。抬头一看，是交易现场监控组的一位刑警按住了我，脸上尽是拼命的神情。我挣扎着要推开他。他大吼一声：

"太危险了！别过去！"

"我儿子还在里面啊！"

"救不了了！放弃吧！"

全身瞬间无力。

是啊。定时炸弹在眼前爆炸，怎么可能活得下来！熊熊烈火，怎么可能还有性命！滚滚浓烟，哪里还有生的希望！早在听说船库爆炸的时候，我就已经知道了不是吗？只是我不愿承认罢了。

忽然，一股怒火涌上心头。我推开刑警，站起身来，一把抓住他的胸口使劲摇晃。

"我放下赎金以后到底发生了什么！"

刑警强掩狼狈，回答道：

"您把车开走以后，我们一直在等绑匪现身。我们确信他不可能发现我们。可绑匪就是不来……等到7点，船库就爆炸了……我们本想冲进去救人，可火势蔓延得太快，来不及了……"

我攥紧拳头。

"绑匪发现你们在监视他了！"

"我们敢保证他是不可能发现的。"刑警固执地摇头。

"事到如今还不认……"

我不得不拼命压制抡起拳头殴打刑警的冲动。下了车的会田警官见气氛不对，不动声色地把手搭上我的胳膊。但我之所以没动手，并不是看在会田警官的面子上。只因心中有个声音缠着我不放。

"杀死悦夫的是你。"那个声音低语道。"如果你没有不顾绑匪的警告擅自报警，悦夫就不会死了。"

抓着刑警胸口的手无力地放下。我凝视着烈火包围的船库，呆若木鸡。消防车的警笛声从远处传来。

三辆消防车赶到现场。经过消防员的努力，大火在二十分钟后被完全扑灭。烧得漆黑的建材歪歪扭扭，断裂重叠，表面尽是灭火剂弄出来的白色泡沫。

这时，好几辆警车驶入园区。车门接连打开，以岩崎警部补为首的十余名刑警下车立定。我还看见了由大庭警官陪同的早纪子。

岩崎和一个五十多岁出头的男人向我走来。他们的步态比提线木偶还要僵硬。五十多岁出头的男人表示他是京都府警的刑事部长。两人带着沉痛的表情深鞠一躬。

"我也不知道该说什么才好，再多的道歉也许都是苍白的。绑匪可能发现了警方的介入。事已至此，我们会尽最大的努力调查本案，将绑匪绳之以法。还请……"

刑事部长没完没了地道歉。然而在如今的我听来，那些话只会让我更烦躁。

"能让我一个人静一静吗？"

我喃喃道，向早纪子走去。陪着她的大庭警官悄悄走开。

妻子站在眼前，仿佛一朵被暴风雨蹂躏的小花，无依无靠，泪水顺着她的脸颊悄然流下。

我一定会把悦夫救出来的——我在出门时对她发过誓的。可我没能遵守诺言。

"早纪子，对不起。要是我当时听你一句劝，不报警，悦夫就不会死了……"

妻子却不住地摇头。

"悦夫没死！一定是搞错了！悦夫一定在别处……"

早纪子嘴上这么说，泪水却止不住地流。因为她压根就不相信自己说出的话。

6

三个小时后，火场的温度有所下降，于是警方展开了现场勘查。

四周已完全被黑暗笼罩。我和妻子在一辆警车上休息。有人劝我们回家，可我们哪有那个心情。

船库的残骸在黑暗中泛着白光，因为设在周围的几台投光器被点亮了。戴着安全帽的鉴证人员和消防员着手挪开堆积如山的建材。他们在白光中默默忙碌，仿佛举行安魂仪式的古代僧侣。

大约过了四十分钟吧，忽然，一名鉴证人员兴奋地指着脚下，张开嘴喊着什么。我看到其他人都凑了过去。

我感到喉咙干涩，心跳加快。身旁的早纪子紧紧握住我的手。至于他们找到了什么，那是显而易见的。

我们打开警车的车门，几乎是下意识地走向鉴证人员围观的地方。我的腿瑟瑟发抖，连步子都走不稳了。刚走进船库的废墟，便听见了建材被鞋底踩碎的声响。咔嚓、咔嚓……每踩一脚都能感觉到尚未消退的微弱热度。一名鉴证人员回过头来，面露心酸地让到一边。位于他们中心的东西映入眼帘。

建材下方，探出一根黑色的棍子。

原来那不是棍子。是一条烧焦的左臂。

建材被逐渐挪开，躯干、头部、右臂和双腿也露出来了。每一处都是焦黑一片，面容几乎难以辨认。

难道……难道这就是悦夫吗？

悲伤就此爆发，心碎成了无数片。一团滚烫的东西涌上胸口，身体不住地颤抖，无法控制。我攥紧拳头，咬紧牙关坚持着，呆立在原地一动不动。

早纪子呜咽起来。我默默搂过妻子的身子。她的泪水浸透了我的衣衫胸口，她的颤动如涟漪般阵阵传来。

片刻后，真正的憎恶在汹涌的悲伤中现行。与此相比，先前的怒火根本不算什么。我恨透了害死悦夫的绑匪。我恨透了犯错的警察。而我最憎恨的，莫过于无视绑匪的警告，毅然报警的自己。

建材被逐一挪开，一大坨熔化的塑料露了出来。旁边则是大量的纸币残渣。那便是游艇和一亿日元的结局。为了筹措赎金，我抵押了自家的房子。这本该化作巨大的打击反弹到我身上，可我一点都不在乎。既然没能救回悦夫，赎金是完好无损还是烧得渣也不剩，于我而言都没有区别。

我狠狠咬着嘴唇，几乎要渗出血来，同时紧紧握住妻子的手，仿佛只要一松手，我就会永远失去她似的。一位鉴证人员转过身来，用略显客气的声音让我们离开废墟。我和早纪子退到后面，茫然地看着他们在投光器的灯光下忙碌。一位鉴证人员在给悦夫的遗体拍照，其他人在挖掘残骸，采集细小的证据。

"……我们会把遗体送去京都府立医科大学医院。"

不知不觉中来到我们身边的岩崎说道。转头望去，一辆灰色的面包车已经来到了现场。两个身穿白大褂的男人抬着担架走向船库废墟。他们把悦夫的遗体放进成人尺寸的袋子，拉上拉链，搬上担架，抬上面包车。收好担架后，他们便把车开走了。

岩崎盯着在黑暗中渐渐消失的尾灯看了许久，才转向我说道：

"目前，鉴证课正在搜索现场的遗留物品。现场应该会留下与绑匪有关的线索。"

"你们一定要抓到他！"我的声音仿佛是从内心深处挤出来的，"他对悦夫做了这种事，必须让他付出代价！"

"我们一定会逮捕他的！"警部补带着苦涩的表情向我保证，然后看了看手表，"很抱歉地告诉您，呃……由于悦夫已经不在了，再过两三个小时，我们不得不解除报道协定。我们会要求所有媒体在天亮之前不要报道此事，但记者一定会冲去您家的。在那之前，二位最好还是休息一下，能歇一会儿是一会儿。二位要不先回去吧？我让会田警官送一送你们。"

"……回家吧？"

听到我这么说，早纪子擦了擦顺脸颊滑落的泪水，轻轻点头。

岩崎叫来会田，我们和他一起走向了车。

临走前，我回头看了一眼。

畸形的身影浮现在投光器的灯光下，泛着白光。

那番景象，证明了我的无力和愚蠢。那是将伴随我一生的悔恨纪念碑，直到我咽气的那一刻。

回到修学院的家中，已近午夜0点。

我瞥见悦夫的小自行车孤零零地停在车库的角落。我想起前一天早上，我还答应过悦夫，要带他去练车，尽早告别辅助轮。然而，再也不会有人骑上那辆车了。

柏木武史、香苗和水岛警官一直守在家里。水岛的娃娃脸仿佛一下子苍老了许多。他用消沉的声音告诉我，这段时间没有访客和电话。会田警官把他带到墙边，轻声讲述现场的情况。

"姐姐……"

香苗开口唤道，却说不出别的话来，唯有默默搂住早纪子的肩膀，泣不成声。

柏木一脸怒容，走向会田警官喊道：

"到底是怎么回事？怎么就被绑匪发现了呢！警方在搞什么啊！"

会田深鞠一躬。

"真不知道该怎么道歉才好。"

柏木本想继续责问，却露出严峻的表情，不再言语。然后，他缓缓走向我说道：

"……成濑……我真不知道该说什么才好……唉，对不起……这是我第一次不知道该如何表达自己的情绪……"

柏木痛苦地挠了挠头发。阳光爽朗的气场消失了，高大的身躯仿佛都矮小萎靡了几分。

"……现在谈这个可能不是时候，不过……你还是休息一段时间吧，别管公司了。我当一阵子代理社长，应该也能把公司的事情处理好的。"

我对他道了一声谢谢。

会田和水岛显得很不自在，着手拆卸接在客厅电话上的跟踪设备。

就在这时，电话突然响起。那铃声是何等不祥，引得所有人都吓了一跳，转头望去。会田和水岛对视了一眼，会田急忙戴上监听接收器。我拿起听筒说道：

"您好，这是成濑家。"

"是我。"

绑匪的声音传来。全身的血液仿佛都在这一刻倒流了。

"你为什么要杀我儿子！我明明交了赎金啊！"

"是啊，我看到你来了，还看到你把旅行袋放在了游艇旁边。"

"那你为什么不拆炸弹啊！"

"你问我为什么不拆炸弹？开什么玩笑！"绑匪的声音冷酷如冰，"你当我没发现有好几个警察在监视船库吗？你让我怎么拿钱？我警告过你多少次了，不许报警。是你食言在先，怪不得别人。害死你儿子的就是你自己啊。"

电话断了。

漫长而痛苦的一天终将结束，命运却给了我致命一击。

7

当晚，香苗决定留宿我家，柏木武史、会田警官和水岛警官告辞离去。

我迟迟无法入睡。害死你儿子的就是你自己啊……绑匪的话在脑海中一遍遍回响，折磨着我。理性告诉我，那是绑匪的歪理，但心却被这句话刺得剧痛。如果我没有报警，悦夫就不会死了。从这个角度看，绑匪的话是不争的事实。

凌晨时分，我好像稍微睡着了一会儿。醒来时，已是早上7点多了。

睁眼的同时，前一天晚上的光景，还有悦夫已经不在人世的事实仿佛无数尖针扎向我的全身。我不由自主地呻吟起来，抱头蜷起身子。醒着是痛苦，存在也是痛苦。我在痛苦的海洋中苦苦挣扎，几乎要被淹死了。

"……正雄？"

在我旁边的床上，有人战战兢兢地唤了一声。

早纪子坐了起来，忧心忡忡地凝视着我。也不知道她醒了多久，眼睛哭得又红又肿。

我还有个伴儿。

这个念头闪过脑海。一叶扁舟漂浮在痛苦的汪洋中，而我和妻子是船上仅有的乘客。但我不是孤身一人。

"……我没事。"

我对妻子笑了笑，站了起来。

拉开窗帘一看，我顿时惊呆了。挂着社旗的车和电视转播车挤在路上，十多个记者、摄像师和通讯员聚在我家门口。报道协定于凌晨解除，搜查本部召开了新闻发布会，各路媒体都来采访了。

下楼时，正在厨房做早餐的香苗道了句"早安"。她没有刻意安慰，也没有畏畏缩缩，态度从容而自然。这让我由衷感激。

貌似有眼尖的人发现窗帘被拉开了，门铃响起，要求采访的呼声不绝于耳。我充耳不闻，奈何门铃响个不停。香苗忍无可忍，气得打开玄关大门，将一桶水泼向聚在门口的记者和通讯员，吓得他们惨叫着躲开。

用过早餐，我和早纪子坐着发呆，不知该做什么才好。多亏香苗忙里忙外。她向闻讯来电的亲朋好友一一说明情况，联系了殡葬公司，把守灵会和葬礼安排妥当。现在回想起来，我不禁感叹，那天要是没有她帮忙，天知道会乱成什么样。

下午3点左右，悦夫的遗体从京都府立医科大学医院回来了。当工作人员把装有遗体的灵柩抬进玄关时，摄影师一齐按下快门。

4点多的时候，岩崎警部补和大庭警官来访。两人好像都没怎么睡，满脸疲惫，黑眼圈也很明显。他们深鞠一躬，再次为警方的失误道歉。

"能否麻烦二位去一趟府警本部？我们想请您核对一下赎金。"

我和早纪子请香苗留下守着，与两名警官一起走出家门。依然聚在门口的媒体人士一阵骚动。镜头全都对准了我们，还有好几个话筒伸了过来。

"成濑先生，您要去哪里？"

"请您说两句！"

话音满天飞，快门声连连。我和早纪子就跟犯罪分子似的，夹在岩崎警官和大庭警官中间，低头上了警车。

抵达京都府警本部后，我们被带去了一个房间。房间中央铺着蓝色的塑料布，上面放着一堆纸渣。明央银行京都分行的行长就在房间角落。他一看到我们便深深鞠躬说道："请节哀顺变。"

"这是赎金的残渣吗？"

"是的。可惜烧得太彻底，我们无法为您更换新钞……"

这意味着我损失了一个亿。但悦夫都死了，一切都无所谓了。按"Media Now"的业绩，我迟早能把这一亿赚回来，可悦夫永远都回不来了。

我和早纪子来到会客室，听岩崎警部补汇报调查情况。

"做父母的听我说这些肯定很难过，二位撑得住吗？"

"没关系。了解儿子是怎么死的，是为人父母的基本义务。"

"那就从囚禁悦夫的地点说起吧。悦夫被关在船库的二楼。绑匪用绳子把他绑在椅子上，堵住了他的嘴，脚边还放了定时炸弹。他死于晚上7点，炸弹爆炸的时候，当场死亡。"

我攥紧拳头。正如我所料啊。送赎金的时候，悦夫就被关在楼上。只要我上楼看看，悦夫就能得救了。脚边放着炸弹，他该有多害怕啊？想到这里，我顿感全身的血液都在倒流。唯有指甲戳进掌心的疼痛能让我勉强保持清醒。

"悦夫被绑架后有好好吃饭吗？"妻子小声问道。

"嗯，在他出事的几个小时前，有人给他吃了甜面包和牛奶。我们认为在那之前，绑匪有定期给他吃东西。"

"悦夫他……没有被虐待吧？"

"没有类似的迹象。"

然而，这句话并不能给我任何安慰。从被绑架到死去，悦夫在精神层面经受的痛苦也是不折不扣的虐待。

"那座疗养所是井田证券旗下的吧？"我问道。

"对，自去年井田证券破产后，它就被银行收去用作抵押了。平时几乎没有人去，所以对绑匪来说，那倒是个非常合适的地方。"

"绑匪有留下什么东西吗？"

"很遗憾，我们没有找到。船库着火了，什么都烧没了。船库里放着好几个装游艇燃料的塑料桶，爆炸的时候，燃料也被点着了。"

"绑匪到底是在哪里监视的？"

"绑匪打来的最后一通电话里有线索。他说，'还看到你把旅行袋放在了游艇旁边'。船库没有一扇窗户，只能通过装有卷帘门的门口才能看清里面的情况。那就意味着绑匪是透过门口监视了您的一举一动。换句话说，他是从琵琶湖看过去的。他躲在湖面的船上，用望远镜监视您。他本想先确认交易现场的安全，再把船靠岸，进船库拿赎金，然后划船沿琵琶湖逃走。可是……"

岩崎警部补露出苦涩的表情，没有继续说下去。

……然而，绑匪发现有刑警在监视船库，没有拿赎金就逃跑了。那稚嫩的生命却被他撂在船库，迎接死于爆炸的命运。

188

8

悦夫的葬礼和告别仪式从次日（21日）下午2点开始，会场设在六条山脚下的京都市中央殡仪馆。

那天也是晴空万里，视线所及之处都是清透的湛蓝。殡仪馆周围的树林传来小鸟的鸣啭。

许许多多人来送悦夫最后一程。悦夫的同学和他们的家长、班主任桧山老师和校长、街坊邻居。"Media Now"合作方的代表与京都商工会议所的代表。柏木武史和香苗。帮忙准备赎金的明央银行京都分行也派了人。行长要参加近畿地区的分行长大会，分身乏术，但他让下属代表自己出席了。搜查本部也来了人，岩崎警部补率四名刑警出席。"Media Now"的员工负责在接待处登记宾客信息。

我和早纪子坐在最前排的丧主席，柏木和香苗坐在我们旁边。灵柩安放在眼前的祭坛上，悦夫的照片被装在一个黑色的相框里。那是一张被放大了的照片，是春游时拍的。照片中的悦夫对自己的命运一无所知，笑得天真无邪。

应我的要求，我们为悦夫举办了非宗教葬礼。我没有任何宗教信仰。自己明明不相信，却要用僧侣的诵经或牧师的祈祷送走悦夫，这简直是对他的亵渎。如果真有天堂，悦夫就一定能去到那里。如果没有天堂，那他也可以化作回忆，永远活在大家心里。因为悦夫是个乖巧懂事的好孩子，很多人都喜欢他。所以他一定能在大家心里长长久久地活下去……

伴随着巴伯的《弦乐柔板》，宾客上前献花。在桧山老师的带领下，悦夫的三十七位同学起身献花。每一张稚嫩的脸上都带着严肃的表情，有几个女孩显然哭过，眼睛又红又肿。这可能是死亡第一次降临在他们身边吧。我只希望他们长大成人以后，还记得自己有过一个小学同学，名叫成濑悦夫。哪怕关于他的回忆深藏在心底的角落也好。

献花环节结束后，我勉强稳住自己的声音，代表家属发言，葬礼和告别仪式就此结束。我、柏木和两名"Media Now"员工把小小的灵柩抬下祭坛，扶着四角，穿过会场朝出口走去。灵柩是那么轻，轻得我心都碎了。在出口等候的两位工作人员接过灵柩，放在推车上，缓缓推向火葬场。我们默默跟在后头。

明媚的阳光洒在周围，仿佛这世上没有发生任何的不幸。是啊，对人世间的大多数人来说，也确实没有发生任何的不幸。不幸只降临在了我们身上。

走到火化炉前，工作人员将灵柩推进去——然后，静静地关上了门。

大部分宾客已经回去了，只有我、早纪子、柏木和香苗还留在家属休息室。我们呆呆地坐在铺着榻榻米的房间里，等待悦夫的遗骸归于灰烬。

过了一会儿，一身丧服的岩崎警部补出现了。请节哀顺变——他深鞠一躬，然后环顾四周，确定没有其他人在场后轻声说道：

"可以占用您五分钟左右的时间吗？"

坐在我旁边的柏木瞪了岩崎一眼。

"喂！你也不看看现在是什么时候！就不能稍微考虑一下家属的感受吗？"

柏木向来看警察不顺眼，而警方在这起事件中的失误似乎加剧了他的厌恶。

岩崎看向柏木。

"有件事需要尽快告诉成濑先生。我们也想尽快破案，告慰悦夫的在天之灵，还请见谅。"

"怎么了？"

我用眼神示意柏木克制一下，询问岩崎。

"实不相瞒，我们已经找到了关于绑匪的重要线索。"

"……重要线索？"

我、早纪子、柏木和香苗都一脸惊愕地看着岩崎。

"通过对绑匪来电声音的分析，我们对绑匪进行了大致的侧写。他的年龄在二十岁到三十九岁之间，身高在一米六五到一米七五，极有可能在京都南部出生长大。"

"……这是怎么分析出来的？"

"我们与语音科学研究所开展了合作，研究所有一个庞大的数据库，网罗了十多万人的声音数据，用来研究声音和身体特征的普遍性关联。研究所告诉我们，人的声音能直接反映出口腔、咽喉等部位的肌肉老化状态。而绑匪的声音很年轻，也就二三十岁的样子。另外，一般来说，声音的频率与身高成反比。频率越低，则身高越高。频率越高，则身高越矮。所以可以推断出绑匪的身高在一米六五到一米七五之间。当然，这是通过声音数据库中的十多万份样本得出的平均值，也可能出现例外情况。"

看来如今的高科技搜查已经先进到了超乎门外汉想象的地步。岩崎的一番话听得我们呆若木鸡。

191

"还有，鉴证课对定时炸弹的碎片进行了分析。结果显示，炸弹由五根炸药、一个电雷管和一个六小时式定时器组成。既然用了六小时式定时器，那就意味着定时炸弹的启动时间是下午1点左右。

　　"我们可以初步断定，绑匪是可以接触到炸药、电雷管等物品的人，也就是在建筑工地、化工厂商的火药生产部门工作的人。"

　　"……能查到这么多，应该能很快抓到绑匪吧？"

　　"是的，我们准备尽快公布绑匪的侧写信息，外加勒索电话的声音。届时，认识绑匪的人向我们提供线索的可能性会非常高。"

　　这时，殡仪馆的工作人员来到休息室。他来告诉我们，悦夫的遗骸已化作灰烬。

　　后来我们才知道，就在那天晚上，绑匪为了自保走了一步狠棋。可我们直到两天后才接到消息——

9

葬礼次日,我和早纪子一早便开始收拾悦夫的房间。我们心如刀绞,却也清楚如果现在不做,就永远都做不了了。

房间里还是四天前悦夫早上出门上学时的模样——电车、龙的布偶、乐高积木。悦夫最喜欢的玩具摊在地上。我和妻子望着那些玩具呆了好一会儿,什么都做不了。我们不敢相信,这些东西的主人永远都回不来了。我只觉得房门随时都有可能被打开,背着书包的悦夫随时都有可能冲进来说:"我回来啦!"

我拿起乐高积木。他拼的是船吗?飞机、房子、机器人……悦夫能用手指拼出各种各样的东西。这么有天赋,长大了说不定能当设计师,或者雕塑家。这个念头刚冒出来,随之而来的便是自嘲。天哪,我早已成了溺爱子女的糊涂家长。再这么下去,我怕是会认定自家的孩子是个神童。但那又怎么样?没关系啊。反正悦夫已经不在了。就让我畅想一下我的孩子本可以拥有的未来吧。

儿童专用的学习笔记本插在悦夫书桌上的书挡中。早纪子拿起本子,逐一打开,呆呆地看着。我走到妻子身边,看了看那些本子。算术、语文、综合学习、按学校的规定在每周一提交的日记……每一本上都是孩子所特有的奔放字迹。

最后一篇日记映入眼帘。

4月17日（星期五）

明天，爸爸会教我骑自行车。是不用辅助轮的骑法。我都等不及啦。[1]

后一页空白无字。而那片空白也不可能被填满了。

早纪子呜咽起来。泪水也顺着我的脸颊滑落。我紧紧搂住妻子。在寂静无声的房间里，我们久久无法动弹，仿佛是为了捕捉到悦夫的声音。

次日晚上，岩崎警部补和水岛警官带来了意想不到的情报。

一看到警官们的表情，我就知道案子有了进展。年轻的水岛脸上露出难以抑制的兴奋，岩崎面无表情，却带着几分犀利的神色，好似嗅到猎物的猎犬。

我将他们带到会客室，与早纪子并肩坐在他们对面。岩崎用随意的语气开口问道：

"请问您认识一个叫柳泽幸一的人吗？"

"柳泽幸一？"

"他今年三十三岁，住在出町柳，从事印刷方面的工作。您没在电视或报纸上看到这个名字吗？他是一起抢劫杀人案的被害者。"

"我实在没有心情看电视和报纸。媒体都在报道悦夫的事情，就像是在我的伤口上撒盐……"

1　本段原文以日文平假名写成，一般为儿童写法，类似用拼音代写汉字。——编者注

岩崎咬着嘴唇，点了点头。

"也是啊。做父母的，哪有心情看那些东西……"

"那个男人怎么了？"

"通过调查，我们发现此人就是本案的绑匪。"

"——绑匪？"

"确切地说，是绑匪之一。"

事态发展得太快，我都跟不上了。

"等等，能请您从头说起吗？"

"柳泽幸一的尸体是昨天上午9点多被发现的。一个快递员去送包裹，发现家里好像没人，门却没锁，便推开门看了看，这才发现他倒在厨房兼餐厅的地板上。

"有人用钝器击打柳泽后脑勺，使其失去知觉，然后用绳子勒死了他。据推测，柳泽死于前一天，也就是21日晚上11点左右。"

"21日晚上11点左右？"

正是悦夫葬礼那天晚上。晚上11点左右，应该是我和早纪子筋疲力尽，刚刚睡下的时候。绑匪的同伙刚好是在那个时候遇害的吗？

"柳泽家有被洗劫的痕迹，信用卡、存折之类的东西都被拿走了，钱包里的纸币也被拿光了。调查组起初还以为凶手是为了劫财。

"问题是，案发现场有一处不对劲的地方。缺了一样过着正常社会生活的人都应该有的东西。"

"什么东西？"

"通讯录。案发现场没有通讯录。那只可能是被凶手带走了。而这样做的目的只可能是为了隐瞒自己和柳泽的关系。寻常的抢劫犯没有必要做这种事。种种谋财的迹象极有可能是为了掩饰行凶的真正目的。

"随着调查的深入，警方了解到柳泽直到三年前还在亲和化学工作。而且还是专门研究火药的部门。不仅如此，警方还查到柳泽在京都市出生长大，今年三十三岁，身高一米七二。这时，负责柳泽被害案的调查组意识到，这名被害者符合悦夫绑架杀人案凶犯的所有条件，为保险起见，便联系了我们调查组。

"我们让柳泽的熟人听了听绑匪在电话里的声音，所有人都一口断定，那就是柳泽的声音。毫无疑问，柳泽就是打电话胁迫您的人。几位熟人还提到，柳泽曾透露过他近期会有一大笔钱进账。"

岩崎从西装口袋里拿出一张照片，放在玻璃桌上。照片里的男人看起来三十多岁，戴着眼镜。他就是柳泽幸一吧。长得颇为英俊，但面相显得有些固执。薄薄的嘴唇散发出一种因怀才不遇而愤愤不平的气场。

电话那头的声音在脑海中响起。是他吗？害死悦夫的就是他吗？

"警方是怎么确定还有另一个绑匪的？"

"因为在悦夫被绑架的时候，以及绑匪监视着船库，准备夺取赎金的时候，柳泽有完美的不在场证明。"

"完美的不在场证明？"

"悦夫是在18日上午8点到8点07分被绑架的，而在那段时间，柳泽正在他家公寓附近的咖啡厅'Charade'[1]用早餐，他是那家店的常客。早上8点刚开门，柳泽就出现了。他点了晨间套餐，然后和老板、几个老主顾聊到8点半左右。

"第二天，也就是19日，绑匪监视船库的时间应该是下午6点到7点。当时柳泽也在'Charade'用晚餐。"

"咖啡厅老板的证词可信吗？"

"嗯，我们问得很仔细，他的回答也毫不含糊。这就意味着本案的绑匪不止一个。柳泽负责打电话，而另一个——可以被称为主犯的

1　原文为日文外来语，可音译为"夏利"。

那个人，负责绑架、囚禁悦夫，夺取赎金。"

"您是说，他们通过分工合作确保了对方有不在场证明？"

"没错。19日晚，主犯看着您送来赎金，企图见机拿走。但他发现了警方的交易现场监视组，没拿赎金就离开了，并通知柳泽交易失败。柳泽一定是在接到消息之后才打电话到您家结束交易的。后来，没有拿到赎金的绑匪起了内讧，主犯杀害了柳泽。"

"柳泽的熟人中有看起来像主犯的人吗？"

"很遗憾，我们还没有发现可疑人员。不过，从主犯拿走了通信录这一点看，主犯与柳泽的关系必定是比较亲近的。目前我们正在彻查柳泽的交友圈子。我相信主犯就隐藏在其中。"

主犯杀害同伙一事立刻登上了第二天的报刊与电视。柳泽幸一之死似乎加剧了媒体对这起事件的狂热。赎金交接失败、年幼人质丧命、绑匪内讧、冷酷的主犯毫不留情地杀害同伙……所有能引发媒体狂热的元素确实都凑齐了。

人质殒命，警方颜面尽失。大概是为了挽回局面，警方主动向媒体公布了柳泽幸一的信息。在接下来的两三周时间，这位惨遭灭口的愚蠢共犯成了八卦节目和杂志的热点话题。然而，我们并没有心情去关注那些讨论。为了满足大众好奇心而服务的新闻只会带来更多的痛苦。倒是岩崎定期来访，带来了一些关于柳泽的最新调查结果。

据岩崎介绍，柳泽幸一出生于1959年。高中毕业前一直生活在京都，之后考入一桥大学经济系。毕业后入职亲和化学，被分配到广岛分公司的产品管理课工作。但是在七年后，他因个人原因离职了。综合老同事和老上司的描述，柳泽虽然能力出众，却毫无团队协作精神，经常和同事闹矛盾。

离职后，柳泽回到出町柳的老家，接管了家里的印刷公司。两年后，他的父母去能登旅行时遭遇大巴车祸，双双去世。柳泽在自己的公司貌似也闹出了不少问题，父母去世后不久，五名员工就全部辞职了。从案发半年前开始，他就没有在工作了，印刷公司处于歇业状态。在此期间，柳泽过着相当颓废的生活。1月上旬，他在小酒馆与旁边的顾客爆发口角，进而动手打人。对方受了伤，需两周才能痊愈，而他也因蓄意伤人被捕。不过那一次，警方只是把相关资料送交了检察厅，并未正式起诉。

尽管警方查到了这些信息，但一个谜团始终没有被解开——柳泽为什么会盯上我们家？

因为警方与媒体彻查了柳泽的方方面面，却没有在他和我们家之间发现任何的交集。

柳泽与我们就是八竿子打不着的陌生人。无论是柳泽的前东家亲和化学，还是他在老家经营的印刷公司，都与"Media Now"没有任何关系，更无业务往来。"Media Now"的员工都不认识柳泽。柳泽的母校并不是我、早纪子和悦夫就读过的学校。柳泽家和印刷公司离我们家和"Media Now"办公楼都很远。柳泽家和印刷公司位于出町柳，而我们家在修学院，"Media Now"的办公楼在堀川九太町。

绑架勒索意在谋财，这种性质意味着加害者与被害者之间可能全无交集。凡是知道被害者家境富裕的人，都有可能是绑匪。但在现实中，绑匪往往与被害者的家庭存在某种联系。要实施绑架勒索，必须熟知被害者的家庭结构和资产情况，以及绑架目标的日常活动情况。因此绑匪必然会盯上自己身边的富裕家庭。此外，绑架也可能因怨恨而起。而在这种情况下，绑架目标也必然是绑匪身边的人。

然而，柳泽和我们家没有任何交集。京都市有的是有钱人，家有幼童、适合下手的富裕家庭比比皆是。为什么柳泽偏偏选中了我们家？明明是毫无交集的陌生人，这究竟是为什么？

也许与我们家有交集的不是柳泽，而是那个主犯。柳泽本人与我们家没有任何关系，只是听从主犯的指示罢了。

然而警方和媒体经过深入调查，并没有在柳泽的生活圈子里发现疑似主犯的人。

10

在葬礼的一周后，我首次来到"Media Now"。员工们向我致以深切的慰问。我道了谢，努力埋头于工作之中。

每逢假日，柏木和香苗便会带着我和早纪子出门。我们绝口不提那起绑架案。我与柏木聊"Media Now"的工作，香苗则说起了她正在翻译的作品。而我和柏木则回忆起了我们刚遇到早纪子和香苗的时候。

有时，我们会在欢声笑语的间隙听见幼童在远处呼唤父母的声音。我和早纪子每次都会不由自主地回头去看，仿佛那是悦夫在喊。然而，孩子在呼唤的人，他的笑容所面对的人，还有他所奔向的人总是别人。看到那一幕，我们就会想起，自家的孩子已经不在了。一时的幻想烟消云散，寂静的悲哀将我们笼罩。

案发两个月后，警方锲而不舍的调查终于收获了一颗果实。他们发现，主犯曾在柳泽身边出现过一次。

当天晚上，岩崎再一次来访，汇报调查情况。

"我们正在对柳泽的交友圈子进行地毯式排查。小学、初中、高中、大学的同学和老师，在亲和化学工作时的同事，接手印刷公司之后的生意伙伴……只要是认识他的，我们都要查一遍。"

"有没有发现疑似主犯的人？"

岩崎绷着脸摇了摇头。

"还没有。不过我们又找那位'Charade'咖啡厅的老板聊了一下，打听到了一件怪事。负责问话的探员起初也没觉得那是什么要紧的事情，只是因为手头的材料太少，才在搜查会议上提了出来。没想到这件事牵出了一条线索。"

"怪事？"

"案发十天前，咖啡厅老板去京都站坐新干线前往东京，在车站碰巧遇到了柳泽。而柳泽当时的举止有些怪异。"

"怎么个怪法？"

"老板是4月8日下午在京都站的乌丸口遇见柳泽的。老板问他要去哪里，他说要去广岛探亲。老板打算坐的那趟车还有一阵子才到，于是他便想跟柳泽聊一会儿，谁知柳泽表示，去广岛的新干线就快发车了，可他还没买票，没时间磨蹭了，说着就赶去了售票处。结果走到半路，他又停了下来，冲去售票处附近的纪念品店，说'我忘了给广岛的亲戚买伴手礼'，然后买了些'八桥饼'[1]回来。这一来一回就费了些时间。后来柳泽买了票，上了站台，却错过了原本想坐的那趟车。而老板要去东京，于是就告别了柳泽，坐上了新干线的上行列车。所以他不知道柳泽在那之后做了什么。"

"这件事哪里奇怪了？"

"您就不觉得柳泽的行为有些刻意的成分吗？"

"刻意？"

1　京都最具代表性的名点特产，用米粉、砂糖、肉桂等制作而成。——编者注

"您想啊，柳泽买的伴手礼是'八桥饼'。可八桥饼不一定非要在检票口附近买，站台上的小卖部也有。反正是批量生产的东西，无论在哪家店买，味道都没有差别。眼看着车就快开了，他大可去站台的小卖部买，不是吗？"

我恍然大悟。岩崎说得一点儿都没错。

"那柳泽为什么要……？"

"我只想到了一种可能性。柳泽是演了一场戏，刻意让自己错过那班车。跑去买特产，只可能是为了拖时间误车。"

"可他为什么非要错过那班车呢？"

"柳泽很有可能约了人在乌丸口见面，但对方还没来。所以柳泽才会刻意错过那班车。"

"那他直接告诉老板，我要等的人还没来，改坐下一趟车走不就行了吗，何必跑去买特产拖延时间呢？"

"照理说是这样没错。但他要是不想让别人见到自己在等的那个人呢？"

"不想让别人见到自己在等的那个人？"

忽然，一个疯狂的念头闪过脑海。

"柳泽在等的是绑架案的主犯吧？"

"应该是的。柳泽本打算在乌丸口与主犯会合，然后再去广岛，谁知碰巧遇到了相熟的咖啡厅老板。而主犯又迟迟不现身。他不得不坐下一班车，却又不能告诉老板自己在等人。因为他要是说了，老板也许会好奇他在等谁，想留下来看一眼。柳泽当然不能让老板见到主犯，于是他当机立断，假装忘记买伴手礼，拖延时间，在不提起'自己约了人'的情况下误了一班车。顺便一提，我们查到柳泽并没有在广岛的亲戚。从这一点也能看出，忘了买伴手礼不过是拖延时间的借口。"

"可柳泽为什么要和主犯一起去广岛呢？"

"为了获取用于绑架案的炸药和电雷管。柳泽在亲和化学工作了七年，隶属于广岛分公司的产品管理课。亲和化学在广岛设有火药厂，柳泽以前就在那里从事产品管理工作。想必他很清楚炸药和电雷管的存放地点与安保情况。在主犯的帮助下，柳泽进入工厂仓库，偷走了那些东西。我们找亲和化学的广岛分公司了解过情况，得知4月底盘点时，他们发现少了五根炸药和一根电雷管。"

"柳泽和主犯约在京都站北侧的乌丸口，而不是南侧的八条口，看来主犯应该住在车站以北吧？"

"是的，这极大地缩小了主犯的居住区域。今后我们将以左京区、右京区、中京区、上京区和北区为重点，开展地毯式搜查。"

我能感觉到涌上心头的兴奋。这下警方就有了锁定主犯的两个关键条件。第一，住在京都站以北。第二，4月8日下午没有不在场证明。

岩崎警部补略显迟疑地开口说道：

"实不相瞒，那位咖啡厅老板还提起了另一件事。但我不确定它跟案子有没有关系……"

听他的口气，他好像不太确定那件事值不值得提。

"什么事啊？"

"案发一周前的4月11日，柳泽也去过'Charade'。临走时，他说了一句很奇怪的话——'好像还没人发现，那Y是冒牌货'。"

"那Y是冒牌货？"

"为保险起见，我们查过柳泽的交友圈里有没有姓名首字母是Y的人，却一个都没查到。不过嘛，我也实在不觉得这件事和案子有什么关系……"

这件事听起来确实不像与案件有关。但柳泽毕竟是绑架案的共犯，所以他的一言一行都可能关乎案情。

"不管怎么样，我们都掌握了关于主犯的重要线索。我们会进一步调查柳泽的交友圈子，届时一定能发现主犯的踪迹。要不了多久，就能将他逮捕归案了。"

11

然而，事与愿违。自那时起，调查工作便陷入了僵局。

无论是在囚禁悦夫的地方，还是在柳泽遇害的现场，主犯都没有留下任何线索。他的身份依然成谜。虽然柳泽有好几个住在京都站以北的熟人，但他们都没有在案发十天前的4月8日去过广岛周边。而且他们在悦夫被绑架的时间都有确凿的不在场证明，也没有特别缺钱。

半年过去了，一年过去了。警方全力开展调查，却迟迟无法锁定主犯。

两年过去了，三年过去了。搜查本部的规模大幅缩小，只留下了少量的探员。悦夫的案子几乎已成悬案。

岁月的冲刷，将失去悦夫的悲痛深深沉入我与早纪子的心底。旁人也许看不出来，不知那悲伤屡屡浮现，撕扯着我们的心。

然后——四年前，2000年10月15日。

早纪子去附近的商店购物，回程路过白川大街，却看见一辆驾驶员瞌睡驾驶的车冲向人行道上的幼儿园小朋友，立刻冲上前去把人一把推开。多亏早纪子及时相救，小朋友只擦破了皮，她自己却避让不及，被车撞了。人们将她送往附近的医院。

接到医院的通知时，我正在"Media Now"。当我赶到医院时，她刚做完紧急手术。我联系了在北区平野的家中翻译的香苗，她立刻赶来了医院。

我们在医院大堂听负责手术的医生讲述早纪子的情况。除了右臂、肋骨骨折与脑震荡，她的内脏也在撞击中受到了损伤，全身也有多处擦伤。

我抓着医生的胸口问道：

"医生，她到底怎么样啊！我爱人能撑过去吗？"

医生垂下眼，用谨慎的口吻回答：

"手术已经顺利结束了，她应该不会有事的。"

我抓住医生的肩膀，使劲摇晃。医生的头前后摇摆。

"求您了，请一定要救救我爱人啊！"

医生被我的气势吓到了，不禁后退一步。

"我们会尽全力救治的。"

说完，他就快步走开了。

我们走去病房门口的长椅坐下，焦急等待着。我的妻子刚失去了独生子，现在自己也身负重伤，天知道能不能撑到明天。凭什么要让早纪子经历这些？她比谁都善良，从没有过害人的念头，为什么非要让她遭受这样的命运呢？

到了傍晚，主治医生带着护士进入病房。片刻后，他出门对我和香苗点了点头。

"二位可以进去看一看病人，但只能待五分钟。"

我们跟触电一般从沙发上站了起来。

伸手碰到房门的时候，我感到了几丝不安和畏缩。也许早纪子已经伤得不成样子了。但无论她变成什么样子，她永远都是我的早纪子。我缓缓拉开房门。

只见妻子躺在床上，毯子盖到胸口。头上缠着绷带，右臂打着石膏，左臂挂着点滴。

早纪子注意到门开了，动了动搁在枕头上的头，望向我和香苗。她脸色苍白，笑容却平和如常。

"姐姐，你怎么这么傻啊！"香苗大跨步走到床边，张口便是一声怒吼，"你怎么能冲到车子跟前啊！万一被撞死了可怎么办啊！"

"对不起，害你们担心了……"

"要是道歉有用，那还要警察干什么！要不是你受了伤，我绝对要打爆你的头！笨蛋！笨蛋！笨蛋！"

香苗连珠炮似的说着，气也来不及喘。说到这里，眼泪夺眶而出。她转过身去，拿出纸巾擤了擤鼻涕。

我用尽可能轻描淡写的口气说道：

"你没事就好。缠着绷带的样子也很有魅力嘛。"

"哎哟，谢谢你呀。"

"不过你这么做是鲁莽了点。又不是练田径的短跑运动员……"

"真的对不起……可是眼看着那辆车撞过去，有那么一瞬间，我觉得那个孩子就是悦夫。我心想……我得去救悦夫啊……回过神来才发现，身子已经动起来了。但我又没什么运动细胞，害得自己被撞到了。我可真够笨手笨脚的……"

妻子微微一笑，随即露出担忧的表情问道：

"老公，那孩子没事吧？"

"嗯，听说就擦破了点皮。"

"谢天谢地……"

她自己受了重伤，却还满脑子惦记着别人。这让我心如刀绞。

香苗把纸巾扔进垃圾桶，吸了吸鼻子，又清了清嗓子。

"咳咳，本电灯泡先撤了，你们慢慢聊吧。"

她半开玩笑地说道，随即走出病房。

我和妻子对视了许久。

"求你了，以后别这样了。要是连你都不在了，我就真成孤家寡人了……"

"别这么愁眉苦脸的啦。我肯定不会死的。我会连悦夫那份一起活下去的，还要跟你白头偕老呢。"

"此话当真？一言为定哦！"

"一言为定。答应你的事情，我什么时候反悔过呀？"

"那就拉钩吧。"

我们就像小男孩和小女孩一样，钩住对方的小指。妻子的小指白皙而纤弱。我是多么希望自己所有的力量能通过这根手指注入她的身体啊！

门开了，护士走进来说道：

"今天的探视就到此为止吧，别累着病人。"

我依依不舍地离开病床。走出病房时，我回头望向妻子。

"我明天再来。"

早纪子对我莞尔一笑。

那是我最后一次见到她的笑容。

那天晚上，我迟迟无法入睡，熬到凌晨好不容易睡着了一会儿。早上7点多，医院打来电话，说早纪子的情况突然恶化了。忽然间，我的世界仿佛变得一片漆黑。

柏木和香苗在我之后赶到了病房。柏木面带不忍地望着我，香苗则咬着嘴唇，强撑着不让眼泪落下。早纪子已经陷入了昏迷，医生和护士们在病床周围忙个不停。据说是受损的脑血管破裂了。床边放着心电监测仪，伴随着富有规律的电子音，屏幕上显示出一条又一条的光波。

我不愿相信眼前的一切。早纪子昨天还那么清醒，还能跟我说话，此刻却已不省人事了。

后来——

上午10点51分。心电图的光线停止了波动，直得如同风平浪静的海面。它再也不会起波澜了。

早纪子的表情十分安详，就像是睡着了一样。可那白如床单的脸色告诉我，那份安详不过是假象而已。

当医生宣布她已离去时，我只觉得全身的鲜血都在倒流。视野变得模糊，身体不住地颤抖。周围所有人的存在都从意识中消失了，只剩我与一去不返的妻子飘荡在白茫茫的迷雾中。

早纪子死了。与我相伴十七年、相濡以沫十七年的妻子不在了。这与我死又有什么区别。

早纪子的声音突然在脑海中响起。

——还要跟你白头偕老呢。

这成了她此生唯一违背的诺言。

每个人都有不可替代的挚爱，是挚爱让世界拥有了意义。对坠入爱河的人来说，挚爱是他们的恋人。音乐家的挚爱也许是音乐。而我的挚爱，正是悦夫和早纪子。从命运将他们带离人世的那一刻起，这个世界于我就失去了意义。

早纪子的葬礼过后，我成了一具名副其实的空壳，没有灵魂的空壳。那年，我四十二岁。我将迎来五十岁，然后是六十岁，一天天老去，走向死亡。而在那之前，我不得不忍受没有早纪子与悦夫陪伴的漫漫空虚。一想到这里，我就觉得自己快疯了。为了逃避，我只能埋头于工作之中。

柏木每天早上在"Media Now"见到我，都是一脸担忧的表情，仿佛有话要说。但他每次都支支吾吾，然后转而谈起工作上的事情。对我来说，其实这样也好。宽慰的话语，我一点都不想听。

远眺窗外，当西边的天空逐渐染上红色的时候，我的焦虑便会不断升级。因为我不敢回家，不敢回那栋空荡荡的房子。我每天晚上都会在办公室留到很晚，用工作麻痹自己，看着每个员工跟我道别回家。

柏木总会留到最后陪我。在放下百叶窗、落针可闻的办公室里，我们几乎不与对方交谈，只是不停地敲打键盘。片刻后，柏木会看看表，叹口气，站起来收拾东西。我只能眼睁睁看着自己的朋友轻声告别，离开办公室。他要回家去，回到有香苗在等候的、温暖的小家。

直到午夜0点将至，我才会离开办公室。开车驶过深夜的大街，回到没有亮灯的家里。不吃一顿像样的饭就开始喝酒。喝到失去意识，沉沉睡去。第二天早晨在头疼中醒来，发现洗脸台的镜子里有一张苍白、消瘦、憔悴、满眼血丝的脸，好似幽灵。

最让我无所适从的莫过于假日。待在空荡荡的房子里叫我无法忍受，可是去办公室吧，大楼的保安又会像看疯子一样看着我。我只得时而开车，时而步行，漫无目的地在京都的大街小巷游荡。

然而，这种行为无异于用舌头触碰疼痛的牙齿。京都的角角落落，都有我、早纪子和悦夫的回忆。落下初吻的京都御苑树荫下、约会常去的新京极电影院、并肩走过的鸭川岸边、包场举办了婚礼的北山餐厅、开启了新婚生活的下鸭公寓、悦夫出生的北大路医院，还有带着悦夫去过的四条河原町的百货店……

一切都能勾起我的回忆，让我想起永远都回不来的那两个人。没有一个地方能让我心安。

12

调查工作迟迟没有进展。我本以为自己的人生会一直这样空虚下去，眼睁睁看着追诉时效将至，看着众人把案子忘得一干二净……谁知在一次漫不经心的癌症筛查中，医生查出我患有恶性胰腺癌。

胰腺癌不同于胃癌与大肠癌，很难及时发现，等到发现时，往往为时已晚。我也不例外。我让柏木接任"Media Now"的社长，立即住进了京都大学医院。

至于从住院到现在的这半年里发生的事情，我不想多费笔墨。我与大多数癌症患者走过了同样的路。

起初是不愿相信。我多次质问医生，你们是不是搞错了？当我确定医院没有误诊的时候，恐惧汹涌而来，脚下的地面仿佛都崩塌了。直到不久前，我甚至还有过想和早纪子、悦夫团聚的念头，但那些寻死的想法终究不过是想象罢了。当死亡化作极有可能发生的现实逼近眼前时，它是那样骇人而不可理喻，同时带来了难以忍受的恐惧。

然后便是愤怒。为什么要死的不是别人，而是我？为什么我现在就得死，而不是三十年后再死？对这个世界的愤怒将我生吞活剥。我必须拼命克制，免得把怒火发泄在周围的人身上。

我只盼着自己能活得再久一些。我浏览了各种医疗网站，只要是有一线希望的治疗方法，我都研究过。哪怕只是多活一个月，多活一个星期，那也是好的。为此，再可疑的治疗方法我都愿意找主治医生咨询。

当我意识到那些方法都不能延长我的生命时，无底深渊般的忧愁笼罩了我的心。我不再有鲜活的情绪，而是缩在自己的小世界里。我的人生和我这些年做过的一切，似乎都毫无意义。

纠结过后，我终于接受了自己命不久矣的现实，终于平静地死了心。

在那一刻，世界绽放出了前所未有的明媚光辉。病房窗外的景色、窗外鸟儿的鸣啭、嘈杂的人声、被阵雨打湿的泥土的香气——一切都是那样新鲜，那样美好，仿佛永恒就凝固在这一瞬间。我就跟初生的婴儿一样，为这个世界的面貌瞠目结舌。

然后，我便意识到了自己该做什么。那就是记录自己的所思所想。

死亡最残酷的意义并非肉体的毁灭，而是所有念想的消亡。一个人的喜怒哀乐，还有对挚爱的思念，都会在死后消失得无影无踪。只有一个办法能够抵御这种消亡——把它们写下来。只要写下来，人的念想就能超越死亡与时间，永远存在下去。

所以此时此刻，我才要敲打键盘。只为记录下妻儿被无情夺走的悲剧，记录下我的哀叹与愤怒，记录下我对他们的爱。

病房窗外的东山山脉披着新绿，在春日的阳光下熠熠生辉。院中来往行人的步子仿佛也轻快了几分。从我开始用笔记本电脑撰写手记到现在，已经快一个月了。

今天，我请公证人来到病房协助我立遗嘱，将我名下的"Media Now"股份、银行存款、土地与房子都赠予柏木。全部资产的总市值约为五亿日元。我的肉体即将消亡，但我倾注心血打造的"Media Now"会继续存在下去。就像是我的一部分继续活下去了一样，不是吗？

我的地狱之旅终于迎来了尾声。我已经把所有的念想都写进了这份手记。此刻我的内心是如此平静，好似母亲怀中的婴儿。唯一让我担忧的是，案子还没有告破。

以岩崎警部补为首的调查组警官们仍会来病房向我汇报调查情况。据说为调查本案，警方共投入了五千人次的警力。但警官们一脸不甘地告诉我，主犯的身份依旧成谜，然后沮丧地咬着嘴唇离开病房。

有时，我会做梦。我打算请柏木和香苗把手记放在网上。也许有朝一日会有人读到它，从不同于警方的角度重新调查这起案子。到时候，也许就能破案了。但我肯定活不到那一天了。

身体的疼痛与日加剧。癌细胞已扩散至全身，止痛药已经不起作用了。留给我的日子不多了。

我望向枕边的照片。那是十二年前的春天，是我与妻儿在鸭川河畔的温馨一刻。

早纪子、悦夫……我很快就能去陪你们了。我们一家三口终于可以团聚了。

绿树吐新。

碧空如洗。

能死在这样一个美好的季节，我深感幸福。

第二部

调查重启

1

　　"你们还记得十二年前的春天自己在做什么吗？"

　　奈良井明世如此问道，环视在场的三位朋友。

　　"十二年前？"慎司回答道，"我在上大二吧。每天在麻将馆里泡着，几乎没去上过课。"

　　"你爸妈肯定天天长吁短叹吧。真不敢相信你这样的人竟然当了刑警。你念的哪个学院啊？"

　　"法学院。"

　　"你是不是法学院有史以来最糟糕的学生啊？这样还能毕业真是奇迹啊。理绘肯定是认真上课的好学生吧？"

　　理绘嫣然一笑：

　　"嗯，当年我在医学院上大二，每天都去上课。学习人体结构啦，上解剖实习课啦，可有意思了。"

　　"听温文尔雅的理绘说出这种话，总有种特别超现实的感觉呢……峰原先生呢？"

　　公寓房东放下手中的茶杯说道：

　　"我当时还是个律师，手上有一起很大的民事诉讼案，忙得昏天黑地。明世老师你呢？"

"那年我也是大二，在英国当了一年的交换生。"

5月15日，星期六晚上。慎司、明世、理绘和峰原与往常一样，相聚在"AHM"顶层的峰原家书房。四人围坐在玻璃桌旁的沙发上，品茶闲聊。

桌上摆着峰原为他们冲泡的红茶，一如既往。今天，四人结伴出去吃了一顿法餐，然后来峰原家坐一坐。

东墙的大凸窗敞开着，吹来习习凉风。酒足饭饱，又是一年中气候最宜人的时节，慎司自是心情舒畅。哪怕明世讽刺挖苦，他都全然不以为意。

"话说十二年前的春天怎么了？"

慎司问道。明世迫不及待地说：

"你们记不记得那时在京都发生了一起儿童绑架案？"

"儿童绑架案？不记得哎……每年都有好几起绑架案发生，哪能每一起都记得啊，除非是闹得很大的，或者情节很凄惨的。"

"你真是刑警吗？每年发生好几起绑架案，难道不是因为警方无能吗？"

"我告诉你，日本的绑架案破案率高达90%以上，凭什么说我们无能啊！"

"是不是那起小男孩被炸死的案子啊？"理绘插嘴道。

"对！理绘果然厉害，记得就是清楚。"

"那孩子真是太可怜了。当时我每天都为他祈祷，愿他安息。"

这话要是从别人嘴里说出来，那十有八九是在开玩笑，但是从理绘嘴里说出来，就成了发自肺腑的真心话。

"我想起来了，"峰原点着头说道，"还记得当时各路媒体都进行了大幅报道。那是一起不折不扣的惨案。在我当时所属的东京律师协会也是热点话题呢。那起案子怎么了？"

"我跟你们说，那个被绑架的孩子的父亲在网上发表了他的手记。"

"哦？手记？"

峰原轮廓分明的脸上浮现出几分惊讶的神色。

"是这样的，我正在翻译一本罪犯的自传，所以最近浏览了不少和罪案有关的网站，然后就碰巧在其中一家网站上看到了关于手记的介绍。我想让你们看看那份手记，所以今天带了电脑来。"

明世从包里拿出笔记本电脑，放在玻璃桌上启动。电脑的卡槽中插着PHS无线网卡。联网后，她点击了"收藏夹"中的一个链接。

慎司、峰原与理绘盯着屏幕。

白底画面的正中央，出现了一张照片。

春日午后，照片中的三人站在河岸边。一对三十多岁的男女，外加一个小男孩。身后是青山、森林、大桥与河堤上的一排散发着朦胧光亮的樱花树。温暖的阳光遍洒大地，三人对着镜头展露笑颜。平凡的家庭，寻常的光景。

照片上方标有网站的名字，"为龙心醉的男孩"。照片下方则是四个龙形的图标，分别标着"关于本站""案情概要""成濑正雄手记"和"征集线索"。网站是今年4月14日上线的，但屏幕右下角的计数器显示，访问量已超过五千人次，可见其人气之旺。

明世点击"关于本站"后，画面刷新，显示出一段说明文字。

"平成四年（1992年）4月18日，一名二年级男孩在京都遭遇绑架。绑匪将他囚禁在琵琶湖畔的船库，并安装定时炸弹，索要赎金。男孩的父亲如约交付赎金，然而绑匪在察觉到警方介入调查后逃走，却未拆除定时炸弹，致使男孩不幸身亡。本案至今未破。

"男孩名叫成濑悦夫，是成濑正雄、早纪子夫妇的独子。

"今年（2004年）4月，年仅四十六岁的成濑正雄因胰腺癌去世。他在病房中写下了这份手记。本站专为发布手记而建。

"我们夫妇是本站的管理员，名叫柏木武史与柏木香苗。柏木武史是成濑正雄的好友，柏木香苗是早纪子的妹妹。我们为实现成濑正雄的遗愿，将他的手记发布于此。

"我们想让尽可能多的人知晓十二年前的春日降临在这个幸福家庭的悲剧。希望各位读者踊跃提供线索，帮助我们尽快破案。"

接着，明世又点击了"案情概要"。画面再次刷新，以记录文献的形式总结归纳了案发的经过，从平成四年4月18日早晨成濑悦夫被绑架，到19日下午7点人质丧命为止。

看到这里，慎司总算想起了这起案件。当时他成天泡在麻将馆，偶尔才去上一节课，不过绑匪索要的巨额赎金和炸死孩子的残忍手段都成了他朋友圈中的热点话题。当年的慎司万万没想到，自己将会成为一名刑警。

明世又点击了"成濑正雄手记"。Acrobat Reader电子文件处理软件随之启动，打开了一个PDF文件。看到开头那句"2004年3月写于病房"，便知成濑正雄应该是在住院治疗胰腺癌期间写下了这份手记。

"然后呢？这份手记怎么了？"

慎司一问，明世便露出狡黠的表情说道：

"我是想跟你们一起看看这份手记，来一场推理大比拼呀。网站管理员不是也说'希望各位读者踊跃提供线索，帮助我们尽快破案'嘛。"

"推理大比拼？"

"嗯。我们已经完美解决过三个案子了，不是吗？前年7月珠美姐姐的案子，去年1月仲代雕塑美术馆的案子，还有去年9月发生在游轮上的案子。"

"哪里来的'我们'啊，明明是'峰原先生'破的案好吧。"

"哎，嘿嘿……"听到慎司如此挖苦，明世笑了几声，"对，是峰原先生破的案啦。不过，再伟大的侦探，有时候也得靠华生的错误推理才能看破真相不是吗？所以我想借用峰原先生的智慧，让大家一起推理看看嘛。要是讨论出了有价值的推论，就发邮件告诉管理员。"

明世满怀期待地望向峰原。被寄予厚望的峰原却苦笑着摇了摇头。

"可惜我爱莫能助啊。"

"欸——为什么啊？峰原先生，您别这么谦虚嘛！"

"真不是我谦虚，只是这起绑架案与之前的三起案件有着本质性的区别。"

"本质性的区别？"

"对。西川珠美女士的案子也好，仲代雕塑美术馆的案子也罢，还有游轮上的案子，都发生在一座小小的舞台上，嫌疑人只有寥寥数人。所以我这样的业余侦探应付得了，也有进行推理的空间。

"可绑架案就是另一码事了。凡是知道被害者家境富裕的人，都有犯案的可能。真要说起来，日本全国的每一个人都有可能是嫌疑人。真凶潜伏于茫茫人海中，就好像沙滩上的一粒沙。寻找真凶，就如同寻找沙滩上的那一粒沙。

"只有警方能组织大量的警力，投入大量的时间逐一排查。业余侦探根本无从下手。当然，我们也许可以通过推理在一定程度上缩小嫌疑人的范围，可再怎么缩小，肯定还是有数千人、数万人要查。遇到这种案件时，业余侦探是派不上任何用场的。"

"嗯……是吗……"

明世一脸失望。慎司心想，自己身为刑警，必须为警方的名誉说两句公道话，便说道：

"警察又不傻。堂堂警方查了十二年都没破的案子，业余侦探怎么可能随随便便就破了呢？"

"我对警方没信心，还不是因为你一直没被开除嘛。"

明世反驳道。理绘笑嘻嘻地说：

"不过，难得明世带了电脑过来，不如就看看那份手记吧？"

"谢谢你，理绘，你真好！"

慎司与峰原都无法反对理绘的建议。于是大家便隔着明世的肩膀，看起了电脑屏幕上的PDF文件。

那是一份充斥着静谧哀伤的手记。作者以平静的笔触描写了自己痛失妻儿的经过，而那样的文字也让读者更清晰地感觉到了成濑正雄的悲痛，几乎压得人喘不过气。

与此同时，慎司由衷庆幸自己不是当年任职于京都府警的刑警。他没有参与过绑架案的调查工作，不过对搜查一课的刑警而言，没有什么比绑架案更让人神经紧绷的了。毕竟凶杀案、伤人案、盗窃案都是"已经发生的案件"，绑架案却处于"现在进行时"。负责调查的刑警们的每一个判断，都关乎着案件能否圆满解决，人质能否平安归来。判断稍有差错，都有可能招致无法挽回的恶果。典型的例子莫过于著名的格力高·森永事件[1]。探员明明目击到了"狐目男"，却没能抓到他。罪犯发现了在交易现场监视的探员，中止了交易。

确定大家都看完了之后，明世关闭PDF，回到首页。慎司再次看到那张成濑家的照片，意识到那就是手记开头提到的全家福。拍摄于十二年前的案发一周前，拍摄地点是鸭川河畔。那也是命不久矣的成

---

[1] 格力高·森永事件是日本20世纪影响最大的食品投毒案，自称"怪人二十一面相"的神秘人接连对日本食品业巨头进行恐吓敲诈，并在超市投毒，导致数家企业损失上百亿，人心惶惶，警方领导自杀谢罪，但罪犯至今逍遥法外。

濑摆在床头柜的照片。

成濑正雄身材高大，长相俊朗。据说他享年四十六岁，所以拍摄照片的时候，他应该是三十四岁。他的头发修剪得很短，额头略宽，眼神睿智深邃，紧致的嘴角透着坚定的意志，双唇间露出洁白的牙齿。

早纪子站在他的右边。她身材苗条，看上去比丈夫小两三岁。乌黑亮泽的头发在下巴处剪齐，与那张白皙娇小的脸相得益彰。神采奕奕的眸子，小巧的鼻子，饱满的脸颊，轮廓精致的嘴唇泛着笑意，形成了低调却也暖心的美。

一个小男孩站在他们身前。那便是悦夫。一看就是个聪明的孩子，眼睛像母亲，嘴巴像父亲。他笑得很开心，爸爸妈妈的手搭在他的肩膀上。

沐浴在春日阳光下的一家三口是那样幸福，没有一丝不幸的阴霾。然而没过多久，这个家庭就遭遇了悲剧。

"怎么样呀，伙计们？想出什么推论没有？"

明世回头问道。又不是虚构的故事，哪有这么容易想出推论啊。慎司有些无奈，说道：

"根据手记中的描述，京都府警在案发后开展的调查是非常彻底的。查得那么彻底，绑匪却至今没有落网。外人是不可能只靠一份手记就做出推理的啦。"

"峰原先生呢？"

公寓房东微笑着摇了摇头。

"没思路啊。看来我靠推理解决之前那三起案件纯属侥幸。"

"连峰原先生都不行吗？……理绘呢？"

精神科女医生没有回答。没有焦点的视线呆呆地盯着半空。

明世在理绘的面前摆了摆手。

"理绘，你没事吧？怎么感觉你比平时更恍惚了。"

理绘眨了眨眼，莞尔一笑。

"嗯……我没事。不过看了手记之后，我产生了两点疑问……"

明世探出身子问道：

"两点疑问？什么疑问啊？"

"第一，绑匪为什么要求家长把赎金送到囚禁悦夫的地方？"

"这有什么问题啊？这样一来，绑匪就能在拿到赎金的同时顺便拆掉放在悦夫身边的定时炸弹了，多方便啊。"

理绘稍稍歪着脑袋说道：

"方便？这样真的方便吗？要求家长把赎金送到囚禁悦夫的地方，会带来怎样的后果呢？由于警方的监控，绑匪没有拿到赎金，无法拆除定时炸弹，悦夫不幸身亡。但绑匪应该也能预料到可能会出现这种情况，却偏偏要求家长把赎金送到囚禁悦夫的地方。你就不觉得这里头有点古怪吗？"

"……这么一说还真是。"

"绑匪为什么不把交付赎金的地点和囚禁悦夫的地点分开呢？如此一来，就算有警察盯着交付赎金的地点，绑匪也可以拆除囚禁地点的定时炸弹，要求家长重新交易。对绑匪来说，人质是非常重要的筹码。因为只有人质在手，他们才能索要赎金。而且绑匪要是害死了人质，在刑法层面的罪名就会一下子严重许多。站在绑匪的角度看，人质死亡应该是他们要尽可能避免的情况。可绑匪为什么要把自己置于'无法拆除定时炸弹'的境地呢？"

这么说起来，这个疑问确实合情合理。慎司他们和理绘打交道的时间久了，很清楚理绘平日里一副恍恍惚惚的样子，其实脑子灵光得很。

"我总觉得……绑匪像是巴不得交易失败似的。"

"巴不得交易失败？怎么会呢？这太不符合逻辑了吧。"

"是不太符合。"

"那第二个疑问呢？"

"第二，绑匪为什么真的安装了定时炸弹？"

"真装了炸弹又有什么问题啊？"

"绑匪可以威胁家长，谎称他装了定时炸弹，但他没必要真的安装炸弹。只要让对方相信他装了就行。比方说，他完全可以给成濑先生寄一枚定时炸弹，吓唬他说'我在关你儿子的地方装了一样的炸弹'。再说了，如果赎金交易因为某种原因不得不推迟，可绑匪又把定时炸弹装好了，那他还得专门跑一趟拆除。绑匪应该很清楚，赎金的交易不一定能一次性成功。那他为什么还要真的安装定时炸弹呢？"

就在这时，在一旁默默听着的峰原终于缓缓开口。他像话剧演员那样说道，声音响彻书房。

"原来是这样……我也想明白了。能通过这两点推导出的结论只有一个。那就是绑匪本就没有打算拿赎金。他的真正目的，其实是杀害悦夫吧。"

2

　　起初，慎司不太明白这句话意味着什么。然而在峰原的话语逐渐渗入脑海的过程中，惊愕徐徐蔓延。明世也惊得张开了嘴。至于提出了两点疑问的理绘，则是一副"终于有人对自己隐约察觉到的可能性给出了明确结论"的表情。

　　峰原用平静的声音继续说道：

　　"先看第一点。绑匪为什么要求家长把赎金送到囚禁悦夫的地方？要知道，这样会导致警方监控交付赎金的地点，致使绑匪无法拆除定时炸弹，不仅拿不到赎金，还会失去宝贵的人质。

　　"如果杀害悦夫才是绑匪的真正目的，那这个疑问便有了解释。无法拆除定时炸弹，致使悦夫丧命的事态正是绑匪所希望的。绑匪打从一开始就没想过要拿赎金。借用理绘大夫的说法，绑匪是巴不得交易以失败告终。

　　"再看第二点。绑匪为什么真的安装了定时炸弹？其实他没必要真的安装，只需要让成濑正雄相信他装了炸弹即可。

　　"若以'绑匪的真正目的是杀害悦夫'为前提，这个疑问就能解释得通了。要想杀死悦夫，绑匪当然要安装定时炸弹。

"我还想再指出一点：绑匪要求成濑在放好赎金离开船库时必须把卷帘门关上。门一旦关上，警方就无法在定时炸弹爆炸后及时救出悦夫，这一步也是为了确保悦夫的死而设计的。

"绑匪有杀害悦夫的动机。而且他的动机一定很明显。如果直接行凶，警方可能会立刻察觉到他有动机，进而揪出真凶。所以他处心积虑制造了'人质因交付赎金失败身亡'的假象。只要警方认定悦夫死于绑架勒索，就不会注意到绑匪的行凶动机。

"绑匪——更确切地说，是本案的主犯需要一名同伙帮他伪造绑架勒索的假象，所以他找到了柳泽幸一。据说柳泽曾向几个熟人透露过，他近期会有一大笔钱进账。我不确定主犯有没有让柳泽知晓他的全套犯罪计划。也许主犯表明了'自己的真正目的在于杀害悦夫'这一层，许诺事成之后给柳泽一大笔钱，拉他入伙。也有可能柳泽还以为主犯就是冲着赎金去的。"

慎司呆若木鸡。峰原得出的结论太过匪夷所思，与慎司的办案经验截然相反。可他的逻辑又是如此缜密，简直无懈可击。即便如此，他仍然试图反驳。

"……您说主犯有杀害悦夫的动机，可是杀害幼童的动机真的存在吗？而且那还得是让主犯大费周章地把整件事伪装成绑架案的动机……"

"只有一种可能性！"明世两眼放光道，"杀害幼童，只可能是为了达到那个目的！"

"什么目的？"

"除掉继承人啊！"

"除掉继承人？"

"成濑正雄名下有相当多的财产。如果他死了，他的妻子早纪子和儿子悦夫就是遗产的继承人。如果悦夫不在了，成濑的遗产就都是早纪子的了。如果在那之后，早纪子也死了呢？到时候继承遗产的就是早纪子的妹妹香苗。也就是说，如果悦夫、成濑和早纪子依次死去，香苗就会继承成濑的全部遗产。"

"你的意思是，本案的真凶是柏木香苗？"

"没错。绑架撕票，是香苗为了继承成濑家遗产而制订的宏大谋杀计划的第一步。她大概不是单干的，她的丈夫柏木武史肯定也是同谋。"

"但悦夫死后，早纪子死在了成濑之前，那香苗的计划岂不是落空了？顺序一错，香苗就无法得到成濑家的遗产了。"

"对香苗来说，早纪子死在成濑之前的确是个大问题，但她最后还是达到了目的啊。成濑在手记的最后是这么说的——'今天，我请公证人来到病房协助我立遗嘱，将我名下的"Media Now"股份、银行存款、土地与房子都赠予柏木。全部资产的总市值约为五亿日元。'

"也就是说，在成濑死后，遗产将由柏木武史继承。所以最后还是柏木夫妇继承成濑的遗产。而且和通过早纪子之死继承遗产相比，成濑直接赠予可以少交一次继承税，损失的遗产还会更少一些。

"柏木夫妇本打算在杀害悦夫后对成濑和早纪子下手。但他们很走运，因为成濑和早纪子分别死于疾病和意外，所以他们无须亲自动手。

"除了动机，还有其他指向柏木夫妇的证据。主犯之所以让柳泽打电话，是为了确保自己手握不在场证明。换句话说，主犯就是柳泽打电话时有不在场证明的人。案发第二天待在成濑家的柏木夫妇就符合这项条件。在绑匪打来电话的时候，他们就在被害者家里，还有比这更可靠的不在场证明吗？

"柏木夫妇建网站发布成濑正雄的手记，也许是想稍微赎点罪吧。或者我们可以把他们想得再坏一点，也许他们是想通过在网站上征集线索，确认有没有不利于自己的目击证人。"

有道理啊……慎司很是佩服。他向来瞧不上明世的推理能力，可这一回也许真被她猜对了。

然而，峰原歪着脑袋说道：

"我倒有些不敢苟同。"

"为什么啊？"

明世略显不满。

"你刚才说，真凶的计划是先除掉成濑的继承人悦夫，然后杀害成濑和早纪子，独占遗产。可如果真是那样，真凶就必须在杀害悦夫之后立即对成濑和早纪子动手。悦夫去世时，成濑和早纪子都还只有三十多岁，完全有可能生二胎、三胎。这意味着真凶应该在新的继承人诞生之前除掉成濑和早纪子。然而，早纪子的意外发生在案发的八年后，成濑病逝更是案发十二年后的事情。在此期间，真凶并没有采取过任何威胁到他们生命的行动。如此看来，柏木夫妇是幕后真凶的推论就有些站不住脚了。"

"……也是哦，"明世垂下肩膀，"如果不是为了除掉继承人，那真凶的动机究竟是什么呢……"

理绘慢条斯理道：

"嗯……我可以再插一句吗？手记里提到，柳泽先生在案发一周前去过'Charade'咖啡厅。临走时，他对店老板说：'好像还没人发现，那Y是冒牌货。'那句话又是什么意思呢？"

连柳泽幸一这样的共犯都以"先生"相称，倒是理绘的一贯风格。她的谈吐向来礼貌到极点。

"可能跟案子没什么关系吧，"慎司回答道，"在我的印象中，媒体好像没提过那句话。也许媒体是知情的，但他们觉得这句话没什么价值，就没刻意报道。也可能是京都府警压根就没有向媒体公布这件事。我不确定到底是哪种情况，但无论如何，都意味着这句话被定性成了没有价值的信息。我实在不觉得它会跟案子有关。再说了，一个叫Y的家伙是冒牌货，跟儿童绑架案——不对，是儿童遇害案又会有什么关系呢？"

"如果Y就是本案的主犯呢？"

"本案的主犯？"

"悦夫知道主犯是某种意义上的'冒牌货'，所以主犯选择了杀人灭口。也许主犯用了假名，或者伪造了身份，所以是'冒牌货'。假设动机是灭口的话，就能解释主犯为什么要杀害一个小朋友了。"

慎司恍然大悟。理绘说得没错。明世两手一拍，喊道："没错没错，就是杀人灭口！"

"柳泽先生大概是个比较鲁莽的人。他对咖啡厅老板说'那Y是冒牌货'，泄露了对主犯来说极为致命的秘密。为了守住这个秘密，主犯甚至不惜杀害一个小男孩。也许柳泽先生觉得，反正我只说了Y这个首字母，别人肯定不知道我说的是谁，说了也没关系——峰原先生，您觉得这套推论怎么样？"

公寓房东微笑道：

"太精彩了。我也认为杀人灭口才是正确的调查方向。"

明世用激动的语气说道：

"如果悦夫是被人灭了口，就能缩小嫌疑人的范围了不是吗？既然悦夫有机会了解到主犯的秘密，那么主犯就一定是悦夫身边的人。反正嫌疑人也没几个，那业余侦探也能重新调查了呀。"

"重新调查？"慎司惊讶地反问。

"对，重新调查。通过之前的推理，我们不是已经发现了好几个关键点吗？第一，凶手的真正目的是杀害悦夫。第二，悦夫得知凶手是某种'冒牌货'，所以凶手要杀他灭口。第三，凶手的姓名首字母是Y。光看手记已经推理出了这么多，就这么放弃也太可惜了吧！我们应该去一趟京都，重新调查这起案子。说不定真能揪出凶手呢。"

"喂喂喂，你也太敢想了吧？"

"手记里不是也写了嘛，'也许有朝一日会有人读到它，从不同于警方的角度重新调查这起案子。到时候，也许就能破案了。'我们说不定可以实现成濑正雄的心愿啊！重新调查一下呗！理绘，你觉得呢？"

"好呀。"

理绘微笑道。慎司被明世的鲁莽吓得不轻：

"我可不去。把推理出来的这些告诉京都府警不就行了吗？剩下的事情就让他们去处理吧。"

"你说什么梦话呢！我们单看手记，就迅速扭转了对这起案件的推论。京都府警查了十二年，却什么都没查出来啊。我可不想把剩下的事情托付给那群家伙。既然扭转推论的是我们，那揪出主犯的也应该是我们呀！要是你不想去，那我和理绘就自己去。峰原先生，您呢？"

峰原思索片刻后，苦笑着点了点头。

"我也一起去吧。"

"耶——！"明世一阵欢呼，又问慎司，"你呢？"

"毕竟这起案子是归京都府警管的，我一个警视厅的刑警跟着你们重新调查，总归有点……"

"别让他们知道你是警视厅的不就行了？像你这样的基层小刑警，京都府警的人怎么可能认识你嘛。不过嘛，你去不去都一样，要不还是撂下你算了？"

还敢说我去不去都一样呢，你跟我不是半斤八两吗？慎司顿感窝火，脱口而出："我也去！"

"嗯，至于调查对象……"

峰原说道。明世掰着手指，边数边说：

"首先是成濑的家属柏木夫妇。然后是悦夫的班主任。也许她知道悦夫可能了解到了什么秘密。另外，为了了解共犯柳泽的情况，还需要找一下认识柳泽的咖啡厅老板。再就是见一下京都府警的探员，打听一下调查的进展吧。也不知道他们肯不肯说……"

峰原点了点头：

"我们可以兵分两路，这样效率更高一点。我跟明世老师一组，后藤警官和理绘大夫一组，怎么样？"

慎司等人都表示同意。峰原继续说道：

"那要不这么安排吧，我们这组负责悦夫的班主任和咖啡厅老板，你们二位负责京都府警和柏木夫妇，如何？"

"啊？让我和理绘大夫负责京都府警和柏木夫妇？我身份尴尬，实在不想去警署啊。最好你们那组去……"

"实不相瞒，看完手记之后，我想到了一种假设。为了证实那套假设，我需要见一见班主任老师和咖啡厅老板。只能麻烦你们见一下京都府警和柏木夫妇了。"

"看完手记之后想到的假设？什么假设啊？"

明世起劲地问道。峰原却露出温和的微笑，摇头说道：

"现在还不能透露。等查到了确凿的证据再说吧。"

3

出了地铁口，便是一个十字路口，两条四车道的马路在此交会。路口的四角分别是麦当劳、家庭餐厅、办公楼和古旧石墙围起来的园区。石墙旁边有一座设计成传统日式民宅风格的派出所，白墙搭配黑瓦屋顶，颇具京都的韵味。

古旧的石墙朝两个方向笔直延伸，一眼望不到头，可见园区的面积相当之大。围墙内的树木郁郁葱葱。那大概就是京都御苑了。

5月23日星期天，正午将至。天气晴朗，和煦的阳光普照大地。

一行人乘坐新干线抵达京都站，然后兵分两路。慎司和理绘换乘地铁乌丸线，在丸太町站下车。

理绘沐浴着阳光，脸上洋溢着幸福的表情，嫣然一笑。慎司不由得看出了神。理绘今天穿了一条黑底秋樱图案的连衣裙，外加一件白色开衫，提着米色的手包。慎司身穿蓝色系的格纹衬衫，搭配米色棉布长裤。

"我脸上有脏东西吗？"

见慎司盯着自己看，理绘疑惑地问道。

"啊，没有没有，什么都没有！"慎司清了清嗓子糊弄过去，慌忙掏出地图，"我看看……这里是京都御苑，这条路是丸太町大街，那条路是乌丸大街，所以……去京都府警应该是往这边走。"

他示意理绘跟上，沿着京都御苑走上乌丸大街。

"难为峰原先生要跟明世一起走。这会儿明世肯定叽叽喳喳个不停，吵得人家头疼。"

慎司一边回忆在京都站分手时的情景一边说道。明世那叫一个喜笑颜开，大概是能跟峰原一起查案子把她给高兴坏了。

"其实我一直都觉得你跟明世特别要好呢。"

理绘温文尔雅道。慎司大吃一惊：

"要好？别开玩笑啦。"

"可你们总是聊得很欢啊。"

"因为她老跟我抬杠啊，我只是在应战而已。"

理绘咯咯一笑。

"应战啊……说得就好像在打仗似的。"

"我猜啊，我跟她上辈子肯定是死对头。"

御苑西侧的乌丸大街一路向北。沿路走到红砖教堂坐落的街角左转，便是一条标有"下立卖大街"的路。走过一栋看起来像学校的建筑，再走几百米，就到了一个十字路口。京都府警的办公楼就分布在路口的三个拐角处。路口西北角是三层高的主楼，是总务部等部门的办公地。据说主楼建于昭和初期，采用罗马式建筑风格。西南角是刑事部、警备部、生活安全部、交通部等部门所在的副楼，总共六层。副楼看起来比主楼新多了。东北角是六层楼高的110指令中心，楼顶上安装了好几部抛物面天线。

两人在副楼跟前停下脚步。往里看去，只见玄关口左侧坐着一个身着制服的警官，负责接待来客。

"理绘大夫，我们要进去了，你准备好了吗？"

理绘咻咻笑着，回答道："准备好了。"

慎司嘀咕了三声"我是普通人"，然后开启自动门走了进去。戴眼镜、穿制服的警官说道：

"您有什么事吗？"

语气着实和蔼可亲。也许他是想塑造一个受人爱戴的警察形象。

"是这样的，我们有一些重要的线索要提供给警方，和十二年前发生在京都的绑架案有关，所以想见一见负责此案的警官……"

"请稍等。"

穿制服的警官拨打内线电话，说了几句。看着眼前的景象，慎司不禁产生了撒腿就跑的冲动。明知京都府警的人不可能认出他这样的基层刑警，脑海中却闪过自己身份暴露、警视厅接到抗议、上司大槻警部大发雷霆的画面。外号"斗鸡"的大槻警部绝非徒有虚名。

他瞥了眼身边的理绘，却见她兴致盎然地打量着周围，脸上的表情与平时一样淡然，仿佛把慌张与狼狈遗忘在了某处。

片刻后，一个五十五六岁模样、中等身材的男人朝他们走来。他头发花白，其貌不扬，但眼神犀利，炯炯有神。一看就知道他是个出色的刑警，而且十有八九是个对部下严厉、对自己更不手软的人。

"是你们要提供新线索吗？"

他的声音很平静，却让人心头发紧。

"是的。我叫后藤慎司。"

"我是竹野理绘。"

两人做了自我介绍，同时意识到对方在暗中观察自己。那人掏出名片递了过来，上面写着"京都府警搜查一课警部岩崎光也"。他正是成濑经常在手记中提到的那位姓岩崎的刑警。在手记中，他还是警部补，看来是事后升职了。

慎司和理绘被带去了会客室。在沙发上坐定后，岩崎开口问道：

"那么二位带来了什么新线索呢？"

"倒也算不上新线索，而是看手记的时候察觉到的一些事情……"

"手记？"

"您不知道吗？就是成濑正雄死前留下的手记，可以在网站上看到。"

"噢，您说的是那个啊。我们也把它打印出来用作参考资料了。"

"警方看了之后觉得怎么样？手记中的描述准确吗？"

"非常准确。我至少可以保证，关于警方调查的那些描述分毫不差，成濑正雄记得非常清楚。"

"实不相瞒，我们看完手记之后，产生了几点疑问……"

慎司提出了之前讨论过的那两个疑点，并告诉岩崎他们是如何从中推导出了"杀害悦夫才是主犯的真正目的"这一假设。

"真正的目的其实是杀害那个孩子？"

岩崎愕然。

"对。站在警方的角度看，您觉得这个假设怎么样？"

"难以置信。"

他的语气十分冷淡。

"为什么啊？世上又不是没有杀害儿童的案件。"

"这话没错。但绝大多数儿童凶杀案都是冲动武断的结果，动机不外乎嫌吵、嫌烦、嫉妒等等。而按照您的假设，凶手花了大量时间制造出了绑架勒索的假象。如此有预谋的犯罪行为不可能出现在儿童凶杀案中。"

"在案发的一周前，共犯柳泽幸一对他常去的咖啡厅的老板说'那Y是冒牌货'。如果他口中的Y就是主犯呢？悦夫发现主犯是某种意义上的'冒牌货'，所以被灭了口——这就是我们的推论。这样就能解释主犯为什么会为了杀害悦夫大费周章制造绑架勒索的假象了，不是吗？"

"既然他有工夫制造假象，那为什么不直接动手行凶呢？"

"大概是因为悦夫把自己了解到的秘密告诉了别人，或者写了下来。当然，他并不知道那是个非常重要的秘密。在这种情况下，如果主犯直接杀害悦夫，听说了秘密的人也许会怀疑到他身上，写有秘密的文字也可能被发现，届时主犯就会立刻暴露。所以他必须把整件事伪装成绑架勒索案。"

"你们的假设太不切实际了。现实中的罪犯是顾不上那么多的。我认为绑架勒索并非伪装，绑匪本就是冲着赎金去的。"

"但是让人把赎金送到囚禁悦夫的地方显然说不过去啊？如果警方对囚禁地点实施监控，绑匪不仅无法拿到赎金，还无法拆除定时炸弹，而这必然会造成悦夫的死亡。只有假设'杀害悦夫才是绑匪的目的'，这个疑问才能解释得通不是吗？"

"在交付赎金之前，绑匪让成濑正雄跑了好几个地方，有咖啡厅、餐馆、便利店……大概他通过这一系列试探，认为自己可以确定警方没有介入吧。所以他才没有想到囚禁地点会有警察埋伏监控。"

慎司在心里叹了口气。岩崎或许是个能力出众的刑警，但他是不是因为太过相信自己的经验而无法灵活地思考问题呢？再者，警方是一个把面子看得比什么都重要的组织。他们实在不可能因为外人指出的疑点而轻易改变坚持了十二年的调查方向。让京都府警认同"杀害悦夫才是绑匪的目的"，恐怕比慎司此前想象的还要困难。

"警方有没有在柳泽身边发现叫Y的人呢？"

"一个也没有。姓名首字母是Y的就不用说了，连绰号叫Y的都没找到啊。"

岩崎用讽刺的口吻回答道。

"我可以了解一下调查工作的进展吗？"

理绘文雅地问道。岩崎稍改表面客客气气，内心却没把人放在眼里的态度。

"既然主犯从柳泽的遇害现场拿走了通信录，那么主犯应该就是柳泽身边的人。然而，无论我们如何调查，都没有找出那个主犯。我们彻底调查了柳泽的交友圈子。幼儿园、小学、初中、高中和大学阶段的朋友、老师，以及亲和化学的老同事、老上司，还有接手印刷公司之后的客户，全部彻查了一遍，只要是和柳泽打过交道的，都列进了清单里。单子里足有一百多个名字。我们还调查了他们的不在场证明和财务状况，还对有嫌疑的人进行了重点跟踪。但他们之中没有一个疑似主犯的人。"

"最后没有找到柳泽先生和主犯在京都站的乌丸口碰面时的目击证人吗？"

"对，我们找车站的工作人员和纪念品店的店员了解过情况，可谁都不记得柳泽了。毕竟是每天客流量好几十万的巨型车站，不记得也很正常。"

慎司和理绘对视一眼，叹了口气。

"二位要提供的新线索就这些？"

"……对。"

"听我一句劝，以后不要再模仿那些业余侦探了。我们警方还有很多工作要做，二位还是请回吧。"

4

　　窗外是五条旁路的高架桥，桥后则是大谷本庙的广阔园区。现代化的高架桥和历史悠久的古老寺庙的组合显得极不协调，不过在明世看来，这也是京都的魅力之一。

　　在同一天的同一时间段，峰原和明世来到五条坂路口附近的一家叫"坂屋"的咖啡厅。在京都站告别了慎司和理绘之后，两人去车站乘坐市内巴士前往五条坂。车开到五条坂公交站的时候，有不少游客下了车，貌似要去清水寺。

　　峰原不时品着咖啡，若有所思。他今天穿着棕色系的格纹长袖衬衫，搭配同为棕色的灯芯绒长裤。明世则身穿灰色连帽衫，搭配蓝色牛仔裤。她正喝着冰镇抹茶牛奶。

　　"我们可不能输给慎司和理绘那组！不过嘛，这边有峰原先生坐镇，肯定是十拿九稳的啦。"

　　明世回忆着那两人在京都站与他们分开时的模样说道。理绘和平时一样心不在焉，只要有什么东西引起了她的注意，她的视线就会被吸引过去，所以明世必须时刻保持警惕，及时提醒她别撞到在车站大楼来往的行人。慎司倒是笑开了花，也许是能和理绘一起行动让他非常高兴吧。

"不过那两位也都很优秀啊。后藤警官是警视厅搜查一课的刑警，理绘大夫则是中央医科大学附属医院的精神科医生。这两份工作啊，都离不开人的头脑。"

"嗯……话是这么说啦……"

明世视理绘为不可多得的好友，不过听到峰原对人家赞不绝口，她总有些莫名的不服气。难道她是嫉妒了不成？

就在这时，门开了，一个五十岁出头的女人走了进来。她身材苗条，身穿米色套装。五官轮廓分明，乍看不易接近，眼中却泛着温柔的光芒，嘴型也给人以和善的印象。

只见她环顾店内，视线落在明世和峰原身上，然后迈着迟疑的脚步走向他们。

"请问……是你们想找我了解那起案子吗？"

峰原起身说道：

"我叫峰原卓。这位是我的助手奈良井明世。感谢您特意抽空来见我们。"

他礼貌地鞠了一躬。明世也赶忙起身行礼。

两天前，峰原致电悦夫就读的东邦小学，得知当年的班主任桧山辽子还在那里工作。他表示自己是正在调查绑架案的自由记者，询问桧山辽子能否与他见一面。起初她似乎不太愿意，但峰原那平和而知性的声音发挥了神奇的功效。聊了两分多钟后，桧山辽子竟同意见面了。她指定的见面地点便是学校附近的这家咖啡厅。

桧山辽子才看了峰原一眼，好像就对他产生了信任感。

"听说您是自由记者？"

"是的。请问您知不知道有网站发布了悦夫的父亲留下的手记？"

"嗯，我自己不太会上网，但有同事帮忙打印了一份。"

"看完那份手记，我们便产生了独立采访那起案子的想法。"

峰原提出了那两点疑问，并告诉班主任老师，他们据此得出了一个假设，即"杀害悦夫才是绑匪的目的"。

"杀害悦夫同学才是绑匪的目的？"

桧山辽子瞠目结舌。

"您觉得这很难以置信吗？"

"是啊……悦夫同学是个诚实聪明的孩子，从不做招人记恨的事情。这么好的孩子，怎么会有人……"

"我们认为，悦夫可能是因为知道了绑匪的秘密，所以才被灭了口。如果是这样的话，就能解释从不招人记恨的悦夫为什么会被人杀害了。"

"绑匪的秘密？"

"悦夫有没有提过一个叫Y的人？"

"没有啊。说起Y……"说到这里，桧山辽子恍然大悟，"话说我在手记里看到，绑架案的共犯说过一句莫名其妙的话，好像是'那Y是冒牌货'，您问的就是那个Y吗？"

"是的，我们推测Y可能就是绑架案的主犯。而悦夫了解到的秘密，就是'Y是某种意义上的冒牌货'。"

"某种意义上的冒牌货？"

"比如用了假名、伪装了身份等等。"

桧山辽子思索片刻后摇了摇头。

"不，我完全不记得悦夫同学提起过这种事。"

"能跟我们讲讲案发当时的情况吗？"

"周六上午，我发现悦夫同学没来上学，就打了两三通电话去他家，得知他被绑架了。我征求了负责调查工作的京都府警的意见，跟校长商量过后，决定先对班上的同学们说'悦夫同学因为感冒请假了'。而且我强调他病得很严重，他的父母让同学们不要来探望，免得被传染。

"第二天是星期天，但所有的教职员工都一早来到办公室等候消息。下午6点半左右，我们接到警方的联系，说悦夫同学的父亲已经把赎金顺利送到了指定地点，大家都松了一口气。谁知7点多的时候，我们又接到消息说，交易失败了，船库发生了爆炸……"

许是回忆起当时的场景，桧山辽子的双眼微微湿润。

"到了周一，我不得不向全班公布悦夫同学的死讯。好几个孩子当场就哭了出来。毕竟大家都那么喜欢悦夫同学……还有男生当场发誓，长大了以后要当警察，抓住害死悦夫同学的坏人。

"周二那天，我带着同学们参加了悦夫同学的葬礼。我当了一辈子的老师，就没见过比那更让人难受的场面。悦夫同学的父母是那么憔悴，我都不忍心看他们。

"后来，我每年都会在悦夫同学的忌日去探望他们，祈祷孩子在天之灵得以安息。两位家长似乎也慢慢走出了悲伤，但悦夫同学的离去终究还是彻底改变了他们的人生轨迹。"

桧山辽子看着窗外，仿佛是在喃喃自语。

"直到现在，我还会收到毕业生寄来的新年贺卡。跟悦夫同学同班的孩子们有的上了大学，有的找了工作，踏上了社会。可悦夫同学还是那个七岁的小男孩。他永远活在大家的记忆中，永远都不会老去。虽然这也是理所当然，可还有比这更残酷、更悲哀的事情吗……"

5

　　离开京都府警后，慎司和理绘打车前往位于平野的柏木家。他们之前已经通过电子邮件和柏木夫妇取得了联系，地址也是在邮件里告知的。

　　第一次来京都的慎司一会儿看看车窗外流动的风景，一会儿看看手上的地图。他们沿新町大街北上，左转进入今出川大街，继续往西，驶过一条叫天神川的小河后立刻右转，接着拐进一条小路再往北走。

　　柏木家位于临近平野神社和北野天满宫的宁静住宅区。那是一栋双层小楼，比周围的其他民宅大了一圈。看来"Media Now"的业务发展得不错。

　　按下玄关处的门铃后，一位四十岁上下的女人开了门。她身材丰满，一头亮泽的长发烫着大波浪。两人一眼便认出她是成濑早纪子的妹妹柏木香苗，因为她和"为龙心醉的男孩"网站上的那张全家福里的成濑早纪子有几分相似。不过早纪子的美更为内敛，好似绽放在原野中的雏菊，而香苗的美却如盛开的大朵玫瑰一般绚丽多娇。

　　"您好，我们就是跟您发过邮件的后藤慎司和竹野理绘。"

　　慎司和理绘鞠了一躬。

"感谢您抽空与我们见面。"

香苗细细打量两位来客，仿佛是在对他们进行全面评估。然后她便微微一笑，就好像他们通过了测试似的，用干脆利落的语气说道：

"得知现在还有人关心那起案子，我心里也高兴得很。快请进吧。"

在香苗的带领下，两人来到会客室。一个年近五十的男人坐在沙发上。他身材魁梧，面容粗犷，着实不算英俊，却散发出一种奇妙的亲切感。

"这位是我先生柏木武史，他也是我姐夫的好朋友。"

慎司和理绘跟柏木打了招呼。

"哎呀，二位就是要提供新线索的网友吗？"柏木用欢快的声音说道，"你们在邮件里说发现了重大线索，我的好奇心都被你们勾起来了。"

夫妇二人看起来都不像那种为了独占遗产不惜谋害年幼继承人的恶徒。多年的探案经验让慎司深知人不可貌相，但他感觉明世的主张——"柏木夫妇主谋论"十有八九是错了。

"听说二位看过我们在网站上发布的手记？"

"是的。我们都觉得手记的字里行间流淌着静谧的哀伤。一想到手记是垂死之人一字一句写下的，更是唏嘘不已。"

"姐夫去年10月住院的时候就把笔记本电脑带进了病房，浏览各种介绍治疗经验的网站。到了今年3月，他就开始自己写东西了。当时医生已经下了定论，说他只能撑几个月了，所以他必须和时间赛跑。他每天都跟着了魔似的，不停地打字。三个多星期以后——我还记得那天是3月21日——他告诉我，他写了一份关于绑架案的手记，希望我和柏木在他去世后放到网站上发表。他在手记中写道：'只要写下来，人的念想就能超越死亡与时间，永远存在下去。'他也是想让尽可能多的人了解到自己的所思所想吧。"

"明知自己时日无多，手记的笔触却十分克制。换成是我，肯定没法像他那样冷静。"

"姐夫本就是个很有自制力的人。查出自己得了晚期癌症的时候，他心里起初肯定是纠结过的，但至少在旁人看来，他跟平时并没有什么两样。连主治医生都吃了一惊，说从没见过这么有自制力的病人。"

"听说成濑先生是在4月去世的？"

"确切地说是4月10日。当时癌细胞已经转移到了全身各处，止痛药几乎不起作用了。姐夫肯定经受着常人难以想象的疼痛，却硬是没有说过一句丧气话。他在9日傍晚陷入昏迷，第二天上午7点多的时候咽下了最后一口气……"

香苗的眼睛突然湿润了。然后她神色一紧，仿佛是在为沉浸于感伤中的自己感到羞愧。

"对了，听说二位找到了新线索？"

"也许称不上是新线索吧，是我们看完手记之后产生的几点疑问……"

慎司抛出那两个疑点，并表示他们据此得出了一个假设，即"杀害悦夫才是主犯的真正目的"。

"杀害悦夫才是绑匪的真正目的？"

香苗和柏木双双瞠目结舌。

"是的。根据那两个疑点，我们只能得出这一个结论。共犯柳泽幸一在案发的一周前说过'那Y是冒牌货'。我们认为Y指的是主犯，而悦夫知道主犯是某种意义上的冒牌货，所以被灭了口。"

香苗和柏木露出严肃的表情，陷入沉思。京都府警的那一幕会不会重演？他们的假设会不会被付之一笑？慎司忐忑不安地等待着。

片刻后，香苗和柏木点了点头。

"……虽然这个假设非常异想天开，但很有道理啊，简直无懈可击。也许一切正如你们假设的那样。"

"我也有同感。我甚至纳闷之前怎么都没人往这个方向想呢。"

他们貌似接受了这个假设。慎司松了一口气。

"悦夫有没有提过'某人是冒牌货'或者Y字？"

夫妇二人又思索了一会儿，然后面面相觑。

"你有印象吗？悦夫提过没有？"香苗问道。

"没有，记不清了。"柏木回答道。

"主犯没有立即杀人灭口，而是费尽心思伪造了一起绑架勒索案。由此可见，悦夫不是把自己知道的秘密告诉了别人，就是把秘密写了下来。当然，他并不知道这个秘密有多重要。如果直接灭口，听悦夫提起过秘密的人也许会联想到主犯身上，提到秘密的文字也有可能被找到。到时候，凶手就会被立即锁定。为了避免这种情况，主犯才刻意制造了绑架勒索的假象。所以照理说，悦夫应该是把自己知道的秘密告诉了别人，或者写在了什么地方。"

"话是这么说，可我们一点头绪都没有，这要怎么找啊……"

"悦夫有没有写日记的习惯？"

"日记……？"香苗似乎灵光一闪，"对了，悦夫确实有写日记的习惯！让学生写日记是他们学校的教育方针，说是有助于提高语文水平。学生每周一都要交日记给老师看的。日记本应该就在悦夫的遗物里。你们稍等，我去找找看。"

大约十分钟后，香苗拿着小学生专用的学习笔记本回来了。慎司接过来，翻开封面。

奔放的字迹映入眼帘，满满的孩子气。日记始于4月6日。一天不落，着实不易。

4月6日（星期一）

今天是开学第一天。我升上二年级了。

放学回家的路上，我和小雅、小光在公园里玩了捉迷藏。我躲在树后面，两个人坐在树边的长椅上说话。

有几篇提到了他的家人。

4月8日（星期三）

爸爸去一个叫仙台的地方出差，给我们带了礼物，是竹叶鱼糕。

4月11日（星期六）

今天吃过午饭以后，爸爸、妈妈带我去鸭川野餐。樱花太美了。我们拍了很多照片。

4月17日（星期五）

明天，爸爸会教我骑自行车。是不用辅助轮的骑法。我都等不及啦。

之后都是空白页。因为在第二天，悦夫被绑架了，然后就再也没有回来。

"4月6日那篇很耐人寻味啊。悦夫说，他在公园玩捉迷藏的时候，发现附近的长椅上有两个人在说话。说不定其中有一个是Y，而悦夫无意中听见了Y是某种意义上的冒牌货？"

"有可能……"香苗一脸认真地点了点头，"但日记里只说是'两个人'，天知道那到底是什么样的两个人。"

悦夫之所以遇害，是因为他了解到Y是某种意义上的冒牌货——看过日记之后，这个假设的可信度陡然上升。可Y姓甚名谁，又是何种意义上的冒牌货呢？谜团仍未解开。

"日记里说，4月11日父母带他去了鸭川野餐，拍了很多照片。成濑先生在手记中提到过，后来放在'为龙心醉的男孩'网站首页的那张全家福是不是就是那天拍摄的啊？"

"对，姐夫说是请一位在河边晒太阳的老人家拍的，没想到成了悦夫的遗照……姐夫临终前把那张照片放在枕边，看了又看。对姐夫来说，它就象征着过去那段幸福的日子吧。所以我和柏木在建网站发布手记的时候，也把它放在了首页上。"

"网站的名字为什么叫'为龙心醉的男孩'呢？"

"因为悦夫特别喜欢一款龙的布偶，天天跟它一起玩，就像彼得、保罗和玛丽[1]的那首《神龙帕夫》里唱的那样。"

香苗许是想起了那一幕，眼中又泛起了泪光。

慎司将提问权交给理绘。理绘用温文尔雅的语气问道：

"听说二位在案发第二天去过成濑家是吧？"

"在案发两个多星期前，姐夫说都好久没聚过了，让我们过去吃顿饭。因为那段时间，姐姐、姐夫和我们俩很少有机会碰头。上午10点多，我和柏木过去一看，才知道悦夫居然被绑架了。"

"您肯定吓坏了吧？"

"是啊，谁会料到绑架这种事情会发生在自己身边呢。向来沉着冷静的姐夫都绷着脸踱来踱去，姐姐简直跟丢了魂似的。我先生特别喜欢小孩，平时很宠悦夫的，所以也急得要命……"

1　Peter, Paul and Mary是美国著名民谣组合。《神龙帕夫》的歌词讲述了孩子和一条住在海边的神龙之间建立友谊共同玩耍、互赠礼物的故事。

柏木开口道：

"幸好后来凑够了赎金，到了下午4点多钟，成濑就开车走了。6点半的时候，成濑车上的警官发来消息说，赎金已经送到了绑匪指定的船库。我还以为……这下悦夫就能平安回家了……谁知到了7点，我们又接到了船库爆炸的消息。

"早纪子顿时面无血色，瘫坐在椅子上。守在客厅里的刑警一阵骚动，忙着用对讲机跟搜查本部联系。过了一会儿，搜查本部派了警车过来，刑警们就带着早纪子一起坐车赶去了现场……"

香苗接着往下说，两人好似轮唱的歌手。

"我只觉得自己好像做了一场噩梦。一切发生得太快了，一点都不真实。我们夫妇只能和负责留守的警官一起苦等消息。我一直在心里祈祷，虽然警方说船库爆炸了，可他们会不会搞错了呢？悦夫不可能在那里的……可消息并没有错。到了11点多，我们接到消息，说是在船库的废墟中发现了悦夫的遗体……"

"快午夜0点的时候，成濑和早纪子回来了。两个人都好像一下子老了十岁。"

沉默笼罩了会客室。片刻后，香苗缓了缓神，对慎司与理绘说道：

"多谢二位提供的线索，这下应该能打破僵局了。我相信你们的假设是正确的。那你们接下来准备怎么办呢？"

"我们的朋友会去见一见悦夫的班主任老师，还有共犯柳泽幸一的熟人。然后我们再碰个头，交流一下信息。把我们今天收集到的信息和朋友们了解到的结合起来，也许会有进一步的突破。一旦取得了进展，我们再联系二位。"

柏木夫妇回答："那就拜托各位了。"

6

根据成濑正雄的手记，柳泽幸一常去的那家咖啡厅，也就是他获得不在场证明的那家店，叫"Charade"。

峰原和明世离开五条坂的咖啡厅"坂屋"后，在附近找了个电话亭查阅京都市的黄页。万幸的是，在案发十二年后的今天，他们依然能在黄页上找到"Charade"这个店名。地址在出町柳，应该不是同名的另一家店。峰原将地址抄录在记事本上，扬手拦下一辆路过的出租车。

出租车沿东大寺大街一路向北。四条、三条、二条……然后开到了京都大学的校舍和医学院附属医院所在的区域。车在百万遍[1]的路口左拐，进入今出川大街。开到横跨鸭川的加茂大桥跟前再右转，沿川端大街北上一段路，最后停在睿山电铁的出町柳站门口。

车站对面，商铺鳞次栉比。蛋糕店、音像出租店、拉面馆……"Charade"便是其中之一。

清流在脚边流淌。岸上栽着成排的柳树。水流与绿树组合而成的

1　百万遍知恩寺的俗称。

美景看得明世与峰原如痴如醉，吸引他们走向水边，而不是直接前往咖啡厅。

他们走过架在河面的小桥。只见前方竟然还有一条河，两条河在左手边不远处汇成一股。交汇点周围形成了长满绿草的三角洲。

"这条河是鸭川吗？"

峰原望着水面的粼粼波光问道。来过京都好几次的明世回答道：

"准确地说，这并不是鸭川。我们刚才过的那条河是高野川，前面那条是贺茂川——贺年卡的贺，茂盛的茂。两条河在那边的三角洲汇合，这才形成了鸭川。对了对了，告诉您一个有趣的小知识。高野川和贺茂川汇合，就成了鸭川，而在地图上，这三条河形成了一个特别标准的Y字。所以京都这座城市的东边有一个巨大的Y。"

峰原微笑道：

"有一个巨大的Y啊……真有意思。在京都发生与Y字有关的绑架案，大概也是命中注定的吧。"

然后，两人望向南方，也就是两条河汇合形成鸭川的地方。在三角洲的草坪上，许多人在地上铺了餐垫，坐着野餐。远处的加茂大桥上车来车往。回头望去，下鸭神社的糺之森映入眼帘，更远处则是北山山脉。

"话说成濑正雄在手记里提到的那张照片，应该是在距离这边几百米远的下游处拍摄的吧？因为照片的背景中有北山山脉、糺之森和加茂大桥。"

明世忽然想到了这一点，开口说道。在十二年前那个春日，成濑正雄、早纪子和悦夫也欣赏过同样的风景。然而此时此刻，他们三个都已不在人世了。想到这里，明世顿感悲凉。

两人走回睿山电铁出町柳站，走进"Charade"咖啡厅。店里没有其他客人。吧台后，五十多岁的老板正在擦杯子。他长了一张神似不倒翁的脸。好像也没有其他服务员在。峰原和明世坐在了吧台旁的位子。

"欢迎光临，两位来点什么呀？"

老板慢悠悠地说道，带着显著的大阪口音。峰原点了咖啡，明世则要了一份巧克力芭菲。

老板送来的芭菲分量惊人，令明世感动不已。峰原品了一口咖啡，用沉稳的语气对老板说道：

"听说柳泽幸一先生是这家店的常客？"

老板正在擦杯子的手顿时停住了。

"……柳泽幸一？这位先生，你提起的这个名字可有些年头了。你是怎么知道他的啊？"

"是这样的，我们是自由记者，正在从一个全新的角度调查十二年前柳泽先生参与过的那起案子。如果您不介意的话，我们想找您了解点情况。"

"自由记者？"老板把杯子放在吧台上，盯着峰原和明世细细打量，"你们是东京人吧？说话没口音，打扮得也时髦。东京的自由记者都是你们这样的吧？不过我是真的烦透了记者。十二年前刚出事那会儿，就因为共犯是我们店里的常客，各路媒体都找了过来，可把我折腾惨了。"

老板可能要拒绝采访。明世顿感担忧，急忙说道：

"我们不会提及店名，也不会给您添麻烦的，只想问几个关于柳泽先生的问题。求您了！"

她深深地低下了头，不料因用力过猛，脑门磕在了吧台上，传来"砰"的一声。慌忙抬头一看，只见老板面露苦笑。

"这位小姐好有活力呀。好吧，闲着也是闲着，我就陪你们聊聊吧。"

峰原抛出两个疑点，以及通过它们推导出的假设。

"你说主犯的真正目的是杀掉那个孩子？说倒是说得通……柳泽知不知情啊？"

"这里存在两种可能性。第一种是柳泽先生知道所有的内情。而他当时暗示过近期会有一大笔钱进账，因此主犯极有可能是以金钱引诱他参与谋杀计划。第二种则是柳泽先生被主犯蒙骗，认定绑架就是为了索要赎金。"

"我是更愿意相信第二种可能性的。柳泽确实犯了罪，不是什么好东西，但我实在不愿意相信他会狠毒到明知杀害一个孩子才是计划的真正目的，却还要参与进去的地步。"

"当时柳泽先生缺钱到要铤而走险、为钱犯罪的程度吗？"

"是啊。他在案发三年前从亲和化学辞职，回到京都接手了家里的印刷公司，但公司的业绩实在是不理想啊。他们原先也考虑过找银行贷款扩大印刷公司，谁知父母去能登旅游的时候遇到了大巴坠车事故，双双去世，贷款的事情也没有了下文。柳泽对银行是一肚子的怨气，但是据说银行不批贷款的真正原因是柳泽做事太不负责任了，所以银行不敢批。柳泽接手公司没多久，老员工就全都不干了，这就是最好的证据。大家好像都挺看不惯他的。"

"据说4月18日上午8点到8点半，还有4月19日傍晚6点到7点，柳泽先生来这边用了餐，给自己制造了不在场证明对吧？当时他的表现还正常吗？"

"事后回想起来，他当时确实非常心神不宁。动不动就看表，跟他说话吧，他也答非所问。既然心里惦记着事情，干吗不早点回去呢？可他就是坐在店里不肯走。我当时还纳闷呢，不知道他到底是怎么了。其实他18日早上来吃晨间套餐这件事本就反常得很。"

"怎么反常了？"

"那段时间，柳泽也不好好工作，每天睡到大中午才起来，哪里会来吃什么晨间套餐啊。平时都是1点多过来，早午饭一起吃的。所以18日早上看到他的时候，我都吃了一惊。后来警察告诉我，柳泽是来店里制造不在场证明的，我才想明白了。"

峰原望向明世说"你也问几个问题吧"，于是明世便放下勺子开口问道：

"听说在案发十天前，也就是4月8日下午，您在京都站乌丸口碰巧遇到了柳泽先生。能请您讲一讲当时的情况吗？"

"那天我打算坐新干线去东京来着。我坐公交车到了京都站，走进乌丸口的时候，刚巧碰上了柳泽。是我先注意到了他，拍了拍他的肩膀，结果他吓了一跳，回头看我。其实他也是坐同一班公交车来的，但我们到了京都站才看见对方。"

"他有没有表现出误以为是别人拍了他的样子？"

"你所谓的'别人'就是案子的主犯吧？嗯……不好说啊……这个我也不太确定。我问他上哪儿去啊，他说要去广岛探亲。我要坐的那趟车还有一会儿才开，我就想跟他随便聊聊，他却说去广岛的新干线就要开了，可他还没买票，没时间磨蹭了，然后就急急忙忙跑去了售票处。谁知跑到半路，他又停了下来，拐去了售票处附近的纪念品商店。我正纳闷他在干什么呢，只见他买了盒八桥饼回来，说'我忘了给广岛的亲戚买伴手礼'。车要开了还去买什么伴手礼，能赶上才怪。他买了票，冲上电梯，但很快就回来了，说'没赶上'。我是越想越觉得不对劲。而且我也从没听他说起过在广岛有什么亲戚。后来警察告诉我，他是约了主犯在乌丸口碰头，我才回过味来，心说原来是这么回事。他等的人还没来，所以只好坐后一趟车，可他又不能说他在等人，万一我提出要见一见那个人呢。他要见的是案子的主犯，当然不能被我看到。他实在没办法，只能假装忘了买伴手礼，拖延时间，误了一趟新干线。警察还说，柳泽那天正准备和主犯一起去亲和化学广岛分公司的工厂仓库偷炸药和电雷管呢。"

"那您多久之后上了去东京的车呢？"

"大概十分钟后吧。"

明世心想，如果当时老板没有去坐新干线，而是在暗中观察柳泽，那就肯定会目击他和主犯碰头的那一幕。有了这位目击证人，案子恐怕早就破了。

"听说在案发一星期前，柳泽先生在离开这家店的时候说过'好像还没人发现，那Y是冒牌货'，对吧？"

"那Y是冒牌货……？"老板苦思片刻，然后两手一拍，"对对对，我想起来了。是他临走时说的，脸上还带着冷笑。那笑法有种目中无人、沉浸在优越感里的味道，让人看着很不舒服。我当时还纳闷呢，不知道这家伙在想什么。不过话说回来，你知道得可真多啊。"

"小男孩的父亲在手记里提到过。"

"手记……？欸，还有那种东西啊？"

"你知道他说的Y是谁吗？"

"嗯……不知道啊。当年警察也问过我，可我一点头绪都没有。柳泽的熟人我也不是个个都认识，但我至少可以确定，他在我们店里认识的人的姓名缩写都不是Y。"

明世有些失望，不过她决定往好的方面想，这样好歹排除掉了一些嫌疑人。至少，Y——本案的主犯并不在这家店的常客中。

峰原环顾店内。明世不动声色地打量他的侧脸。她就喜欢看峰原的侧脸。突然，那轮廓分明的脸微微一紧。视线集中在一个点上。好像有什么东西突然引起了他的注意。怎么了？明世顺着峰原的视线望去。

峰原正盯着店门。那是一扇普普通通的玻璃门。透过店门，可以看到远处的睿山电铁出町柳站。大概是电车刚刚到站，只见乘客们陆陆续续走出车站。

"柳泽先生是在临走前提起Y的对吧？"

峰原用平静的语气问道。明世能感觉到，他在强压心中的兴奋。

"对，在收银台付完钱以后。"

"那他当时应该就在门口吧？"

"嗯，就在店门边上。"

"那我们是不是可以这样假设——柳泽先生看到了路过门外的Y，所以才说出了'那Y是冒牌货'？"

明世恍然大悟。老板抱着胳膊说道：

"噢，这思路倒是挺有意思的，搞不好真被你猜对了。可你为什么非要找出那个Y呢？"

明世激动地说道：

"其实我们怀疑那个Y就是绑架案的主犯。Y是某种意义上的冒牌货，而且这是个绝不能被人知道的秘密。可不知怎么的，悦夫发现了这个秘密。于是，Y决定杀害悦夫灭口，并把整件事伪装成绑架勒索案。"

"你的意思是，那天主犯路过了我们店门口……"

"你还记得柳泽先生说'那Y是冒牌货'的时候大概几点吗？"

"应该是1点半左右吧。我刚才也说了，那段时间他天天睡到大中午。1点多来店里，吃个早午餐，差不多就是1点半。所以那句莫名其妙的话应该也是1点半左右说的。"

1点半左右……锁定真凶的条件又多了一个——在案发一周前的4月11日下午1点半左右路过"Charade"门口的人。

"不过，既然'Y是冒牌货'是那么要紧的秘密，那柳泽又怎么会说出来呢？"

"根据我们对柳泽先生的了解，他似乎是一个相当轻率的人。所以当Y恰巧路过店门口的时候，他就忍不住提起了Y是个冒牌货。"

"嗯，按柳泽的性子，这倒是完全有可能。那家伙的确轻率得很。"

轻率之人——这四个字仿佛成了柳泽幸一的墓志铭。

7

下午5点不到，慎司和理绘来到了位于河原町御池的酒店。那也是他们今晚落脚的地方。峰原和明世已经办妥了入住手续，正在休息室里喝茶。他们定了两间双床房，峰原和慎司一间，明世和理绘一间。慎司和理绘去各自的房间放下行李，然后与峰原、明世会合。

明世显得兴高采烈，一见到慎司和理绘便说："我们有一个重大发现！"

"重大发现？发现什么了？"

"我们又找到了一个锁定Y——也就是本案主犯的条件！是不是啊，峰原先生？"

她望向坐在一旁的公寓房东，征求他的同意。峰原微笑着点了点头。

"哼，我们也查到了悦夫是在何时何地发现了Y的秘密。是吧，理绘大夫？"

精神科女医生笑嘻嘻地点着头。

明世与慎司汇报了各自的收获。峰原和理绘适时补充。

负责本案的探员的叙述、遇害男孩班主任的叙述、男孩的姨妈和姨丈的叙述、共犯熟人的叙述，还有男孩的父亲留下的手记。四人原本只能通过媒体的报道粗略了解那起十二年前的案子，而这五个人的叙述似乎使之呈现出了千变万化的面貌。慎司心想，案件无异于多面体。此刻，他们已经掌握了案件的五个侧面。这起案件肯定还有许多个侧面。而他们必须摸清的是属于主犯的那一面。站在主犯的角度看，这起案件又会是什么模样？

"理绘，你想到什么推理了吗？"

明世问道。理绘微笑着点点头：

"嗯，我大概知道是谁干的了。"

慎司吃了一惊。他这个正牌刑警还处于一头雾水的状态，业余人士理绘却好歹想出了一套假设。明世看了慎司一眼，说道：

"瞧你郁闷成那样，看来你还一点方向都没有吧？"

"那你呢？"

明世嘿嘿一笑。

"我也一样，毫无头绪。但峰原先生看完手记的时候就已经有了一个假设对吧？您之前说那个假设还需要确认一下，现在确认好了吗？"

"确认好了。"

峰原如此回答。但那张轮廓分明的脸上并无得意之色，甚至多了几分沉郁，仿佛有什么事沉甸甸地压在他的心头。

用过晚餐后，四人在峰原和慎司的房间集合。

明世和理绘坐在房间配备的椅子上，而峰原和慎司则分别坐在自己的床上。他们开了一瓶在本地酒铺买的夏布利葡萄酒，倒进酒店提供的酒杯与茶杯。

理绘为这场推理大比拼打响了第一炮。

她喝着夏布利，脸上带着不食人间烟火的笑。那模样是何等优雅，拍下来用作葡萄酒的宣传海报都不成问题。只听见"哒"的一声，她把酒杯轻放在桌上，从容不迫地说道：

"在这起案件中，我重点关注的是案发十天前，柳泽先生在京都站的所作所为。那天，柳泽先生约了主犯见面。但是在他抵达京都站时，主犯还没有到。更不凑巧的是，他偶遇了'Charade'的老板。由于主犯还没来，他必须改坐后一趟车，可他又不能透露自己约了人，因为老板也许会好奇他在等谁。于是，柳泽先生决定不告诉老板自己在等人，而是通过购买伴手礼拖延时间，误一班车……

"可是细想一下，我就觉得有些蹊跷了。照理说，就算老板见到了柳泽先生在等的人，他也不会认定那人就是主犯的吧？哪怕警方注意到了柳泽先生，老板也不会立刻把'那天在京都站和柳泽先生碰面的人'和'主犯'联系起来，不是吗？"

明世点了点头。

"这么说起来还真是哎。老板不会轻易认定柳泽见过的人就是主犯的，不然岂不是满大街都是嫌疑人了。"

"所以，我们是不是可以这样猜测——柳泽先生见的那个人，是一个'光和柳泽先生见面都会被怀疑'的人。"

"和柳泽先生——不，光和柳泽见面都会被怀疑的人？那会是谁啊？"

"那个人会不会是刑警呢？"

在场的所有人都发出了惊呼。理绘莞尔一笑：

"如果那个人是刑警，那么当警方注意到柳泽先生的时候，老板那边可能也会有探员去了解情况。而老板一见到来访的刑警，便会意识到——他就是那天和柳泽先生见面的人。刑警外出办案时总是两人一组。老板肯定会对柳泽先生见过的那位警官说：'你那天在京都站见过柳泽吧？'听到这话，另一位警官必然会对同事起疑。柳泽先生唯恐这种情况发生，所以才不想让老板看到自己在等的人。"

这是何等精彩的剖析。慎司、明世和峰原连酒都忘了喝，听得全神贯注。

"之前我一直都没想通一件事。如果成濑先生没有报警，绑匪却以警方在监视为借口炸死了悦夫，那么大家就一定会察觉到'杀害悦夫才是绑匪的真正目的'。主犯打算如何规避这种风险呢？但如果主犯就是刑警的话，就不存在这个问题了。家长没报警的话，罢手就是了。

"至于柳泽先生与主犯之间的联系，1992年1月上旬，他在小酒馆与旁边的顾客发生口角，动手打人，让对方受了需要两周才能痊愈的伤，而他因伤人罪被逮捕了对吧？说不定，当时负责审讯柳泽先生的刑警就是本案的主犯。刑警发现柳泽先生是个特别适合当共犯的人，所以在事后联系上了他，拉他入伙。

"那么，这位神秘的刑警究竟是何方神圣呢？第一，他隶属于京都府警，而且是搜查一课的，在发生绑架案时极有可能成为搜查本部的一员。

"第二，他会设法加入搜查本部。只要成为搜查本部的一员，就能及时了解到调查的进展。对主犯来说，恐怕没有比这更加理想的状态了。加入搜查本部也不是难事。只要确保案发当天自己当班，就会被自动分配去搜查本部。

"第三，既然柳泽先生负责拨打勒索电话，为主犯制造了不在场证明，那么涉案刑警在绑匪打电话时必然拥有牢不可摧的不在场证明。

"要想制造牢不可摧的不在场证明，最好的办法就是在电话打来的时候待在被害者家里。所以这位刑警很有可能是前往成濑家的四位刑警之一。那么他到底是谁呢？"

说到这里，理绘拿起手提包翻找起来，接连掏出手机、笔记本、钱包、粉饼、口红、创可贴、手帕和纸巾。就在众人纳闷她到底在干什么的时候，她终于掏出了岩崎警部给的名片。

"你们看，这位岩崎警官的名字叫'光也'，日语发音与'三支箭'的日语发音相同。而字母Y看起来不是很像拼在一起的三支箭吗？Y等于光也。Y就是岩崎警官。

"悦夫在日记中提到，4月6日在公园里玩捉迷藏的时候，他碰巧听见两个人坐在他旁边的长椅上说话。悦夫就是在那个时候发现了主犯的秘密——岩崎警官的警部补职级是通过不正当的手段获得的。他可能是在晋升考试中作了弊，也可能是贿赂了人事部门的负责人。悦夫听到了这个秘密，所以才惹上了杀身之祸。而柳泽先生说的那句'那Y是冒牌货'，指的应该是'警部补的职级是作假得来的'。"

"可岩崎怎么会知道自己的秘密被悦夫听到了呢？"明世问道。

"自然是通过悦夫的日记。悦夫的班主任桧山老师肯定和岩崎警官有很亲密的关系。她随口提起了学生写的日记。岩崎警官一听，便意识到自己和人事负责人之间的交易被孩子听到了。为了守住秘密，他必须除掉悦夫。可要是直接下手，日记的内容可能会让桧山老师起疑心。所以他才把这一切伪装成了绑架勒索案。"

慎司意识到，如果岩崎就是幕后真凶，那么他今天在京都府警所表现出来的那种态度便有了截然不同的意义。岩崎拒绝接受"绑匪的真正目的是杀害悦夫"这一假设，这并不是为了维护警方的颜面，而是因为他才是真凶，自然不能承认那就是真相。

慎司迟疑地说道：

"岩崎是本案的幕后真凶——理绘大夫提出的这个假设有着非常通顺的逻辑，也完美解释了柳泽在京都站采取的一系列行为。虽然身为同行，我是很不愿意承认的，但幕后真凶也许真的是岩崎——峰原先生，您怎么看？"

公寓房东若有所思，但还是柔声回答：

"很遗憾，我并不认同理绘大夫的推理。"

"哇，这下可越来越带劲了！"明世的语气中写满了兴奋，"那就请峰原先生讲讲您的推理吧！"

8

峰原没有立即开口。他盯着盛有葡萄酒的杯子，似乎陷入了沉思。修长的身躯所散发出来的阴郁气场比方才更明显了。

"峰原先生？"明世关切地问道。

峰原叹了口气，凄然一笑。

"抱歉，我不是在卖关子。只是我的推理太过匪夷所思了……哪怕你们说我是大骗子，说我瞎编乱造，我也无话可说。"

这铺垫着实诡异，让慎司他们吃了一惊。峰原到底想说什么？

片刻后，峰原终于直起身子，仿佛下定了决心。他环视在场的三位朋友，用低沉而稳重的声音徐徐道来。

"理绘大夫的推理基于三个着眼点。

"第一，柳泽在京都站遇到老板后，没有提及自己约了人，而是通过购买伴手礼拖延时间，误了一班车，这是为了避免老板目击自己和主犯见面的场景。问题是，他为什么要费尽心思，不让别人看到自己跟主犯见面呢？哪怕警方注意到柳泽，老板应该也不会立刻联想到，那天在京都站约见柳泽的人就是主犯。

"针对这个疑点，理绘大夫给出的回答是，主犯是一个光和柳泽见面就会被怀疑的人。换句话说，他是个刑警。如果他是刑警的话，当警方注意到柳泽的时候，他就有可能被派去找老板了解情况。老板一看到他就会说，'你那天在京都站见过柳泽吧？'听到这话，他的同事必然会起疑……

"第二，如果成濑没有报警，绑匪却以警方在监视为借口炸死了悦夫，那么大家就一定会察觉到杀害悦夫才是绑匪的真正目的。主犯打算如何规避这种风险呢？

"针对这个疑点，理绘大夫给出的回答是，如果主犯本身就是刑警的话，就不会出问题。家长没报警的话，罢手就是了。

"第三，既然柳泽负责拨打勒索电话，为主犯制造了不在场证明，那么涉案刑警在绑匪打电话时必然拥有牢不可摧的不在场证明。

"而理绘大夫由此认为，那个人就是岩崎警官。

"我觉得理绘大夫的推理十分严密。不过我看过手记之后，就这三点得出了不同的结论。"

"不同的结论？"

"第一，理绘大夫认为在车站与柳泽见面的是刑警，但我不敢苟同。探员多达数百人，主犯被派去找老板了解情况的概率应该是非常低的。就算柳泽见的人真是刑警，老板能认出他是刑警的概率也是微乎其微的。

"更何况，柳泽真的会慎重考虑警方盯上自己，派刑警找老板问话的可能性吗？他肯定会觉得，这种情况几乎不可能发生。

"既然柳泽会怕成那样，那就意味着老板极有可能认出那天和他碰面的人。所以我无法认同'那个人是刑警'的推论。"

"那您觉得那个人是谁呢？"慎司问道，"您说老板极有可能认出那天和柳泽碰面的人，莫非他是老板的熟人？"

"不。警方肯定也彻底调查过老板的熟人。如果主犯身在其中，肯定早就落网了。"

慎司等人一脸困惑，面面相觑。那个人不是老板的熟人，老板却极有可能认出他。他到底是谁呢？

理绘似乎想到了什么，说道：

"不是老板的熟人，老板却极有可能认出他……您的意思是，他是某种意义上的名人？不认识老板，但却是许多人认识的名人……"

"没错。主犯是某种意义上的名人——这是我唯一能得出的结论。"

明世歪着脑袋说道：

"可名人也有很多种啊。毕竟你心目中的名人到别人眼里可能就成了无名之辈。球星在球迷眼里是名人，可是对足球不感兴趣的人就不认识了呀。没有限定条件的名人也就那么一小撮，当红演员啦，国民歌星啦，政坛大腕啦……如果幕后真凶是总理大臣，那倒是绝了。"

峰原面露微笑。

"确实，就算是我也不敢往这么离奇的方向猜。"

"反正没有限定条件的名人寥寥无几，大多数名人只在对他们感兴趣的人群中有名，只有'名人'这一个条件的话，范围未免也太大了吧。"

"这话没错。不过在和本案有关的人里，确实存在没有限定条件的名人。"

明世挠了挠自己的一头短发。

"啊？有吗？"

"我们不妨这么想——柳泽在京都站和主犯见面的时候，主犯还没有出名。但他很快就会出名了。"

"一个很快就会出名的人？"

"柳泽打算在几天之后做什么呢？答案显而易见，犯罪。而在犯罪事件发生后，大家都会在电视、报纸和杂志上看到那个人。"

"大家都会在电视、报纸和杂志上看到的人？"

慎司不禁愕然。因为他终于意识到了峰原在暗示的是谁。

"……您是说，被害者的家属？"

峰原带着沉郁的表情点了点头。

"没错。在这个国家，被害者的家属会沦为媒体的牺牲品，多么可悲。大家不妨回忆一下成濑在手记中的描述。案发次日，大批记者堵在成濑家门口。成濑夫妇一出现，所有的镜头都对准了他们，还有一根根话筒伸了过去。

"那时，成濑夫妇成了家喻户晓的名人，虽然这只是暂时性的。他们是痛失爱子的悲剧主角。全日本的人都通过电视、报纸和杂志看到过他们的长相。

"如果老板目击到柳泽与成濑夫妇中的某一位约在京都站见面，那就大事不妙了。因为老板一看到媒体报道的新闻，就会意识到案子的共犯和被害者的家长碰过头。柳泽就怕出现这种情况。"

"您的意思是，柳泽在京都站等的是成濑夫妇中的某一位？您是说，本案的主犯就在那两个人之中？"

"很遗憾，这是唯一说得通的解释。"

慎司、明世和理绘一脸茫然，你看看我，我看看你。这是何等难以置信的结论。公寓房东看着房客们，露出悲哀的微笑。

"你们不敢相信也是在所难免的。毕竟连推理出这个结论的我都不敢相信啊。所以你们骂我是大骗子，说我瞎编乱造，我也不好说什么。"

接着，他继续沉声说道：

"那么哪一个才是主犯呢？是成濑正雄，还是早纪子？探讨到这

266

个阶段，第二个疑点就有了意义。'如果成濑没有报警，绑匪却以警方在监视为借口炸死了悦夫，那么大家就一定会察觉到杀害悦夫才是绑匪的真正目的。主犯打算如何规避这种风险呢？'——如果主犯自己报警，就不存在这个问题了。"

"……是成濑报的警。您是说，他就是主犯？"

"对。还有第三个疑点佐证我的观点。有人靠柳泽打来的勒索电话获得了比其他人都牢靠的不在场证明。那就是与柳泽通话的成濑。"

"还真是……"

慎司喃喃自语。三个疑点确实指向唯一符合条件的人，成濑正雄。

"根据悦夫的日记，成濑在案发十天前，也就是4月8日去仙台出过差。去仙台应该确有其事，但他是先在京都站与柳泽会合，然后前往广岛帮他窃取炸药和电雷管，再坐飞机前往仙台。成濑毕竟是社长，不是普通的工薪族，出差日程应该也是相当自由的。

"而且成濑家位于修学院。修学院也在京都站以北。这一点也与主犯的条件相符。"

"……可成濑为什么要杀害悦夫啊？那可是他的亲骨肉啊……"

"因为悦夫并不是他的孩子。"

"悦夫不是他的孩子？您怎么知道？"

"因为柳泽说过，'那Y是冒牌货'。他所谓的冒牌货，正是与父亲没有血缘关系的孩子。"

"等一下，您是说，Y指的是悦夫？可悦夫的首字母是E，不是Y啊？"

"悦夫这个名字不仅能读作'えつお（etsuo）'，还能读作'よしお（yoshio）'。柳泽误以为成濑家孩子叫'よしお'。

"还有另一条线索可以证明Y指的是悦夫。在案发一周前的4月

11日下午1点半左右，柳泽透过'Charade'的玻璃门看到了在门口经过的Y。

"而悦夫在日记中写道，那天吃过午饭后，父母带他去鸭川边野餐了。成濑的手记中提到的照片，也就是放在案情介绍网站首页的那张照片，正是在那天拍摄的。

"要从位于修学院的成濑家前往鸭川，最方便的走法是在修学院站搭乘睿山电铁，到终点出町柳站下车。而'Charade'就在出町柳站对面。当天下午1点半左右，柳泽恰好看到悦夫在父母的陪同下走出出町柳站，经过咖啡厅门前。于是他便说，'那Y是冒牌货'。"

"原来Y不是主犯，而是被害者……"

明世喃喃自语，惊愕不已。

峰原点了点头，继续行云流水般沉声叙述。

"我们可以试着梳理一下成濑的犯罪经过。案发第一天早晨，成濑送走悦夫后立刻开车追上，让他上车。成濑答应过悦夫要带他去骑车，帮他早日告别辅助轮。只要对儿子说'今天就不去上学了，爸爸带你去练车'，悦夫必然心花怒放，乖乖上车。成濑带着儿子来到下阪本的'井田证券琵琶湖庄'，把他关进船库。

"回家后，成濑按照事先约定，在上午10点接听柳泽打来的电话，确保自己手握不在场证明。随后，他向警方报案。

"他在手记中表示，从送走悦夫到10点那通电话打来，他一直都在家里，但那是他编造的谎言。反正早纪子已经去世了，哪怕他在手记中作假，也没有人会发现。

"调查组派探员到家中守着。在他们面前，成濑扮演了一个因儿子被绑架备受煎熬的父亲。谁都没有对他起疑心。

"案发第二天下午4点，柳泽打来第二通电话。成濑接听电话，带上赎金开车出门。

"下午6点20分过后，成濑进入'井田证券琵琶湖庄'的船库。他在手记中写道，自己当时有过上楼的念头，但最后还是作罢了，直接折返。但事实上，他当时是上了楼的，并且在那个时候打开了定时器的开关。

　　"由于定时器是六小时式的，我们一度认定打开定时器的时间是爆炸的六小时前——也就是下午1点左右。早上起床后一直与刑警们待在一起，没有出家门一步的成濑貌似不可能完成这个动作。殊不知，定时器是在爆炸前不久打开的。成濑就这样获得了关于定时器的不在场证明。

　　"在悦夫葬礼那天，岩崎警部补告诉成濑，警方对绑匪进行了侧写。成濑意识到警方很快就会查到柳泽身上，就在当晚将其杀害。手记中写道：'晚上11点左右，应该是我和早纪子筋疲力尽，刚刚睡下的时候。绑匪的同伙刚好是在那个时候遇害的吗？'其实当晚成濑为了灭口出门去了。

　　"既然柳泽知道悦夫不是成濑的亲生儿子，那么成濑拉他入伙的时候肯定对他透露过，自己的真正目的是除掉悦夫。考虑到柳泽曾向几个熟人表示自己近期会有一大笔钱进账，成濑肯定向他做出了许诺，事成之后会给他一大笔钱。当然，成濑根本没打算掏这笔钱。"

　　"成濑先生和柳泽先生是怎么认识的啊？"

　　理绘问道。

　　"柳泽误会了悦夫名字的读法，这为我们提供了线索。由此可见，柳泽是通过文字而非声音了解到了悦夫的名字，所以他才会搞错读法。"

　　"什么叫'通过文字了解'？"

　　"他们应该是通过电脑联系上的。案件发生在十二年前，当时互联网还没有今天这么发达，但电脑之间已经可以通信了。柳泽肯定经常在犯罪留言板上发帖。成濑看到了柳泽发在留言板上的电子邮件地址，就联系了他，说服他参与自己的计划。正因为他们是通过文字交流的，柳泽才会搞错名字的念法。电脑通信在十二年前还没有普及开来，警方没查到也不足为奇。"

明世问道：

"那悦夫的亲生父亲是谁？"

"关于这个问题的线索出现在案发第二天，星期日。成濑之前就跟柏木夫妇约好了，说'偶尔过来吃顿饭'，邀请他们来家里做客。如果成濑是幕后真凶，那他为什么要在交易当天邀请柏木夫妇来家里呢？人多只会妨碍他行事啊。这么做的背后应该是有某种原因的。

"假设悦夫的亲生父亲是柏木，疑问便会迎刃而解。成濑把他叫来家里，正是为了观察他得知悦夫危在旦夕，备受煎熬的模样。之所以一并请来香苗，是因为只请柏木会让人起疑。

"大家不妨回忆一下手记中的描述。得知悦夫被绑架后，柏木为了解调查进度逼问岩崎警部补，极力掩饰自己的焦躁。成濑写道：'柏木很喜欢孩子，向来疼爱悦夫。'其实柏木如此焦急，只因为悦夫是他的孩子。当然，成濑也很清楚这一点。见柏木痛苦不堪，他肯定在心中大声称快。

"柏木与早纪子在婚后越走越近，暗中私会。然后便有了悦夫。他们唯恐各自的家庭破裂，便决定不再幽会。

"我也不知道成濑是如何发现了悦夫并非自己亲生。也许是通过悦夫入学时做的血检。在此之前，他一直全心全意地爱着妻儿，所以当他发现自己遭到了背叛时，心中定是燃起了熊熊的怒火。他决定杀了悦夫，让早纪子活在无尽的痛苦之中。为了达到这个目的，他甚至不惜将一亿巨款投入火海。他在手记中描述的那些对早纪子和悦夫的爱，以及失去他们的痛苦，都是彻头彻尾的谎言。"

"都是假的……"

"没错。在案发后的那些年里，成濑一直冷眼旁观因痛失爱子苦不堪言的妻子。他扮演了一个哀伤悲痛的父亲，却在内心深处嘲笑着妻子。

"八年后，早纪子为救一名幼儿园小朋友遭遇车祸，不治身亡，仿佛是那小小年纪便遭遇不幸的悦夫的幻影带她走上了不归路。早纪子被送到医院后，成濑和香苗去看望过她，但香苗中途离开了，没有听到他们之后的对话。所以没人可以证明成濑和早纪子之间是否真的像手记中所描述的那样互诉衷肠。说不定……成濑告诉了奄奄一息的早纪子，说当年杀死悦夫的就是他。也许他用这种方式，给了背叛他的妻子最后一击。

"后来，成濑得了胰腺癌，命不久矣。就在这时，他为了掩盖案件的真相，采取了最后一项手段——写下那份手记。为了掩饰对妻儿的怨恨，他在手记中反复强调了自己对妻儿的爱和失去他们的悲痛。然后，他请柏木夫妇在他死后把手记发布在网站上。"

因癌症日渐憔悴的成濑正雄疯狂敲打键盘的光景跃然眼前。身死之后仍要掩盖罪行，这份执迷令慎司不寒而栗。

"我的推理就是这样。"

峰原就此闭口，仿佛是说累了。他站起身，拉开窗帘，俯瞰窗下的御池大街。

一时间，所有人一言不发。每个人都已确信，峰原的推理正确无误。

峰原转过身来，用平和的声音说道：

"我不会阻止你们告诉警察，但我自己并不打算把刚才的推理说出去。毕竟那不过是假设而已，没有任何的事实依据。"

明世仿佛下定了决心，开口说道：

"我决定不说了。事到如今，就算能查出是成濑杀害了悦夫也无济于事，只会让更多的人伤心难过。况且真凶已经死了，人世间的惩罚已经管不到他了。现在揭露真相也没有意义。"

理绘默默点头。

三位朋友将视线投向慎司。慎司早已拿定主意。

"我赞成。这起案子是京都府警负责的，不归警视厅管。我只是作为一个享受假期的普通人稍微参与了一下而已，没有义务向京都府警汇报。"

峰原用平静的口吻说道：

"好。这起案件，依然悬而未决。"

尾 声

秋意渐浓，近来可好？

突然收到一封厚厚的信，您肯定吃了一惊。也许您还会深感诧异，想知道我们为什么选择寄信，而不是亲自来见您，或者给您打电话。

因为我们实在没有勇气去见您。所以我们才选择了这种方式，把要说的话都写在信里。

我们要和您谈的是——十二年前发生的那起绑架案。

首先是本案的共犯柳泽幸一的行为，以及警方对此做出的解释。

案发十天前，即4月8日下午，"Charade"咖啡厅的老板在京都站乌丸口偶遇柳泽。柳泽正要乘坐新干线前往广岛。老板的车要过一段时间才会到站，所以他想和柳泽聊一会儿，柳泽却表示去广岛的车马上就要开了，但他还没有买票，没时间磨蹭了，然后赶往售票处。走到半路却停了下来，冲向售票处附近的纪念品店，说他忘了给广岛的亲戚买伴手礼，然后买了些日式点心八桥饼回来。一来一去浪费了一些时间，因此柳泽后来虽然买票上了站台，却错过了原来要坐的那班车……

　　警方认为，八桥饼在站台的小卖部也能买到，柳泽却特意去售票处附近买，此举颇为可疑，因此将这一系列的行为定性为"为误车演戏"。柳泽原本约了人在售票处碰头，但那个人还没来，无奈之下，他只能买些特产拖延时间，以便坐下一趟车。不仅如此，他明明可以直说自己约了人，却刻意演戏拖延时间，可见他不想让老板见到自己在等的人——换言之，那个人可能就是本案的主犯。警方推测，那天柳泽与主犯一起前往亲和化学广岛分公司的工厂仓库，窃取了炸药和电雷管。

　　但我们逐渐对警方的解释产生了疑问。

　　为什么柳泽和主犯偏偏约在京都站会合？为什么他们非要坐同一趟新干线前往广岛？主犯肯定想极力隐瞒自己与柳泽的关系。那他为什么要冒着被人撞见的风险和柳泽约在京都站见面，甚至坐同一趟车出行呢？他们完全可以事先选定广岛的同一家旅店，到了住处再会合，这样不是更安全吗？

　　那天，柳泽和主犯真的碰过面吗？我们开始怀疑这个结论了。

　　问题是，如果柳泽不是在等人，那么他去售票处附近而非站台小卖部购买八桥饼的理由就不能是"拖延时间"了。在售票处附近购买八桥饼能有什么好处呢？

　　我们为这个问题绞尽了脑汁，终于发现了这么做的好处，那就是——在售票处附近买的话，就不需要通过检票口了。可要是去站台买，必须先通过检票口。选择售票处附近，就能在不通过检票口的前提下买到特产——好处就在这里。

　　在这个基础上，我们不妨重新探讨一下柳泽购买的八桥饼。警方认为购买八桥饼是为了拖延时间，但我们现在要找的是拖延时间以外的理由，所以也需要为"购买特产"这一行为赋予另一种动机。人会在什么样的情况下买自己并不想要的东西呢？

那就是，想要破开大钞的时候。

我们想到了一种可能性：也许柳泽是想通过购买八桥饼破开大钞。如果真是这样，我们就可以结合之前的发现，得出这样一个结论——柳泽需要在通过检票口之前破开大钞。

那么，他为什么需要在通过检票口之前破开大钞呢？

人们一般会在通过检票口之前做什么呢？买票。

那柳泽是为了买票才去破开大钞的吗？可他并不需要多此一举。因为附近的售票机接受各种纸币，无论是一万的、五千的还是一千的，都可以使用。

买票无须破开大钞。尽管如此，柳泽还是去换了零钱。唯一合理的解释是……

柳泽手中的纸币无法用于售票机。换言之，他的钱是假钞。

柳泽经营着一家印刷公司。他准备了某种特殊的纸张，用印刷机制造了大量的假钞。老员工们因不满柳泽的态度集体辞职了，所以他完全不用担心有人会注意到他在制造假钞。

在京都站乌丸口偶遇"Charade"老板那天，柳泽正要用售票机买票，却想起自己钱包里只有假钞。假钞骗得过肉眼，却骗不了机器。售票机断然不会接受假钞。无奈之下，柳泽便去纪念品店买了八桥饼，破开大钞换了些零钱。当然，他也可以不买东西，直接要求兑换零钱，但这么做也许会引起老板的怀疑。因为买票照理说是不需要换零钱的。所以柳泽选择了在旁人眼里最为自然的行为，购买特产。不幸的是，他本打算坐的那趟车刚巧到站了。受这个巧合的影响，为了显得"自然"而选择的行为反而引起了老板的怀疑。

警察认为，柳泽是想通过购买特产误车，其实恰恰相反。柳泽一路上拼命赶时间，生怕赶不上车。谁知他的行为被解释成了完全相反的意思，着实讽刺。

那天，柳泽并没有和主犯约在京都站碰面。他确实去广岛偷了炸药和电雷管，但他是一个人去的。

只要想通这些关节，便不难猜出"Y"指的是谁了。Yukichi Fukuzawa[1]——"Y"就是福泽谕吉，印在万元大钞上的人。"那Y是冒牌货"，就是"万元大钞是假钞"的意思。

"好像还没人发现，那Y是冒牌货。"还记得柳泽是在什么时候对"Charade"的老板说了这句话吗？是临走时说的。临走时——正是在收银台结账之后。当时，柳泽肯定用了万元假钞，而老板毫不犹豫地接受了，所以柳泽才会说"好像还没人发现"。据老板描述，柳泽当时"脸上带着冷笑，那笑法有种目中无人、沉浸在优越感里的味道，让人看着很不舒服"。见眼前的人想也不想便收下假钞，柳泽肯定窃喜不止，甚至胆大包天到出言暗示那是假钞。

柳泽也是绑架杀害悦夫一案的共犯。伪造货币与绑架勒索的性质迥异，照理说，一个人不太可能同时染指这两种犯罪行为。两者之间必然存在某种联系。换句话说，假钞应该以某种形式用在了绑架案中。那么，它又是以什么样的形式被使用的呢？

假钞只有被人看到才能发挥出效果。这就意味着如果本案中使用了假钞，那么它应该出现在了某个"纸币暴露在视线之下"的场景中。而在绑架案中，纸币只有一次示人的机会——那就是众人将银行送到成濑家的一亿日元拿出铝箱，用相机拍摄号码，再装进旅行袋的时候。因此，当时出现在众人视野中的纸币就是假钞。一万张号码各

不相同的万元假钞。

那么，假钞是谁送来的呢？当然是将一亿日元送到成濑家的明央银行京都分行行长。他才是本案的主犯。

行长从银行的保险柜取出现金，前往成濑家时，一亿纸币还是真钞。他在半路上将真钞换成了等额的假钞。他恐怕是连装纸币的铝箱一起换的。送到成濑家的一个亿都是假钞。

在寻常的绑架案中，对绑匪来说最危险的环节莫过于交付赎金。因为他们必须为了拿取赎金出现在警方面前。然而在这起案件中，赎金在送抵被害者家之前就已经被掉包了，因此主犯以极为安全的方式拿到了赎金。

而这些假钞必须用某种方式处理干净。被识破的风险会随着时间的推移逐渐上升，而且假钞要是被完整地退回银行，又被其他员工放进了点钞机，事情就暴露了。于是，主犯想出了处理假钞的办法。那就是炸死悦夫。

从表面上看，当天的经过是这样的——绑匪以警方在监视为由，用定时炸弹炸死了被囚禁在船库里的悦夫。送到船库的赎金也被卷入爆炸，化作灰烬……

然而，主犯的意图恰恰相反。烧掉赎金才是他真正的目的。为了烧掉赎金，也就是一亿假钞，主犯用炸弹炸死了悦夫。谁都不会想到，竟会有人为了烧掉纸币牺牲一条人命。这简直是价值观的沦丧，令人发指。

船库里还放着好几个装游船燃料的塑料桶。燃料因爆炸着火，彻底烧毁了船库，纸币也无一幸免，而这正是主犯想要的效果。他之所以选择船库作为囚禁人质的地点，正是因为船库中放着燃料。

他命令成濑临走时务必要关好船库的卷帘门，这是有原因的。如果卷帘门敞开着，当赎金着火时，假钞可能会被风刮出船库，无法尽数烧毁。

在寻常的绑架案中，警方会记下赎金的纸币号码，事后将号码清单下发至各家金融机构，如此一来，犯罪分子使用那些纸币时便能立刻有所察觉。而在这起案件中，警方记下的号码都是印在假钞上的假号码。万一假钞的号码碰巧与实际存在的真钞一样，警方也许能据此发现他们记录了号码的纸币都是假的，但警方认为赎金已经被烧毁了，于是就没有下发号码清单。因此，纸币号码没有对主犯造成威胁。

再看共犯柳泽遇害一案。主犯在炸死悦夫后不久便杀害了柳泽。柳泽是一个行事极其轻率的人，甚至企图把假钞用于绑架案之外。站在主犯的角度看，立刻下决心除掉他也是理所当然。至于他为什么选择在悦夫葬礼那天行凶，只能说这是一个不可思议的巧合。

柳泽遇害现场的纸币、存折和信用卡都被偷走了，但这并不是为了将谋杀伪装成劫杀。真正的目的其实是回收柳泽带回家的万元假钞。只拿走万元大钞未免可疑，所以为了掩饰自己的真正目的，主犯把所有值钱的东西都拿走了。

警方原以为，柳泽这个共犯的作用是"通过给成濑家打勒索电话，为主犯制造不在场证明"，其实不然。他的真正作用是提供假钞。之所以让柳泽打电话，并不是为了确保主犯手握不在场证明，而是因为行长与成濑相识，成濑可能会听出他的声音。

行长和柳泽是怎么认识的呢？"Charade"的老板表示，柳泽的父母生前曾有意向银行贷款，扩大印刷公司的规模，但两人意外去世后，银行因柳泽做事不负责任不愿批准贷款，于是此事便没有了下文。

与柳泽打过交道的那家银行，肯定是明央银行京都分行。分行行长看到了下属提交的报告，发现柳泽手头拮据，人品也有问题。员工因不满柳泽的态度集体辞职。而且他曾在亲和化学的产品管理课工作，对爆炸物有所了解。站在银行的角度看，柳泽确实不是一个合格的贷款人，但他非常适合作为共犯参与到行长的犯罪计划中。于是行长以花言巧语接近柳泽，拉他入伙。

在选择绑架对象的时候，行长也将范围限定在了与分行有业务往来的家庭。家中有年幼的孩子，并且足够富裕，付得起一亿赎金。

警方无论如何都查不出柳泽与成濑家的联系，其实双方只有一个交点——和同一家银行有业务往来。而主犯就潜伏在那个交点中。

主犯在犯案时充分利用了职务之便。比如，囚禁悦夫的船库是破产了的井田证券名下的疗养所，被银行收去用作抵押了。想必那家银行正是明央银行，主犯通过银行的内部数据库知道了船库的存在，决定用它实施自己的计划。

此外，主犯还需要知道警方有没有介入。因为警方要是没有介入，以"警方在监控"为由炸死悦夫就显得非常可疑了。看过成濑的手记，便知在案发第二天下午1点多，行长来到成濑家送赎金，看到了守在客厅的刑警。行长就是在那个时候确认了警方已经介入本案，可以使用"警方在监控"这个借口。

在绑架案中，送赎金的银行职员总是"隐形人"。他们的存在太自然了，谁都不会察觉到。警方和我们之前也完全没有将他纳入视野。

想必您已经明白了我们为什么要通过这封信告知真相。也明白了前些天我们三个为什么要一齐搬走。

您就是幕后真凶吧，峰原先生。

案发时，您就是明央银行京都分行的行长。一个多月前，我们去京都分行确认了这件事。不过在那之前，我们已经开始怀疑您就是那个行长了。

重新调查本案的时候，您把我们分成两组，自己和明世一组，我和理绘大夫一组。前者负责班主任老师和"Charade"的老板，后者负责京都府警和柏木夫妇。

我们对当时的任务分配方式产生了疑问。

当时您表示，您想见一见班主任老师和"Charade"的老板，以便验证自己的推理。但事后回想起来，这两个人与您的推理——"成濑正雄是幕后真凶"毫无关系。有关的反而是您没有去见的岩崎警部与柏木夫妇。案发当天，他们也在成濑家，与成濑待在一起，目睹了他的一言一行。如果您想确认成濑是不是幕后真凶，难道不应该去见一见岩崎警部与柏木夫妇吗？而且在您的推理中，柏木武史才是悦夫的亲生父亲。为了证实这一点，与柏木武史见面才是推理不可或缺的一个环节不是吗？

然而，您并没有那么做。这究竟是为什么？

疑念随之而生。莫非您不想和岩崎警部、柏木夫妇见面？为什么不想见呢？莫非是因为您认识他们，而且还不想让别人知道？

难道您既认识岩崎警部，又认识柏木夫妇？警部与柏木夫妇的生活圈子全无交集，只在案发第二天待在成濑家的那段时间和悦夫的葬礼上接触过。如果您两边都认识，那就意味着您在案发第二天也去过成濑家，或者参加了葬礼。那么，您属于哪一种情况呢？

这时，我们注意到了悦夫的班主任，桧山辽子。她参加了葬礼，但重新调查本案的时候，您是见过她的，并没有躲着她。看来您应该没有参加葬礼。

由此可见，您是案发第二天去过成濑家的人。莫非您是岩崎警部以外的某位刑警？然而根据成濑在手记中的描述，守在成濑家的刑警中并没有外貌特征与您相符的人。唯一没有被排除掉的人物——就是送赎金上门的明央银行京都分行行长。

您定是在一亿日元到手之后辞去了银行的工作，来到东京。因为继续住在京都的话，发现您一夜暴富的熟人可能会起疑心。

您说您当过律师，但那是个谎言。摆在书房书架上的法律书籍都是为了让编造出来的经历显得更真实而准备的道具，律师执照也是伪造的。

建设"AHM"的资金并非来自您姑姑的遗产，而是从成濑家夺来的一亿赎金。"AHM"建成已有十一年，而绑架案发生在十二年前，所以时间也对得上。也许"AHM"并非"Apartment House of Minehara"的缩写，而是"A Hundred Million"——"一亿"的首字母。我们甚至怀疑，您挂在墙上的那张照片中的老太太是不是您的姑姑。原来，我们居住的公寓是一座虚伪的乐园，它建立在一个小男孩的死和许多人的悲痛之上。

当明世提起成濑正雄的手记，并提议进行推理大比拼的时候，您肯定吃了一惊。虽然您并不认为我们能揭露案件的真相，但心中到底还是有几分不安。所以您表示，绑架案的嫌疑人太多，范围太广，只有警方能组织大量的警力，投入大量的时间逐一排查，业余侦探的推理派不上任何用场，试图让我们放弃推理大比拼的主意。

但看完手记之后，理绘大夫指出了两个疑点，即"绑匪为什么要求家长把赎金送到囚禁悦夫的地方"，以及"绑匪为什么真的安装了定时炸弹"。当时您心中定是警铃大作。因为我们可以通过这两个疑点推导出真相，即"绑匪的真正目的在于烧毁赎金"。于是您决定混淆视听，让我们往"绑匪的真正目的在于杀害悦夫"的方向想。

既然如此，幕后真凶必然在悦夫身边，嫌疑人数量有限，业余侦探也有大展拳脚的空间。于是明世和理绘大夫来了兴致，想要重新调查本案。见我们已经发现了案件的疑点，您唯恐我们查清真相，决定参与调查。如此一来，便能给出错误的推理，确保我们远离真相。

为此，您给出了"成濑正雄即真凶"的假设。您是想用一个无比悲惨的真相让我们放弃调查。

峰原先生，我们曾那样喜欢您，那样尊敬您的智慧与稳重的绅士风度。与您相处的每一天都曾为我们带来无与伦比的欢乐。向警方告发您，令我们痛苦不堪。

我们将在三天后致信京都府警，说明案件的真相。请您在那之前投案自首。

永别了，峰原先生。我们永远都不会忘记您。

2004年10月25日

后藤慎司、奈良井明世、竹野理绘

读客®
悬疑文库
认准读客读悬疑，本本都是大师级。

专注出版中、英、美、日、意、法等世界各国各流派的顶尖悬疑作品。

为读者精挑细选，只出版两种作品：

经过时间沉淀，经典中的经典；口碑爆表、有望成为经典的当代名作。

跟着读客悬疑文库，在大师级的悬疑作品中，

经历惊险反转的脑力激荡，一窥人性的善恶吧。

扫一扫，立即查看悬疑文库全书目，

收集下一本精彩悬疑！

图书在版编目（CIP）数据

字母表谜案 /（日）大山诚一郎著；曹逸冰译. ——
郑州：河南文艺出版社，2021.4（2025.7 重印）
ISBN 978-7-5559-1142-5

Ⅰ.①字… Ⅱ.①大… ②曹… Ⅲ.①推理小说 – 小
说集 – 日本 – 现代 Ⅳ.① I313.45

中国版本图书馆 CIP 数据核字（2021）第 042353 号

字母表谜案

著　　者	［日］大山诚一郎
译　　者	曹逸冰
责任编辑	王　宁
责任校对	绳　刚
特约编辑	宋　琰　　王　品
策　　划	读客文化
版　　权	读客文化
封面设计	李子琪
出版发行	河南文艺出版社
印　　刷	三河市龙大印装有限公司
开　　本	890mm × 1270mm 1/32
印　　张	9.25
字　　数	231 千
版　　次	2021 年 4 月第 1 版　2025 年 7 月第 11 次印刷
定　　价	42.00 元

如有印刷、装订质量问题，请致电 010-87681002（免费更换，邮寄到付）
版权所有，侵权必究